Albédo

Du même auteur

Aux Editions Créer
Le Mariage d'Anne d'Orval, 2007

Aux Editions du Pierregord
Le Sixième Crime, 2008
Derrière toute chose exquise, 2009

Aux Editions Fin mars début avril
Invitation pour la petite fille qui parle au vent, 2010
Le Sixième Crime (poche), 2012
Se retenir aux brindilles, 2012
Derrière toute chose exquise (poche), 2014

Sébastien Fritsch

Albédo

Roman

ISBN 9782953767780
http://editionsfinmarsdebutavril.jimdo.com
http://sebastienfritsch.canalblog.com

Photographie de couverture : © Matthew Kane
http://www.matthewjakekane.com/

1

Jamais je n'aurais imaginé marcher sur une plage en hiver. Mais Mock est capable de tout. Nous avançons côte à côte sur le sol instable. D'une main, je tiens mon col relevé, tandis que l'autre, blottie dans ma poche, se prépare à prendre le relais. Mock paraît bien moins sensible : même rougis par le froid, ses doigts s'agrippent sans faiblir autour de l'urne qu'il transporte depuis le matin. Brusquement, il bifurque vers les vagues. Je m'arrête.

« Écoute, Mock… »

J'ai le nez en ruine, les yeux dégoulinants et du sable plein les chaussures, mais de toute évidence il s'en fout. À moins que le vent l'ait empêché de m'entendre…

Il vient d'atteindre la limite de l'eau ; il se retourne ; nos yeux se rencontrent et malgré la distance, je crois bien que les siens ne montrent que de l'indifférence. Il reporte son attention vers le large. Je crains le pire. Pour me contenir et essayer d'oublier le lieu et la saison, je me mets à compter les secondes. Je fais le pari qu'il va se mouiller les pieds avant une demi-minute. On verra bien. Lui, en tout cas, n'a pas l'air de s'en soucier. Il reste exactement là où il s'est posté, dressé comme un phare, trop terne et trop petit pour être utile à quiconque se serait perdu sur cet océan sans horizon. Et le temps lui donne finalement raison de ne pas reculer, car ce sont trois bonnes minutes qui s'écoulent avant qu'il se passe quelque chose – sans aucun rapport avec ce que je redoutais : les pieds toujours secs, Mock incline la tête, courbe le dos, plie les genoux et s'accroupit. J'arrête de compter. Il vient de déposer l'urne devant lui. Il pose sa main gauche sur le couvercle et – j'ai du mal à le croire au début, mais c'est pourtant bien ce qu'il fait – il lui parle. Je n'entends pas sa voix et ne vois même pas ses lèvres, mais ses mouvements ne laissent aucune place au doute : il hoche la tête, la penche, la redresse, porte le regard d'un côté, puis de l'autre, brasse l'air de son bras droit tendu, visant tel ou tel point de la côte ou englobant des portions plus larges du paysage dans de grands gestes circulaires. Un peu comme s'il décrivait les charmes de l'endroit à un ami qui viendrait d'arriver pour quinze jours de vacances. Sauf que nous sommes en février, qu'il ne fait pas plus de deux degrés, que la plage est parcourue de rafales à culbuter les dolmens et que le destinataire des paroles de Mock n'est rien d'autre qu'un malheureux pot en céramique rempli de poussière grise. Je fais demi-tour et vais me réfugier dans la voiture.

Je me réveille en sursaut quand Mock ouvre sa portière. Je m'ébroue, et me frotte vivement le visage, le temps de comprendre où je suis, à défaut de me rappeler pour quelle raison et par quel moyen je suis arrivé là. Pendant que mon passager s'installe, claque sa porte, cale l'urne entre ses cuisses et met sa ceinture, je sors la clé de ma poche, la glisse dans la fente et allume le moteur. Nous n'échangeons pas un mot.

Le cou tordu pour regarder vers l'arrière, je remonte le chemin jusqu'à la route en zigzagant entre les zones de sable trop meuble et les pierres saillantes. Arrivé sur le bitume, je remets la marche avant. Nous traversons le quartier balnéaire, longeons sans un mot l'alignement de maisons mortes, contournons l'Hôtel des Embruns, fantôme de béton blanc dressé comme un monument à la solitude. Nous filons sur l'avenue de la Mer, entre deux rangs de rideaux métalliques baissés. Nous atteignons la forêt, où le vent du large animant les branches nues et les cimes des pins parvient *in extremis* à nous convaincre que notre terre est encore porteuse de vie.

Après trois ou quatre kilomètres à travers bois et champs, je m'arrête finalement devant la grille de Ti-Gwern. Mock descend pour ouvrir. J'avance dans la propriété, attends qu'il referme et qu'il remonte en voiture. Nous parcourons les trente derniers mètres et je me gare à gauche du perron.

Nous quittons nos sièges en même temps, Mock tenant toujours l'urne contre lui. Nos deux portières claquent de concert. Je fais un premier pas, mais voyant que mon passager ne suit pas, je me ravise et m'immobilise.

Cramponné au toit de la voiture, bouche entrouverte dans une syllabe d'effarement muette, il promène des yeux de naufragé sur la façade. Je suis son regard et comprends sa consternation. Vue de loin, la grosse bâtisse donnait l'impression d'être restée telle que je l'avais connue ; examinée de près, elle révèle toutes ses plaies : les tuiles étouffées par la mousse, les peintures flétries, les boiseries gâtées, les ferronneries gangrenées par la rouille, une gouttière déboîtée à l'aplomb de laquelle des années de pluie ont laissé sur les pierres grises une cicatrice noirâtre ourlée de vert. Tout autour, le parc jadis si net et organisé n'est plus qu'un fatras de buissons informes, de surgeons en pagaille, de branches tombées, de troncs morts. Et sur les surfaces où Mock s'échinait à entretenir une pelouse aussi pimpante et uniforme qu'un tapis de billard, il ne reste qu'un pitoyable chiendent.

Je finis ce tour d'horizon déprimant par l'étendue de gravier sur laquelle je suis planté et où des plaques d'herbes sauvages, rases et sèches du fait de la saison, ont définitivement assis leur domination. Il n'y a qu'un emplacement, situé dans l'axe de la dernière fenêtre sur la droite, qui est parvenu à repousser l'invasion. Dans ce cercle d'environ trois mètres de diamètre, les cailloux autrefois blancs comme le sel sont désormais noircis.

Je reporte mon attention sur Mock et le découvre paupières closes et dents serrées. Espère-t-il faire disparaître ce spectacle en cessant de le regarder ? Il semble que ce ne soit pas son but : dès que ses yeux s'ouvrent à nouveau, il décolle sa main de la voiture et s'avance d'un pas ferme.

Je le suis jusqu'au perron et patiente, le temps qu'il trouve la bonne clé sur le trousseau qu'il vient d'extraire de la poche de son blouson. Il pousse la porte, fait deux pas et s'immobilise ; je reste sur le seuil. Le visage tourné vers la mezzanine qui mène aux chambres, Mock prend trois longues et profondes inspirations. Je ne sais quel rituel il entend accomplir en agissant ainsi, mais je le laisse faire : je ne suis plus à deux minutes près.

Il finit par s'avancer, suffisamment pour que je puisse entrer à mon tour et refermer. La température n'est pas plus élevée à l'intérieur, mais au moins nous laissons le vent derrière nous. Mock continue jusqu'à la porte du salon. Je ne le suis pas immédiatement. Il me semble entrevoir une raison plausible à ma présence ici : pénétrer dans cette maison, après tant d'années, sans autre compagnon qu'une urne funéraire, n'aurait sans doute pas été facile.

Quand je le rejoins dans le séjour, il a déjà ouvert plusieurs volets. Je traverse toute la pièce pour l'aider, en commençant par la porte-fenêtre la plus éloignée.

« Nil ? Tu veux bien aller chercher quelques bûches ? » me demande-t-il, alors que nous sommes sur le point d'achever cette première tâche. « Je vais descendre allumer la chaudière, mais les radiateurs mettent pas mal de temps à chauffer. Il vaut mieux qu'on se fasse une bonne flambée et un café en attendant. »

J'accepte d'un monosyllabe à peine articulé et il disparaît de nouveau dans le hall. Je me charge des deux derniers volets et me dirige vers la porte qui permet d'accéder à la terrasse. Comme je passe devant le piano, je sens ma démarche ralentir ; ma main gauche s'élève et ma paume s'arrondit pour venir épouser la courbe du bois sombre. Oserais-je soulever ce couvercle ? Que pourrais-je tirer des touches qu'il protège ? Avant même que j'aie trouvé une réponse, ma main a glissé d'une extrémité à l'autre de la surface lisse ; elle retombe, inutile. Je continue vers la mission que Mock m'a assignée.

Dès que je suis dehors, j'accélère sérieusement le pas ; je passe entre les vieux fauteuils déglingués et contourne la piscine pour gagner le petit appentis sous lequel est stocké le bois. Mais ma volonté d'abréger le plus possible cette sortie cède devant le spectacle qui s'offre à moi : le sol carrelé de la plage est envahi de mousse, plusieurs dalles sont brisées, certains de leurs fragments ont même disparu ; une table ronde, rouillée et amputée d'un pied, gît sur le côté comme un animal mort, décharné et même plus capable d'attirer des charognards ; et le bassin ne contient plus qu'un fond d'eau noirâtre d'où percent quelques longues herbes et dans laquelle achève d'agoniser l'armature squelettique d'un parasol ouvert posé la tête en bas.

Je reste quelques instants devant ce décor désolant. Est-ce bien sur cette terrasse que, deux décennies plus tôt, je contemplais le corps de Maud flottant sous le soleil ? Ses bras graciles largement écartés, son menton tendu pour tenir son visage hors des flots, ce qui révélait la finesse de son cou. Ses épaules, où s'accrochait parfois l'une ou l'autre mèche aux saisissants reflets de cuivre sombre et dont le souvenir du parfum vanillé ajoutait au trouble qui me paralysait. Et ses petits pieds battant l'eau avec indolence ; et ses cuisses et ses hanches et sa taille d'où partaient en tous sens de lentes ondulations, esquisses fugaces de son corps, aussi brouillonnes qu'involontaires, mais qu'elle ne pouvait retenir de s'avancer vers moi. Je cours presque jusqu'à la réserve de bois, charge mon bras gauche d'une bonne demi-douzaine de bûches et reviens à grands pas vers la maison. Heureusement, Mock est toujours à la cave. Qu'aurais-je bien pu lui dire s'il m'avait trouvé en arrêt devant ce rectangle d'eau croupie ?

Pendant que je dispose vieux papiers, brindilles et bûches dans la cheminée, les radiateurs en fonte commencent à grommeler dans mon dos. Je craque une allumette et la porte à la base de mon assemblage. Une belle flamme s'élève rapidement à partir des tortillons de journal que j'y ai placés. Je regarde le feu prendre possession peu à peu du petit bois réparti au-dessus. Je pensais que j'aurais plus de mal à faire partir ma flambée ; satisfait, je me redresse, m'écarte un peu. Je crois avoir respecté ma part du contrat. Attendons de voir si la chaudière acceptera que Mock remplisse la sienne. Après pas loin de vingt ans d'inactivité, ce genre d'engin est-il capable de produire autre chose que quelques gargouillis dans les tuyaux ?

Tout en admirant les flammes, je pense aussi à la deuxième partie de la mission que Mock s'est assignée : préparer du café. S'il l'a proposé, c'est qu'il doit avoir apporté un paquet de chez lui ; mais trouvera-t-il dans cette maison une cafetière en état de marche ? Et qui ne soit pas remplie de poussière ? Voire de moisissures ? Voire de bestioles grouillantes ?

J'avoue que ça m'ennuierait plus qu'une défaillance de la chaudière : mon feu a l'air d'être bien parti et devrait pouvoir nous tenir agréablement compagnie ; mais passer la journée sans me recharger régulièrement en caféine, je n'arrive pas à le concevoir. D'autant plus qu'il va me falloir déployer une bonne dose d'énergie si je veux enfin comprendre pourquoi je suis ici. Mock n'avait-il vraiment personne d'autre que moi pour lui tenir compagnie au moment de vider cette urne ? Je ne chercherai même pas à approfondir le sujet : je me fous de savoir quel sens il donne à ce rituel de dispersion des cendres. S'il a acquis de quelconques convictions spirituelles au cours des années récentes, j'en serai surpris, mais je les respecterai. Je garderai pour moi le fait que vingt ans en arrière, il aurait très certainement jugé complètement loufoque d'épandre un ou deux kilos d'engrais sur un champ de chiendent figé par le givre.

Déterminé à lancer enfin la discussion que nous n'avons pas pu avoir pendant le trajet, je m'éloigne de la cheminée en direction du hall. Je le traverse pour gagner la cuisine. Je constate tout de suite que Mock a œuvré : une riche et douce odeur de café frais m'accueille. Par contre, lui n'est pas là.

Si ma mémoire est bonne, les tasses sont rangées juste au-dessus de l'évier. J'ouvre le placard en question, trouve le récipient qui me convient. J'en inspecte le fond, qui me semble d'une propreté acceptable. Je le remplis, repose la verseuse sur la cafetière. Mock l'a laissé allumée : j'appuie sur le petit bouton noir avant de retourner dans l'entrée, ma tasse à la main.

« Mock ? »

J'ai lancé mon appel en tendant le cou vers l'étage.

« Fred ? »

On ne sait jamais, il a peut-être oublié le surnom que Pongo lui avait donné, par pur esprit de vengeance. Mais il ne répond pas plus au diminutif de son vrai prénom. Je m'engage dans la volée de marches la plus proche.

« Frédéric ? »

J'arrive sur la mezzanine. Le couloir qui s'ouvre de chaque côté est plongé dans l'obscurité. Mock peut-il vraiment être là ? Que serait-il allé y faire ? Une sieste ? Les lits doivent être aussi froids que des tables d'autopsie. Je m'engage pourtant dans l'aile gauche après avoir appuyé sur l'interrupteur le plus proche. Tout en avançant, je ne peux m'empêcher de jeter un bref regard derrière moi : Mock serait bien capable d'arriver dans mon dos pour me faire renverser mon café. Mais devant ou derrière, le long couloir est désert. D'ailleurs, je comprends à cet instant la raison pour laquelle, en allumant, je l'ai trouvé encore plus nu que dans mon souvenir : sur les murs, des clous solitaires marquent l'emplacement des portraits que Ruis avait faits de chacun de nous. Le mien était fixé tout au bout de l'aile droite ; là où personne n'allait jamais.

J'atteins la porte de la chambre que Mock occupait à l'époque. Il avait pris la plus proche de l'escalier, pour des raisons pratiques, puisqu'il vivait ici à l'année. Je m'étais d'ailleurs toujours demandé pourquoi il ne s'était pas installé au rez-de-chaussée : Richard ne venait que trois ou quatre fois par an, qu'est-ce que ça pouvait lui faire que Mock dorme dans son lit en son absence ? D'ailleurs l'aurait-il su ? Il a mis deux ans avant de réaliser que des dizaines de personnes profitaient de sa piscine et de sa cave tous les étés. Et s'il n'avait pas décidé de faire un saut à l'improviste pendant l'un de ses tournages, il n'aurait sans doute jamais rien su.

En approchant la main de la poignée, j'hésite un peu : si Mock est là, peut-être dort-il vraiment ? Je regarde ma montre : il n'est pas encore dix-huit heures, ce serait plutôt étrange – d'autant plus qu'il a passé les trois quarts du trajet à ronfler comme un sapeur. Mais il est possible qu'il ait besoin de beaucoup de sommeil. Je crois que c'est assez fréquent chez les dépressifs – et un mec qui balade une urne funéraire en Bretagne en février a sans doute plus d'une raison de l'être.

Il me faut pourtant en avoir le cœur net : j'attrape le bouton de porcelaine, le tourne avec douceur, puis pousse lentement la porte. J'attends quelques secondes : je ne veux pas allumer et je dois donc laisser mes yeux s'habituer à l'obscurité. Quand je distingue assez nettement les contours du lit, je m'en approche. Je passe de l'autre côté pour éviter de faire de l'ombre avec mon propre corps. Une masse occupe le centre. Je me penche pour essayer de savoir si cette forme respire ou s'il s'agit d'un tas de couvertures. Je n'entends rien. Je tends la main vers la table de chevet, tâtonne à la recherche de l'interrupteur. Mes doigts se referment sur un fil ; je le suis, trouve un bouton, appuie. C'est un édredon qui est jeté sur le lit. J'éteins, ressors de la pièce sans refermer.

« Fred ? »

J'enfile tout le couloir jusqu'au bout. J'ouvre chaque porte l'une après l'autre, allume directement, constate l'absence de Mock, continue ma tournée, sans oublier les salles de bains. Dans la toute dernière chambre sur la gauche, je m'arrête un instant : elle est pourtant comme toutes les autres (un lit, deux chevets, une armoire, un bureau, une chaise, deux fauteuils), mais j'y découvre aussi un vestige troublant : la guitare de Candice. Serait-elle, elle aussi, partie si précipitamment qu'elle n'aurait pas eu le temps de l'emporter ? Je m'approche de l'instrument. L'absence de poussière pourrait laisser croire qu'elle vient juste d'être posée là ; que Candice est peut-être même encore dans l'escalier ; qu'il ne lui reste que cinq marches à descendre pour nous rejoindre sur la terrasse. Maud l'y attend avec un livre, moi avec le plaisir d'être près de Maud, Pongo avec Perdita ventousée contre lui et Mock caché derrière une forêt de bouteilles, hôte consciencieux qui prépare pour chacun l'apéritif qu'il affectionne. Même au plus fort de l'été, quand notre petit groupe d'habitués s'augmentait des routards qu'il avait ramassés au fil de ses pérégrinations –

étudiants désargentés, pèlerins de causes perdues, artistes maudits ou se croyant tels –, il parvenait à mémoriser les goûts de chaque occupant de la grande maison et les verres atterrissaient dans nos mains avec une cadence digne d'une usine d'armement.

Mais Candice n'est pas dans l'escalier ; Maud n'est pas sur la terrasse ; et Mock ne va pas me servir un gin-orange : avant même d'être en mesure de toucher la guitare du doigt, je constate qu'il ne lui reste plus aucune corde. Ou, pour être plus exact, qu'il ne reste que des fragments de métal ou de nylon, entortillés aux deux extrémités. L'avantage d'un piano, c'est qu'on ne voit pas les cordes. On peut toujours croire, même vingt ans après, qu'elles sont restées intactes. Je referme la porte et reprends le couloir.

Avant d'atteindre sa partie droite, celle où nous logions, Damas, Pongo, Perdita et moi, je m'arrête devant la dernière porte de l'aile gauche. C'était la chambre de Maud. Et il s'avère que, par le plus grand des hasards, elle était voisine de celle que j'occupais. J'avais prétendu avoir choisi la mienne pour sa vue sur la piscine, le parc et la forêt. Mon air innocent avait semblé convaincre Mock. Mais pourquoi se serait-il posé des questions ? Comment aurait-il pu penser qu'un type de vingt-deux ans était capable de concevoir des idées dignes d'un gamin qui en aurait eu dix de moins ?

Moi-même, je m'étonnais de relever la tête de mon oreiller, en retenant mon souffle, dès que j'entendais le moindre son de l'autre côté de la cloison. Je passais mes journées à capter de Maud les sourires et les regards, les gestes et les expressions ; et mes nuits n'étaient qu'une prolongation de cette surveillance diurne. Privé d'images, je déployais les mêmes efforts que ceux qui s'imposent aux aveugles dans la réalisation des actes les plus anodins : je tentais d'associer chuintements ou claquements provenant de la chambre voisine aux meubles susceptibles de les avoir produits, et j'en déduisais alors les mouvements et les activités de Maud. Mais le plus explicite, et le plus émouvant, était le grand silence qui s'étendait entre le son feutré de la porte contre son chambranle et le soupir du lit qui accueille un corps. Car je savais que dans cet intervalle, Maud se déshabillait ; et je suivais en pensée chacun de ses gestes : le pouce qui force le passage des boutons dans les œillets du chemisier ; le buste qui se dévoile, les bras qui se révèlent, les poignets et les mains qui se libèrent enfin ; la ceinture qui serpente dans l'acier de sa boucle, le *jean* qui s'entrouvre quand glisse la fermeture éclair ; le tissu qui descend sur les cuisses, les mollets, caresse la cheville, le pied puis les orteils ; le corps qui se redresse et les bras qui se plient pour remonter les mains entre les omoplates ; les doigts qui pincent la soie fine, de chaque côté de l'attache du soutien-gorge, défont une agrafe ; puis la suivante ; puis la dernière, relâchant alors bretelles et bonnets pour révéler ces seins dont je croyais connaître, à force de les imaginer, jusqu'aux plus fines nuances de l'odeur.

Parfois, cet espionnage reprenait en pleine nuit. Car, quelle que soit l'heure, Maud ne pouvait se soustraire aux subites inspirations qui la prenaient. Elle me l'avait expliqué la première fois que je l'avais croisée dans le couloir à l'aube, alors que je me préparais à aller courir et qu'elle remontait de la cuisine où elle avait avalé rapidement un café et une ou deux tartines grillées avant de se mettre au travail. Lors des rencontres suivantes, nous n'avions pas échangé un seul mot : un sourire, un geste amical avaient suffi. Elle était rentrée dans sa chambre ; j'étais parti vers la forêt.

Mais ces occasions étaient rares : le plus souvent, c'était en plein cœur de la nuit que le besoin d'écriture la réveillait. Alors, même s'il était insignifiant, le grincement de sa poignée me sortait du sommeil. J'attendais, dix minutes, quinze minutes, peut-être plus ; je supposais qu'elle était, malgré l'heure saugrenue, descendue là encore à la cuisine, comme si cela constituait un rituel incontournable dans son processus d'écriture. Elle revenait : de nouveau la poignée, puis sa chaise sur le sol ; qui s'écarte, puis reprend sa place. À l'image de ma chambre, la sienne comportait un petit bureau de bois blond presque accolé au lit. Et du fait que nous dormions tête contre tête – si l'on faisait abstraction du mur qui nous séparait – c'était donc à seulement quelques centimètres de mes oreilles aux aguets que glissait la plume de son stylo. Je ne l'entendais pas, évidemment ; c'était, là encore, un silence que je devais peupler, plus mystérieux que celui de mes soirs. Car s'il m'était facile d'imaginer son corps nu en retravaillant les pleins et les déliés que ma mémoire avait emmagasinés à force de l'observer dans ses infimes bikinis, il m'était impossible de concevoir ne serait-ce qu'un embryon d'idée de ce qu'elle pouvait écrire. J'en récoltais pourtant parfois quelques bribes, par-ci par-là, lorsqu'elle laissait traîner un bout de papier ou de carton sur lequel elle avait griffonné quelques mots qu'elle avait peur de voir lui échapper. Elle pensait en effet que l'inspiration était un animal indomptable, sans doute le plus sauvage de tous, à la fois capricieux et craintif, qui surgissait quand on ne l'attendait pas et se terrait dans sa tanière quand on cherchait à l'appâter. Il fallait donc l'attraper dès qu'il pointait son museau et ne surtout pas le laisser repartir. C'est ce qu'elle nous avait expliqué le jour où l'un d'entre nous – je crois que c'était Damas – lui avait demandé pourquoi elle portait toujours son stylo-plume vert glissé dans l'échancrure de son tee-shirt ou de son chemisier. Même quand elle était en maillot de bain, elle pinçait l'agrafe du bouchon sur la bretelle gauche de son soutien-gorge et ne s'en séparait qu'au moment de plonger.

Ainsi équipée, elle se sentait donc rassurée : aucune idée ne risquait de lui filer entre les doigts. Et nous l'avons vue souvent s'interrompre dans une conversation ou une activité quelconque pour tirer sur son stylo, en laissant le capuchon accroché dans son décolleté. Elle rédigeait alors quelques mots, quelques lignes ou plusieurs paragraphes, en utilisant n'importe quel support qui lui tombait sous la main : une serviette en papier, un carton d'emballage, une notice de médicament, un journal, un morceau de cagette… Le soir, elle emportait ce brouillon dans sa chambre pour y recopier son idée. Le lendemain, une feuille froissée ou une latte de balsa brisée s'était ajoutée au tas de vieux papiers et de petit bois qui remplissait un panier près de la cheminée. Il m'est arrivé, quelques fois, au moment d'allumer le feu, d'avoir la chance de lire l'une ou l'autre de ces brèves ébauches. Mais cela ne m'aidait à comprendre ni les thèmes ni le déroulement des romans que Maud échafaudait tout au long de ses journées et rédigeait dans sa chambre à la faveur de la nuit.

J'avais ainsi retrouvé une fois une succession de courtes phrases dans la marge d'une revue que j'avais apportée, feuilletée distraitement dans le salon, laissé traîner sur la table basse, puis remise dans mes affaires sans y faire attention. C'était dans le train du retour que j'avais découvert ces lignes, reconnaissant immédiatement l'écriture harmonieuse et calme de Maud. J'ai depuis longtemps effacé de ma mémoire le titre de la revue, mais pas ces mots. Même si cela fait des années que je n'ai pas relu ce texte, enterré dans un tiroir de vieilleries sentimentales au quatrième niveau de mon bureau, je ne peux oublier les vagues aigües des *m* et des *n*, des *u* et des *i*, les flammes des *l* et celles des *f*, et les tracés parfaits des lettres rondes, closes avec une grande précision, mais sans donner l'impression d'avoir retardé la plume. Le tout formait des enchaînements d'une régularité et d'une souplesse tenant autant de l'art pictural que de celui de la danse. Et laissait sans peine imaginer ce dont les mains de Maud étaient capables.

2

Seize chambres, cinq salles de bains, aucune trace de Mock. Je redescends. Le séjour, la cuisine : inutile. L'arrière-cuisine : pourquoi pas ? Peut-être qu'il y bricole quelque chose. Mais si c'est vraiment le cas, je l'aurais sûrement entendu en me servant mon café. Je pousse quand même la porte… pour découvrir une pièce plongée dans le noir. J'allume avec un peu d'appréhension : pendant une courte seconde, j'ai imaginé que j'allais trouver Mock raide comme un cierge de Pâques, allongé entre le congélateur et les étagères du garde-manger. Mais il n'est pas là. S'il a été terrassé par un infarctus, c'est ailleurs.

Je sais, c'est con comme idée, mais quand on arrive quelque part avec un copain et que ce copain vous plante pendant plus d'une demi-heure alors qu'il est juste parti préparer du café, on peut facilement se mettre des idées noires en tête. Surtout quand ledit copain a dépassé la quarantaine. C'est un âge où les arrêts cardiaques sont plus fréquents que les parties de cache-cache.

Au bout de la pièce, il y a trois autres portes : l'une donne dehors – je vérifie : elle est fermée à clé –, la deuxième conduit à la buanderie – vide, elle aussi, et son accès vers l'extérieur est également verrouillé –, et la troisième permet de descendre au sous-sol. Mock y est-il retourné pour contrôler le bon fonctionnement de la chaudière ? Est-ce que ça prend autant de temps ?

Je m'engage dans l'escalier voûté. À peine quittée la dernière marche, je pousse la première porte sur la gauche, celle de la cave. Je suis étonné de la trouver encore si bien fournie, mais je ne m'y attarde pas : Mock n'y est pas en train de choisir l'accompagnement de notre repas du soir. En face, c'est la chaufferie : la grosse machine qu'elle abrite ronronne tranquillement, sans autre compagnie que celle de quelques araignées. J'avance encore :

plus loin, du même côté, Richard avait fait aménager une salle de sport… que Pongo et moi étions les seuls à utiliser. Le propriétaire des lieux lui-même avait très certainement oublié bien vite la nature et le coût des équipements qu'il y avait fait installer. Ses penchants le poussaient plutôt à faire escale dans la première pièce, avant de mettre le cap toutes voiles dehors sur l'extrémité du couloir. Là, une double porte molletonnée de rouge donnait accès à sa salle de projection.

Tous ensemble ou par petits groupes, les jours de tempête, de canicule ou de grosse fatigue, nous avons exploré ici tous les trésors du cinéma, cabotant entre les époques, les pays, les genres... La collection de Richard semblait n'avoir pas de limite, sinon celle de n'inclure aucun film au générique duquel pouvait figurer son propre nom.

Mais là non plus, personne. Je n'en suis pas réellement étonné : quelle raison aurait pu pousser Mock à visiter cette pièce ? La nostalgie ? Même pas : le décor dans lequel je viens d'entrer n'est qu'une mauvaise réplique de celui qui est resté dans mon souvenir : le vaste écran qui me fait face est piqueté de moisissure ; au pied des murs, de larges étendues de peinture ont été pulvérisées par le salpêtre ; la moquette, à la verticale de ces zones, a pris une teinte noirâtre ; les fauteuils rouges, poussiéreux, gâtés, voire éventrés par des rongeurs, donnent pour la plupart l'impression de devoir s'écrouler si jamais l'idée me prenait de claquer la porte. Mais le plus déroutant est l'odeur aigre qui me pique le nez : effacés, les effluves réconfortants de nos tasses fumantes, que les jours les plus froids mariaient à des parfums gourmands et enfantins de biscuits ou de chocolat ; évanouies, les fragrances fruitées portées par ces femmes, si proches dans la pénombre, mais dont nous nous savions séparés par la frontière infranchissable de l'amitié qui nous liait à elles. Je quitte la pièce, reprends le couloir, puis l'escalier qui me ramènent au rez-de-chaussée.

Je traverse le hall en direction des deux seules pièces dans lesquelles je n'ai jamais mis les pieds : la bibliothèque et la chambre de Richard. J'ouvre d'abord la porte de droite ; j'allume ;

je jette un regard circulaire sur ce décor que je découvre : de longues étagères, couvertes de livres sur trois des quatre murs ; une large baie vitrée, obturée par un volet roulant, sur le dernier ; un large bureau, un canapé, deux fauteuils, une table basse, un guéridon et quelques lampes. Et surtout pas âme qui vive. Je referme et passe à la porte voisine.

La première chose qui me frappe après avoir actionné l'interrupteur est l'absence de lit. Je suis pourtant bien dans une chambre ; et l'emplacement qu'occupait le meuble disparu ne fait aucun doute : deux petites tables de nuit modernes – de simples blocs rectangulaires aux coins arrondis et laqués de blanc – encadrent un large intervalle contre le mur de droite. Les lampes en verre dépoli posées sur chacun des deux meubles en reprennent la géométrie, la teinte, les proportions. Je remarque alors que tout, ici, correspond à ce style contemporain ascétique – rectiligne, pâle –, contrastant fortement avec les autres pièces, au mobilier ancien, souvent massif et dont les teintes sombres et les courbes douces donnent une ambiance largement plus chaleureuse. L'autre différence est l'espace : tandis que le séjour, pourtant immense, semble encombré, cette chambre ne contient que les deux tables de chevet, un fauteuil, un rangement composé de cubes, une chaise et une planche en pin juchée sur quatre piètements tubulaires ; et pas un seul bibelot, pas un seul tableau. Sans doute Richard avait-il besoin de ce dénuement pour se reposer de l'agitation des plateaux de tournage ; mais à mes yeux ce vaste volume vide et froid dénote surtout une grande tristesse.

Je m'avance jusqu'à une seconde porte, ouverte à l'autre extrémité de la chambre. Comme je l'imaginais, elle donne dans une salle de bains, une immense salle de bains, avec baignoire à remous aux dimensions olympiques, douche à jets multiples aussi spacieuse et clinquante qu'une Rolls et cabane en bois abritant un sauna – et dans laquelle je ne trouve évidemment ni Mock… ni son cadavre. J'éteins, referme la porte et reviens vers le hall.

En passant près de la table de chevet la plus proche de la sortie, la curiosité me pique : je fais une halte et saisis le fin volume que j'y avais remarqué depuis le seuil, *L'Étranger* de Camus. Vers le milieu, j'y trouve un marque-page. Il porte le logo d'une grande maison d'édition, ainsi que le nom d'un auteur et le titre d'un roman que je ne connais pas. Est-il glissé là pour signaler un passage ou même juste une phrase qui aurait eu un sens particulier pour Richard ? Ou est-ce simplement la dernière page qu'il ait lue dans cette chambre ?

Je garde le livre en main, ressors sans refermer et me plante au milieu du vestibule. De toute évidence, je suis seul dans cette maison.

Incrédule, j'hésite un instant sur la conduite à tenir. Faut-il que je continue à chercher Mock ? Dans le parc, par exemple ? Dans le bois qui le prolonge ? Sur la route ? Jusqu'au village ? Et si je lui téléphonais, avant toute chose ? D'ailleurs, pourquoi n'y ai-je pas pensé plus tôt ? Sans doute parce que j'imaginais tomber sur lui plus rapidement.

Je sors mon portable de ma poche et cherche son numéro dans la liste des appels. C'est étrange, mais je ne l'ai pas enregistré ; comme si je n'étais pas certain que les différents coups de fil que nous nous sommes passés au cours de la semaine aboutiraient à un rapprochement durable. Je retrouve un numéro sans nom, qui m'a contacté vers sept heures trente ce matin. Je sais que c'est lui. Le samedi matin, habituellement, tous ceux qui me connaissent – et même mon ex-femme – me laissent dormir. Du pouce, je lance l'appel, avant de coller le portable contre mon oreille. J'entends une tonalité. Au même moment, une musique industrielle syncopée résonne à proximité. Il ne me faut pas quatre secondes pour comprendre que ça vient du salon.

Quel sale con ! Pendant que je me tapais les cinq ou six cents mètres carrés de la baraque, il est revenu se prélasser au coin du feu ! J'entre dans la grande pièce, avec un tombereau d'injures prêtes à fuser. Mais pas de Mock. Est-il caché dans les rideaux ?

« Fred ? »

Pas de réaction. Je compose à nouveau son numéro. Encore la même mélodie crétine. Il me semble pouvoir mieux la localiser ;

pas très loin de la cheminée, vers les grands canapés. Mais comme la première fois, elle se coupe après moins de vingt secondes.

Bon, qu'est-ce que je fais ? Si son téléphone est tombé de sa poche et a glissé sous un canapé, je ne vais pas jouer les contorsionnistes pour le récupérer : ce que je veux, c'est Mock, pas son portable. Finalement, je crois que je vais vraiment être obligé de ressortir. Je quitte le salon et gagne la porte d'entrée.

Une fois dehors, je reste un instant immobile sur le perron, mon livre de Camus dans la main gauche et mon téléphone dans la droite, incapable de savoir si la tension qui me tenaille est plutôt de l'agacement ou de l'inquiétude. Car si c'est dans un jeu que Mock a choisi de m'embarquer, c'est vraiment très con de sa part et il ferait mieux de numéroter ses abattis avant de reparaître devant moi. Mais s'il a eu un accident dans un coin sombre et qu'on ne retrouve son corps congelé que demain matin, je porterai toute ma vie la responsabilité de cette perte. Bien sûr, c'est lui qui m'a laissé seul, mais n'aurais-je pas dû le suivre ? Cela dit, a-t-on vraiment besoin d'un garde du corps pour aller préparer du café ?

Je descends les trois marches et traverse la grande étendue de gravier jusqu'aux garages. Il y a trois portes : à droite, Mock rangeait l'espèce de pick-up soviétique qui lui servait pour faire ses courses, transporter des matériaux ou des outils ; au milieu se terrait la redoutable Mustang de Richard, une *fastback* 1969 rouge, parcourue, depuis la calandre jusqu'au pare-chocs arrière, d'une large bande blanche qui rehaussait encore l'agressivité de sa ligne ; dans le box de gauche, quelques vélos, une tondeuse autoportée et tout un tas d'engins et de substances dont Mock avait (apparemment) appris à maîtriser l'usage. Trois portes, trois poignées, trois résultats identiques : impossible d'ouvrir.

« Mock ? »

Après avoir tapé du poing, j'approche l'oreille du bois froid. Serait-il assez tordu pour se planquer là-dedans ? L'absence totale de réaction me convainc que non et je rebrousse chemin vers la maison.

Je retourne à la cuisine, dans le seul but de fouiller les tiroirs sous le four. Je crois me souvenir que Mock y entreposait, entre autres objets, une lampe de poche. Je la trouve sans peine, mais actionner le bouton ne donne aucun résultat. J'ouvre le boîtier et comprends facilement d'où vient le problème : la pile a coulé et tout l'intérieur de la lampe a été rongé par l'acide. Même si je découvre une autre pile plate en bon état, je ne pourrai rien en tirer.

Je remets la lampe à sa place. À côté, il y a quelques chandelles et deux boîtes d'allumettes. Pas le choix : je vais devoir continuer mes recherches à la lueur d'une flamme. Il est dix-huit heures quarante-cinq et avec le temps couvert, il fait presque nuit. Pour autant, je ne peux pas me permettre de renoncer à inspecter chaque recoin du jardin. Je prends deux bougies parmi les moins usées, une boîte d'allumettes et vais vers la porte qui donne sur l'arrière de la maison.

Jusqu'au *pool house*, je n'ai pas besoin d'utiliser mon éclairage de fortune, profitant de la lumière de la terrasse. Je passe entre le barbecue et la piscine, longe la réserve de bois et atteins la petite construction située au sud. Il y a une porte et une fenêtre, toutes deux fermées. Je m'approche de la vitre, mais, évidemment, je n'y vois rien. J'allume l'une de mes bougies, l'élève à proximité des carreaux, mais à part me renvoyer le reflet éblouissant de la flamme, cela n'a aucun effet. Je cogne doucement sur le fin vitrage.

« Fred !... Mock !... Tu es là ? »

Toujours aucune réponse. Je mets la bougie éteinte et la boîte d'allumettes dans la poche de mon manteau et, protégeant la flamme de ma main libre, je contourne le *pool house* pour aller inspecter le jardin.

Avant de quitter les dalles de la terrasse, je lance un nouvel appel. Il reste lui aussi sans effet. Je descends sur la pelouse ; l'herbe givrée craque sous mes semelles. J'avance vers la forêt, dont la première centaine de mètres est incluse dans le terrain de Ti-Gwern. Je sais que je ne suis pas loin des premiers arbres, mais sous ce ciel d'hiver sans lune et sans étoiles, je ne distingue absolument rien. Et ce n'est pas ma bougie qui va m'aider. Je vois très nettement mes bras et mes pieds, ainsi que l'arc de ma paume et de mes doigts, placés en écran devant moi, mais tout ce qui se trouve au-delà se perd dans la nuit. Je sais que la forêt est là, à moins de cinquante mètres ; mais je ne suis même pas certain que le chemin dans lequel j'allais courir tous les matins existe encore. Dix-huit années d'abandon doivent suffire pour laisser à la nature la possibilité d'effacer toute trace du passage des hommes.

C'est pourtant bien ici, sur cette pelouse, dans ces sous-bois, sur cette terrasse, dans ces dizaines de pièces que, pendant cinq ans, nous nous sommes retrouvés. À huit ou à quarante, pour boire et chanter, pour rire et oublier, pour regarder nager les filles ou s'abreuver de leurs parfums, pour jouer du piano ou cavaler dans l'herbe, pour paresser sur un transat en été et en hiver au coin du feu, comme des petits vieux satisfaits que nous pensions ne devenir qu'après plusieurs siècles de cette vie hors du temps.

Mais le temps a fini par forcer notre cercle ; et comme il permet aux arbres et aux ronces de reconquérir les sentiers inutiles, il a pris ces années et l'amitié qui les avait façonnées et les a réduites en poussière. À peine de quoi remplir une urne. Qu'il va falloir que je vide.

Non ! Ce n'est pas possible ! Mock m'aurait-il traîné ici pour me laisser accomplir à sa place cette tâche idiote et… dégueulasse ? Qu'il ne compte pas là-dessus : soit il revient avant demain soir, soit cette urne restera pleine et à l'endroit exact où il l'a posée !

Cette fois-ci, je n'ai plus aucun doute : c'est bien de la colère qui m'envahit. Je fais demi-tour et reviens vers la maison.

Je balance mon manteau sur l'un des canapés et me laisse tomber lourdement sur un autre. À part répéter quinze fois le même mot cathartique et ordurier de deux syllabes, je ne me sens plus capable de rien. Mais ma colère parvient pourtant à me remettre debout pour empoigner une bûche et la jeter sur le feu.

J'en profite pour ressortir le roman de Camus de la poche de mon manteau. Je reprends ma place, commence à tourner les pages…

Les lettres défilent. Elles doivent former des mots, qui doivent sûrement appartenir à ma langue maternelle ; mais plus j'enchaîne les paragraphes, moins je comprends ce que je lis. Et je crois que ce qui donne un certain sens à l'ensemble, ce sont plus les souvenirs que j'ai de cette histoire que les phrases que je survole. Si les pages étaient blanches, j'en saurais autant sur ce pauvre Meursault. Je finis par envoyer balader le bouquin. En glissant sur la vitre de la table basse, il vient cogner la base de l'urne funéraire. Quelle charmante compagnie !

Je me relève, migre vers la cuisine, fouille le frigo, les placards, et rapporte sauciflard, cornichons, pain bis et un vieux gigondas de derrière les fagots parce que merde à la fin ! Je me rassieds, profite de mon petit pique-nique, puis retourne à la cuisine pour faire ma vaisselle et ranger les restes de mes victuailles. En passant de nouveau la porte du séjour, je porte immédiatement mon regard sur le piano.

Je m'en approche ; juste pour voir. Je passe la main sur le couvercle ; puis le soulève. Je conserve les mains serrées dessus pour qu'il ne retombe pas. Les deux mains. Puis seulement la gauche. Les doigts de la droite effleurent l'ivoire, sans oser s'y poser. La première chanson que Candice avait jouée dans cette maison émerge peu à peu de mes souvenirs – son titre, le début de ses paroles, et l'ombre diffuse de son thème –, mais je ne suis plus certain de savoir par quelle note attaquer. Il me semble que le premier accord était un *sol* ; j'hésite néanmoins entre la fondamentale et la quinte pour entamer la mélodie. Je pourrais essayer les deux, cela n'aurait pas de conséquence : personne ne m'écoute ; j'ai pourtant des scrupules, plus de vingt ans après, à bafouer la mémoire de ces instants. Finalement, je me décide, enfonce de l'annulaire la touche de *ré*.

Le son qui sort de l'instrument me surprend : il n'a rien perdu de sa clarté. Je relève entièrement le couvercle, tire le tabouret, m'installe, et ma main gauche, libérée, vient former un accord de *sol* – étonnamment harmonieux – tandis que la droite cherche la suite de la partition. Elle tergiverse quelques secondes – *fa* ? *fa* dièse ? – et finit par choisir ce dernier. Oui, c'est ça ! L'enchaînement me revient : *ré*, *fa* dièse, *sol*, répété plusieurs fois ; puis l'accord change, on passe sur un *do*, me semble-t-il, et l'arpège, plutôt simple, se décale légèrement, mais pour toujours se finir sur une touche de *sol*. Je fais quelques essais, et parviens enfin à reconstituer la totalité de l'introduction. Heureux, je recommence, me cale sur le bon *tempo*, cherche à retrouver le swing mélancolique que Candice donnait à ce morceau. Et alors la nuit vient à moi. Pas l'obscurité froide dans laquelle je me suis aventuré en quête de Mock ; non, une nuit d'été, riche d'envies et du parfum des filles ; douce de la fraîcheur arrondie des verres contre nos paumes ; et fertile de tout ce que l'on croit possible à cette heure où le réel s'éloigne. Nous sommes sept ou huit sur les longs bancs de la terrasse. Ils sont un peu plus à se répartir dans la pénombre du jardin, deux à deux, partageant secrets et silences. Au milieu, l'eau bleue ondule au gré des lents mouvements d'un couple qui s'explore.

Candice tient la guitare. Nous restons dans l'attente. À part moi, Maud et Mock, évidemment, je crois que personne ne sait qui elle est. Cela augmente l'étrangeté de son intervention. Qui l'a remarquée, avant que Pongo lui tende l'instrument ? Pas grand monde, à en croire les regards étonnés qui convergent maintenant vers elle. Cela ne l'aide sûrement pas à se sentir à l'aise. Nous ne nous sommes vus qu'une fois ou deux avant ce séjour en Bretagne, mais j'ai vite compris qu'elle n'était pas d'un tempérament spécialement expansif ; l'inverse de Mock – ou son complément, selon la façon dont on voit les choses. Lors de notre première rencontre chez lui, j'avais croisé cette blonde transparente sur le seuil : elle partait comme j'arrivais et mon ami m'avait expliqué que c'était une copine de lycée de sa sœur, sans plus de détails. Mais les détails, je les ai déduits moi-même quand j'ai revu Candice ici : à l'époque, on ne venait pas à Ti-Gwern sans avoir un lien quelconque avec Mock ; et dans le cas d'une jolie fille comme Candice, il ne fallait pas avoir fait Polytechnique pour deviner la nature du lien qui pouvait exister entre eux deux. Même si lui, évidemment, n'en avait jamais rien dit.

« Tu sais en jouer ? avait fini par demander Pongo, dérouté par l'immobilisme de Candice.

— Oui… Un peu », avait répondu la petite blonde.

L'étonnement initial commençait alors à céder la place à l'agacement. Tout en continuant de pianoter l'introduction, je me souviens des remarques, des raclements de gorge et autres manifestations d'impatience que je percevais autour de moi. Je m'étais surpris à espérer que Candice ne les entendait pas. Elle me faisait un peu pitié, mise en scène comme elle l'était par Pongo. Je crois qu'il n'avait pas supporté qu'elle se montre si honteusement insensible à ses talents. Pendant une demi-heure – ou peut-être plus –, il avait rivalisé avec Ruis pour montrer l'étendue de leurs répertoires respectifs, enchaînant des standards, entraînant tout le groupe. Nous avions chanté en chœur, sifflé, crié, applaudi, levé nos verres pour encourager les duellistes ; et elle était restée immobile, ses yeux pâles posés sur eux, à suivre leurs doigts sur les cordes, sans chanter, sans bouger, le visage figé, les sourcils sévèrement froncés. Elle avait l'air de tellement s'ennuyer ; eh bien, qu'elle nous montre, maintenant, comment elle anime une soirée, elle, si elle ne nous en juge pas capables !

Pongo doit sans doute jubiler par avance de pouvoir se payer la tête de cette fille si hautaine. À peine arrivée à Ti-Gwern, elle croit qu'elle peut se permettre de mépriser les habitués ? Si elle veut une place parmi eux, il faudra qu'elle change d'attitude !

Sans oser le regarder en face, Candice se lève, se place au centre, passe la sangle dans son dos. Les deux autres guitaristes grimacent encore un peu plus en la voyant tâtonner pour ajuster le capodastre sur le manche. Cherche-t-elle à gagner du temps ? À retarder le moment où il lui faudra avouer qu'elle ne sait pas plus jouer de la guitare que courir le cent mètres en moins de dix secondes ?

Quand elle se lance enfin, ni Pongo ni Ruis ne changent d'expression. Elle entame un arpège que je trouve personnellement plutôt agréable, joué avec un plaisant mélange de vivacité et de délicatesse. Mais les deux autres musiciens doivent le juger un peu trop répétitif à leur goût : le dédain qu'ils affichent semble monter d'un cran. Et ce n'est pas le changement de position de la main gauche de Candice qui les fait revoir leur opinion : elle maintient le même *picking* régulier, Pongo laisse échapper un soupir, qu'il bloque dès qu'elle passe à un troisième accord, situé plus haut sur le manche et qui donne lieu à des déplacements plus complexes des deux mains, sautillant sur les basses et voletant sur les cordes plus fines. Ruis et Pongo ne peuvent retenir une moue de surprise ; ils sursautent presque à l'instant où elle chante les premiers mots.

Notre silence gêné se laisse soudain éclairer ; le mouvement régulier des doigts semble dévider une succession de fils invisibles, délicats, mais suffisamment fermes pour porter la voix qui ondule entre eux, comme la navette d'un tisserand parcourt son cheminement répétitif pour créer la matière. Et cette matière nous invite, nous enveloppe, nous réchauffe, nous habite et, plus que tout, nous réunit.

Quand la dernière note résonne et que Candice ouvre les yeux, elle nous trouve pétrifiés. Impossible d'applaudir ; impossible d'ajouter un son à ceux qu'elle vient d'offrir. Elle tend la guitare à Pongo ; il n'ose pas la prendre ; s'y résout finalement face à son insistance. Elle dit juste merci.

« Qu'est-ce que c'était ? demande Pongo.

— *Kathy's Song*, de Simon et Garfunkel », répond Candice dans un murmure que seul le premier rang parvient à capter. Et puis elle se retourne et fuit vers la maison. Je reporte mon regard sur Maud et vois qu'elle sourit, et qu'elle pleure en même temps. Je frissonne et, examinant l'assemblée tout autour de moi, je réalise que nous ne sommes plus seulement sept ou huit : tous les égarés nocturnes sont revenus des recoins sombres du parc ; les solitaires et les lecteurs qui étaient montés dans leurs chambres ou s’étaient installés au salon nous ont rejoints ; et même les deux amoureux de la piscine se sont accoudés sur la margelle pour se tenir au plus près de Candice. Quand ils lâchent leur prise pour retomber dans l’eau, le bruit de leur chute nous ramène à la vie.

3

En me réveillant ce matin, je ne trouve rien de changé, à part le feu qui s'est éteint, et la lumière du jour, maigre lumière de février qui suffit pourtant à redonner vie à cette grande pièce abandonnée. Et Mock n'est toujours pas là.

Je sors de l'amas de couvertures que je m'étais confectionné sur le canapé. J'en garde une sur les épaules et je me traîne en direction du hall. Avant toute chose, je vais avaler un litre de café. Malgré mon installation plutôt confortable, j'ai le sentiment d'avoir dormi d'un sommeil chaotique, agité de rêves absurdes, mettant en scène des clients, des collègues, des membres de ma famille et de vieux amis perdus de vue, comme si les dix-huit années écoulées depuis mon départ de cette maison avaient subitement cédé à ce flot de souvenirs, telle une digue fragile un jour de tempête.

Mais à chaque pas que je fais vers la porte, la réalité revient s'imposer à moi ; et dans cette réalité, le fringant étudiant qui courait chaque matin sur les routes forestières alentour, traçait chaque après-midi ses deux kilomètres dans la piscine et jouait du piano presque tous les soirs s'est laissé étouffer depuis longtemps par ce cadre strict et grisonnant qui vit dans mes costumes ; et mon piano est resté chez ma femme après le divorce.

De toute façon, à l'époque faste de Ti-Gwern, le fringant étudiant que j'étais n'aurait pas passé une nuit sur un canapé : courir, nager, manger sain étaient indispensables à mon équilibre, mais bien dormir ne l'était pas moins ; et même lors des soirées les plus arrosées, je trouvais toujours un moyen – ou une épaule solide et compatissante – pour regagner ma chambre, tandis que les autres se répartissaient sur les transats, les fauteuils, voire sur des carrés de pelouse à l'abri d'une branche basse.

C'est d'ailleurs dans ces conditions que je découvris Richard pour la première fois ; tandis que lui-même découvrait que l'homme responsable de l'entretien et du gardiennage du domaine de Ti-Gwern, le dévoué Frédéric Owczarek, dit Mock, profitait de ses absences pour inviter le ban et l'arrière-ban dans la propriété dont il avait la charge.

Habituellement, Richard faisait prévenir Mock deux ou trois jours avant sa venue, de façon à être certain qu'il y ait du champagne au frais, que le ménage et le nombre adéquat de lits soient faits et que la chaudière ou la climatisation, selon la saison, ait été démarrée. Mais cet été-là, il était en tournage à proximité – suite à des explications un peu plus détaillées, nous comprîmes que c'était quand même à près d'une centaine de kilomètres – et il avait décidé de profiter d'une matinée de relâche pour s'isoler un peu. En vérité, sa fuite se justifiait surtout par le fait que l'actrice avec laquelle il partageait le haut de l'affiche n'était autre que l'une de ses ex-femmes et qu'elle lui en faisait voir de toutes les couleurs – du moins hors plateau.

Après avoir fait le tour de toutes les pièces, de la terrasse et du jardin et constaté que chaque emplacement qui pouvait contenir un corps – lits, canapés, chaises longues, hamacs, tapis, baignoires – était occupé, et que les espaces entre ces multiples points de chute étaient constellés de bouteilles vides, de verres renversés ou d'assiettes garnies de restes de brochettes, de fragments de pizzas ou de portions de merguez, Richard prit une grande décision : il fit un saut dans la cuisine, attrapa une coupe et une bouteille et revint s'installer au bord de la piscine pour savourer, vautré dans un fauteuil, les pieds sur la table et le soleil en plein visage, cette étrange et inhabituelle solitude qu'il lui était donné de vivre, au milieu des rêves avinés de plusieurs dizaines de jeunes gens qu'il n'avait jamais vus et qui se moquaient éperdument de sa présence. C'est à peine si deux ou trois des dormeurs répandus sur la terrasse s'agitèrent quelques secondes quand le bouchon sauta. Ils sombrèrent de nouveau sans délai au plus profond de leur lourd sommeil.

L'explication avec Mock vint plus tard. De toute façon, Richard ne parvint pas à le localiser ce jour-là et, continuant dans son insouciance, il fit comme chez lui, fouilla le frigo à la recherche de quelque chose de comestible, qu'il jeta dans une poêle avant de retourner sur la terrasse pour déguster son petit frichti en finissant sa bouteille.

À un moment, une fille qu'il ne connaissait évidemment pas passa à quelques mètres de lui. Arrivée au bord de la piscine, elle déboutonna la longue chemise qu'elle avait dû emprunter à l'un de ses compagnons de soirée et qui se révéla, lorsqu'elle la laissa tomber sur les dalles, être son seul vêtement. Elle plongea et entama une série de longueurs, d'un crawl vif et régulier.

Richard nous avoua plus tard que, outre l'élégance du corps de la demoiselle, il avait réellement apprécié son indifférence. Depuis plus de vingt ans qu'il voyait son nom et son visage reproduits à des milliers d'exemplaires aux frontispices des cinémas et sur les couvertures des magazines, il avait savouré à sa juste valeur ce moment d'insignifiance qui, pour lui, représentait le comble de la liberté. Il repartit sur les coups de quatorze heures trente en laissant son verre et son assiette sur la table de la terrasse. Je pus alors quitter la fenêtre de ma chambre, depuis laquelle, après avoir été réveillé par la détonation du bouchon de champagne, je l'avais observé pendant toute sa dégustation.

Souriant à cette évocation ancienne, je fais un premier pas dans le hall et je tends la main vers l'interrupteur ; j'arrête immédiatement mon geste. N'avais-je pas tout laissé allumé ? Je me retourne. Dans le salon aussi, j'avais laissé brûler les trente ampoules du plafonnier, ainsi que six ou sept lampes d'appoint. Je ne voulais pas donner à Mock la possibilité de me surprendre s'il décidait de bondir de sa cachette en plein milieu de la nuit. Mais là aussi, tout est éteint ; et c'est bien la lumière du jour qui m'a réveillé ; car trois des neuf volets sont ouverts. Je suis pourtant certain de les avoir tous fermés.

Je fais volte-face, passe dans le vestibule et allume. Je remarque immédiatement mon sac de voyage, posé au pied de l'escalier de gauche. Était-il là hier soir ? Il ne me semble pas l'avoir vu. Pourtant, je n'aurais pas pu le rater puisque je suis monté par ce côté-là. Je me débarrasse vivement de ma couverture et retourne chercher mon manteau dans le salon : si Mock veut jouer au jeu du plus con, il gagnera par forfait.

J'empoigne les anses de mon bagage et me dirige vers la cuisine. Je pose mon barda sur la table, attrape une tasse, la remplis du reste de café et la mets dans le micro-ondes. Pendant qu'elle chauffe, je passe aux toilettes, tout en gardant la porte ouverte pour rester à l'affût du moindre bruit de pas ou de porte. Je retourne à la cuisine, fouille les placards, trouve un paquet de biscuits. J'en avale deux tout en buvant mon café, puis je range le reste dans mon sac. J'enfile mon manteau, reprends mon bagage et me dirige vers la sortie. Douche et rasage attendront bien ce soir que je sois revenu à Rouen.

Je descends les quelques marches du perron et m'avance vers la voiture, fouillant du regard toute la zone qui s'étend devant la maison. Je n'oublie pas non plus de jeter régulièrement un regard par-dessus mon épaule : Mock serait bien capable d'arriver par-derrière au moment précis où je m'apprête à lui fausser compagnie.

Arrivé à l'arrière de la voiture, je plonge la main dans la poche gauche de mon *jean*. Je suis étonné de ne pas y trouver la clé. Je passe à la droite, même si ce n'est pas dans mes habitudes. Évidemment, je n'y trouve que mon portable. Je pose mon sac, passe en revue mon manteau, vidant son contenu sur la malle au fur et à mesure ; mais il ne contient que les objets que je sais y avoir mis : mon portefeuille, les clés de chez moi et le livre de Camus que je me suis permis d'emprunter.

Je remets tout à sa place. Où ai-je bien pu fourrer la carte de démarrage de cette foutue voiture ? L'aurais-je oubliée dans l'habitacle ? J'essaie d'ouvrir les portières : elles résistent. Je ne vois qu'une solution : la carte a dû glisser de ma poche. Je laisse mon sac sur le gravier et retourne vers la maison.

Ma première idée, la plus logique, est d'aller explorer le canapé sur lequel j'ai dormi. Je soulève les couvertures et les coussins, glisse la main entre l'assise et les accoudoirs, puis le long du dossier ; sans rien trouver. Je quitte la pièce et répète le tour que j'ai fait la veille : bibliothèque, chambre de Richard, puis l'étage ; je regarde sous les meubles, je soulève les tapis… Je redescends au bout de quinze minutes, bredouille.

Il ne reste donc qu'une possibilité : j'ai dû perdre la carte-clé en inspectant le parc. Si c'est sur la terrasse, je pourrai la repérer sans trop de mal. Si c'est dans l'herbe, j'aurai autant de chances de la trouver en ratissant le jardin qu'en faisant des claquettes les yeux bandés sur le bord de la piscine.

Je contourne néanmoins la maison. J'arrive sur la terrasse, et dès que je me trouve à la hauteur de la porte-fenêtre par laquelle je suis sorti chercher du bois, je commence à scruter le sol devant moi. Pas à pas, dalle après dalle, j'avance régulièrement, m'efforçant de lutter contre ma nervosité. Je sais que la lenteur est ma meilleure alliée.

J'ai fait toute la longueur du bassin ; je tourne à angle droit et continue mon inspection. Je reviens en arrière, examine une autre largeur du dallage, puis repars dans le sens inverse, avançant de nouveau vers la forêt. C'est ma dernière chance : si je ne la trouve pas dans les cinq derniers mètres, je suis bon pour faire une croix sur cette carte. Je préfère ne pas imaginer la liste d'emmerdements que cela implique.

Je m'arrête quelques secondes devant le barbecue, j'en inspecte chaque recoin, je déplace la grande pince, la pelle à cendres ; toujours rien. Dans le tas de bois contigu, je jette un œil sans trop y croire : la clé a peut-être glissé entre deux bûches ; ou peut-être pas : je ne vais pas transbahuter deux stères de bois pour un résultat totalement hypothétique. Je préfère me détourner vers le *pool house* ; et je comprends aussitôt pourquoi je n'ai rien pu y discerner hier soir, à la lueur d'une simple bougie : un tissu sombre, presque noir, est tendu derrière la vitre, sur toute la largeur du châssis.

La clé de la voiture me sort immédiatement de l'esprit : et si Mock était quand même dans ce cabanon ? Instinctivement, je tends la main vers la poignée de la porte : elle me résiste comme la veille. Je frappe au carreau, plusieurs fois, appelant Mock et essayant de discerner, malgré la tenture opaque, si un mouvement ou une lueur peuvent se laisser deviner. Je frappe un peu plus fort, crie un peu plus fort, tambourine la porte en hurlant. Rien n'y fait. N'y tenant plus, je fais deux pas en arrière, saisis une bûche et en frappe le carreau d'un coup sec. Rebondissant sur le tissu tendu, les éclats de verre tombent à mes pieds. Je porte une nouvelle attaque, déchiquetant sans peine l'étoffe grâce à l'écorce de mon arme improvisée. Je finis par la rejeter sur le dallage afin de pouvoir empoigner les lambeaux du rideau ; j'entends des clous ou des punaises qui sautent tandis que je dégage peu à peu l'ouverture de la fenêtre.

Une fois la lumière du jour entrée dans le *pool house*, force m'est de constater que Mock ne s'y trouve pas : le long des murs se répartissent une table de jardin, une pile de chaises en plastique, un tuyau tout fendillé et son enrouleur, une hache, une pelle, plusieurs caisses en carton et divers autres ustensiles impossibles à identifier sous leur voile de poussière et de toiles d'araignée. Au milieu de tout cela, la présence d'un tas de coussins relativement propres me paraît insolite ; et me pousse à vouloir inspecter plus en détail cet endroit. Je passe la main par la fenêtre détruite et tâtonne pour trouver le verrou de la porte. Je le tourne et pousse le battant avec prudence, pour éviter de me prendre sur la figure un vieux machin moisi ou un tas de crasse tombé du plafond ; mais avant même que j'aie ouvert à moitié, un objet crisse atrocement sur le sol carrelé et bloque subitement la porte. Je me penche pour essayer de dégager le caillou ou le boulon qui se sera coincé ainsi ; et je réalise que l'obstacle est en fait un stylo. Je le saisis entre deux doigts tout en ramenant doucement la porte vers moi et je parviens à le dégager. Malgré le faible éclairage et son état lamentable, je comprends immédiatement à qui il appartient – ou appartenait. Il a perdu son capuchon, sa plume est tordue et couverte d'une pellicule noirâtre, mais aucun doute n'est permis : il s'agit bien du stylo-plume de Maud, celui qu'elle portait sur son sein quand nous étions jeunes, à l'époque où elle se rêvait écrivain. Le corps cylindrique, même rayé et voilé de poussière, présente une couleur verte qu'il m'est impossible d'avoir oubliée. Je le glisse dans ma poche et je quitte le *pool house*.

Tout en longeant la piscine, je sors mon portable et, malgré mes doigts engourdis par le froid, je navigue pour trouver le numéro d'un taxi. Tant pis pour cette satanée clé et cette voiture. Mock se débrouillera pour la rapporter à Paris ; peut-être même qu'il devra la faire remorquer et que ça lui coûtera un bras, mais ce n'est pas mon problème. Il a noyé le poisson, hier, quand je me suis étonné qu'il ait pu louer un véhicule sans avoir le permis – m'expliquant qu'il avait un arrangement particulier avec le garagiste qui lui avait passé la voiture ; à cause d'une histoire un peu scabreuse… dans un pays d'Afrique… il y a longtemps…

« Et ce ne serait pas plus simple de passer ton permis plutôt que de bricoler des arrangements à chaque fois que tu en auras besoin ? lui avais-je répliqué.

— Ah ! Mon pauvre Nil ! Tu es toujours aussi conformiste ! s'était-il gaussé.

— Oui, sûrement. Mais la plupart du temps, ça m'évite d'avoir des emmerdes.

— Si tu exclus le fait que la plus grosse emmerde envisageable c'est d'avoir une vie démesurément emmerdante. »

Au moment où j'arrive à la hauteur de la voiture, mon portable affiche le numéro d'un taxi ambulance qui réside au village. Je lance l'appel, riant sous cape à l'idée que le plus emmerdé des deux ne sera finalement pas celui que Mock imaginait. Inconsciemment, tandis que j'attends qu'on décroche, je tâte le stylo caché dans mon manteau.

« Allô ?
— Oui, bonjour, je souhaiterais me rendre à Quimperlé…
— Oooh ! Mon pôv' monsieur ! J'suis désolé, mais j'suis déjà en route pour Brest.
— Brest ?
— Oui, j'fais aussi l'ambulance, et aujourd'hui j'ai une dame à conduire à Brest. Je serai pas de retour avant trois heures.
— Trois heures ?
— Ouais. Enfin, quinze heures, je veux dire. Sinon, y vous reste toujours le car, pour aller à Quimperlé. Sur la place du village, devant la mairie.
— Oui, merci, je connais.
— Y en a pas beaucoup, le dimanche, mais je crois qu'en fin de matinée… vers midi moins le quart…
— D'accord, je vais voir.
— Désolé, hein…
— Non, non, c'est rien. Bonne route jusqu'à Brest.
— Merci. Bon voyage à vous aussi.
— Merci. »

Le car.

Je regarde le portail par lequel nous sommes entrés hier ; je regarde l'étendue de gravier qui m'en sépare ; et je regarde la route au-delà : une ligne droite interminable, bordée de fougères et d'aulnes nus. Je pourrais très bien appeler un autre taxi : si je suis prêt à y mettre le prix, il est certainement possible que quelqu'un vienne me prendre depuis Quimperlé. Mais je ne cherche pas d'autre numéro ; je me penche, j'empoigne mon sac et je marche vers la grille. S'il faut que je revive les heures passées ici, autant que ce soit jusqu'à la lie. Peut-être cela fait-il partie des plans de Mock.

Quand j'ai entrepris ce parcours à pied, il y a dix-huit ans, c'était la première fois que je ne montais pas dans la Mustang de Richard ou la Lada de Mock pour me rendre à la gare de Quimperlé. Pongo était là, derrière moi ; Perdita aussi, mais un peu en retrait. Damas, dont je voyais la silhouette s'amenuiser au loin sur la route, était parti quelques minutes plus tôt, juste le temps de s'habiller et d'attraper son sac si pauvrement rempli qu'il ne craignait jamais d'oublier quoi que ce soit où que ce soit. Sortant de la maison en procession silencieuse, d'autres garçons et d'autres filles, vêtus à la hâte, à peine coiffés et chargés encore des senteurs de la soirée et de la mauvaise nuit, franchiraient ce portail à notre suite. Ça n'avait pas été la plus excessive de toutes les fêtes que nous avions organisées ici ; mais ça devait être la dernière. En moins de vingt minutes, Richard nous avait tous débusqués, secoués, insultés et jetés hors de chez lui. Et aujourd'hui encore, dix-huit ans plus tard, je ne sais toujours pas pourquoi.

4

Tout est rentré dans l'ordre. Dès six heures trente, ce matin, j'étais assis derrière mon bureau, un café dans une main, un stylo dans l'autre, bien décidé à ne plus accorder une seule seconde, même en pensée, à ce connard de Mock, à Ti-Gwern et sa piscine changée en marécage, à mes souvenirs inutilement déterrés… et à Maud.

En réglant mon réveil hier soir, je savais qu'il fallait que j'agisse ainsi : ancré en moi depuis plus de vingt-cinq ans, ce rythme régulier m'a bien souvent permis de tourner la page. Initialement, c'est dans le but de travailler avec les idées claires que j'avais pris cette habitude, alors que je venais d'entrer à la fac. Mais je m'étais rapidement rendu compte que cela m'aidait aussi à encaisser plus facilement les aléas de l'existence : une rupture, un deuil ou même l'indifférence de Maud me devenaient rapidement étrangers dès lors que je me tenais fermement à mon emploi du temps. La raison en était simple : quel que soit l'évènement, les quelques minutes nécessaires pour s'en lamenter ne trouvaient pas leur place dans l'organisation parfaitement chronométrée de mes journées.

En vacances, je maintenais le même rythme, exception faite des nuits un peu trop alcoolisées qui me gardaient au lit quelques heures de plus. Mais dès le lendemain, de nouveau frais et dispos, j'étais sur le pont dès six heures, chaussures de course aux pieds, prêt à attaquer mes kilomètres de footing.

Je me dois aussi de préciser que ma motivation avait encore augmenté depuis ma première rencontre avec Maud dans le couloir de l'étage. Chaque matin, quand j'entendais, en sortant de ma chambre, une porte ou le bruit d'un pas au rez-de-chaussée, mon cœur s'accélérait, des idées me montaient à la tête, ou plutôt des images, trop brouillonnes pour être vraiment des idées, et dans lesquelles les deux seuls corps éveillés dans cette maison se découvraient enfin. Je descendais à pas sourds, pour ne pas risquer de sortir du sommeil l'un ou l'autre de nos amis, tout en imaginant que la tension même de mes nerfs devait pourtant déjà faire vaciller la maison sur ses fondations. Et alors que je me préparais à mon tête-à-tête avec Maud dans la cuisine ou dans l'entrée, une seule question me taraudait : lequel de nous deux aurait le premier geste, le premier mot, le premier regard que l'autre comprendrait aussitôt comme une invitation, voire une promesse ?

Déçu, je le fus plus d'une fois, quand il s'avéra que la personne responsable des bruits de robinet ou de chaise déplacée n'était autre que Damas ou Ruis. Heureusement, je crois qu'aucun des deux ne remarqua jamais ma grimace. Le premier, de retour de ses nuits de méditation dans la forêt, semblait n'avoir conscience ni du décor de la cuisine ni de ma présence face à lui, tant son air extatique me portait à croire qu'il venait de croiser Dieu en personne… ou un revendeur de cocaïne qui soldait tout son stock. Quant au second, qui partageait avec Maud une tendance aux pulsions artistiques nocturnes sans avoir les mêmes goûts en termes de boissons matinales, il ne passait dans cette pièce que pour y piocher une bouteille de blanc dans le frigo avant de remonter dans son atelier, aménagé au grenier. Il aurait pu me marcher dessus qu'il ne s'en serait même pas rendu compte. Mais malgré ces déconvenues, il ne faisait aucun doute que dès le lendemain matin, je me réveillerais à la même heure, enfilerais mes chaussures de sport avec la même détermination, ouvrirais ma porte avec les mêmes espoirs et m'engagerais dans le…

« Emmanuel ?

— Ah… Euh… Bonjour, Lison.

— Emmanuel ? Tu vas bien ? »

Sa question et la mine qu'elle affiche me laissent entendre qu'elle anticipe plutôt une réponse négative. Je réplique pourtant sans rougir :

« Oui, Lison, très bien. Et toi ?
— Moi, oui : je ne suis pas assise devant un dossier fermé avec les yeux dans le vague, la bouche ouverte et les doigts crispés sur un stylo et un gobelet de café. Ça fait longtemps que tu es comme ça ?
— Non, enfin, je… je réfléchissais aux papiers que je viens de valider. »

Elle contourne nos deux bureaux, se plante à ma droite, ouvre la chemise cartonnée posée devant moi et tourne les pages jusqu'à la toute dernière – là où devrait figurer ma signature si j'avais effectivement validé ce dossier de lot... puis elle trempe sans hésitation son index dans mon café.

« La machine sert du café froid, maintenant ? Ou alors ça fait une heure que tu es bloqué sur la page de garde ? »

Ce que j'aime chez Lison, c'est l'énergie qu'elle déploie en toute chose ; sans parler de la pertinence de ses analyses. Elle fait demi-tour en suçotant son doigt. Tandis qu'elle ôte et accroche son manteau et son écharpe – en me tournant le dos –, j'entame l'élaboration d'une réponse à peu près plausible à sa question initiale :

« Bon, OK, si tu veux tout savoir, j'ai passé un week-end plutôt difficile. En fait, j'ai dû… »

En y repensant ce soir dans ma voiture, je commence à concevoir quelques scrupules au sujet de toutes ces inventions que je me suis senti obligé de broder ce matin. L'activité de la journée – et mon aptitude exceptionnelle à fuir les regards – m'a empêché de trop réfléchir à l'échange que nous avons eu, Lison et moi, avant qu'elle ne s'installe à son propre bureau et se lance, elle aussi, dans la révision d'un beau petit tas de paperasse. Mais désormais seul derrière mon volant, je ne peux éviter de revoir ses yeux posés sur moi tandis que j'improvisais un compte-rendu de mon week-end à peu près crédible ; et je suis de plus en plus convaincu qu'elle n'en a pas cru un seul mot. Je me gare devant mon immeuble, gagne le hall, attrape mon courrier et attaque l'escalier en continuant à y réfléchir.

Arrivé dans mon appartement, j'accroche mon manteau dans la penderie de l'entrée, et passe aussitôt au salon pour me diriger vers le coffre où je range mes apéros. Tout en sortant un tumbler et une bouteille de gin, j'essaie de trouver des arguments pour me démontrer que le bobard que j'ai servi à Lison n'était pas si mal tourné : je lui ai raconté que j'avais dû récupérer au pied levé mes deux plus jeunes enfants, parce que ma femme… mon ex-femme, pardon, s'était fait planter par sa *baby-sitter* et qu'elle devait chanter deux soirées de suite – le samedi et le dimanche – avec le chœur dont elle fait partie. Ma femme, pas la *baby-sitter*.

« Elle a une très belle voix », ai-je insisté, pour bien détourner la discussion du sujet initial. Comme Lison connaît par cœur le planning de mes week-ends de garde – il arrive même parfois qu'elle me rappelle à l'ordre le vendredi soir : « Emmanuel, il est dix-huit heures, il faut que tu ailles récupérer tes petits ! » –, il me fallait bien lui faire comprendre que c'était exceptionnel, que je voulais juste dépanner ma femme, que j'aurais fait pareil pour n'importe qui… Enfin, toute une litanie de justifications sans queue ni tête. D'autant plus que Bélèm n'est pas n'importe qui.

Je gagne la cuisine, j'allume avec le coude avant de poser mon chargement sur le plan de travail. Je prends deux glaçons dans le congélateur, je les jette dans le verre, avant de les arroser généreusement de gin. Je complète le tout de jus d'orange et de tonic et je retourne au salon. S'il y a un moment dans mon histoire récente où j'ai été ridicule, c'est bien ce matin. Quel besoin avais-je de me justifier d'avoir dépanné Bélèm ? Je n'ai aucun compte à rendre à Lison ; surtout en ce qui concerne mes relations avec ma femme. Mon ex-femme.

Je me plante devant la fenêtre et je me mets à siroter mon cocktail à petites lampées tout en observant la rue : deux arbres sans feuilles, un passage piéton sous son réverbère protecteur, aussi superflus l'un que l'autre à cette heure tardive et dans ce recoin sans vie ; un peu plus loin sur la droite, les bâtiments bas de l'école, plongés dans l'obscurité et précédés d'une cour dont la barrière, vert pomme en plein jour, apparaît maintenant en gris. Je tourne la tête de l'autre côté : l'abribus, tout aussi vivement éclairé – et tout aussi inutile que le passage piéton – apporte un agréable contraste dans ce lugubre paysage nocturne et hivernal : sous mes yeux – et à cette heure je me permets de supposer que mes yeux sont les seuls invités à ce spectacle – une jeune femme en sous-vêtements s'étire dans la lumière glacée des néons et me convie à un parcours en noir et blanc dénué de toute ligne droite et dont les panoramas les plus saisissants vont mourir sous les ombres d'une soie minimale et hypocrite qui raconte plus qu'elle ne tait et laisse faussement croire que la fin du voyage est à portée de main. Et comme chaque soir depuis deux semaines qu'elle est accrochée là, je me prends à rêver que, me voyant si désœuvré, la demoiselle en dentelles va enfin se décider à traverser la vitre de son panneau publicitaire, remonter la rue vers mon immeuble, emprunter le passage piéton dont les petites étoiles de verglas que je vois scintiller de ma fenêtre fondront au contact de ses orteils nus, et qu'elle viendra pianoter sur mon digicode, puis attendra, sans paraître ressentir le froid malgré sa tenue plus que légère, que je vienne lui ouvrir pour la prendre dans mes bras et lui expliquer, sans excès de paroles, quelles excursions l'observation de son image m'a permis d'échafauder au cours de ces quelques soirées que nous avons passées en tête à tête, elle sous son abribus, et moi à ma fenêtre.

Je me détourne, gagne le canapé sur lequel je me laisse choir et, tout en me disant que je ferais mieux de vider mon verre et d'aller me préparer un dîner, j'attrape la télécommande et allume la télé. C'est une habitude idiote – je le sais, mais ne peux m'y soustraire –, acquise depuis que je vis seul. Aucun visage ni aucune voix produits par cet écran ne pourront jamais remplacer ceux qui ont animé ma vie jusqu'au jour de mon divorce ; mais en forçant brutalement le passage vers mon cerveau, cette frénésie de couleurs et de sons parvient au moins à colmater les brèches par lesquelles je sens parfois se répandre en moi l'amère liqueur qu'on nomme regret.

Il m'est pourtant arrivé, une fois ou l'autre de ne pas respecter ce pitoyable rituel : parce que je rentrais trop tard, trop fatigué ou trop imbibé pour avoir envie d'autre chose que de mon lit ; ou parce qu'une pile de dossiers urgentissime que j'avais rapportée du bureau me faisait de l'œil avec plus d'insistance que le petit écran ; ou encore parce que je croyais pouvoir me faire du bien en écoutant et réécoutant *Kathy's Song* par la voix d'une chanteuse folk américaine.

Ça, c'était hier soir. Après mon odyssée depuis la Bretagne – en passant par le garage d'Aubervilliers où nous avions pris la voiture louée par Mock et devant lequel j'avais garé la mienne au début du weekend – je m'étais calé au même endroit, avec le même verre dans la main. Mais ça ne suffisait pas pour que je me sente vraiment libéré de ces deux jours de pèlerinage absurde dans une maison sans vie.

Je me suis relevé pour mettre ce disque d'Eva Cassidy sur lequel figure la chanson de Simon et Garfunkel que Candice nous avait offerte, au bord d'une piscine, au plus sombre d'un soir d'été désormais mort et enterré. J'avais découvert cette artiste quelques années après le bannissement général de Ti-Gwern, dont j'avais été l'une des victimes. Je ne sais plus sur quelle radio je l'avais entendue, mais aussitôt j'avais cru retrouver la voix de Candice. Du moins, cela ressemblait au souvenir que je gardais de cette voix ; et de tout ce qui vivait autour.

Mais ce soir, fort des résolutions que j'ai prises en me levant ce matin, je ne peux pas autoriser Eva Cassidy à me conduire vers le passé. Alors je musarde d'une chaîne de télé à une autre, sans parvenir à trouver le moindre intérêt aux courts passages de reportages, de feuilletons ou d'émissions humoristico-festives qui me tombent entre les paupières. J'absorbe une nouvelle gorgée de mon gin-orange et me prépare à abandonner mes recherches télévisuelles, quand je tombe sur une image en noir et blanc. Il me semble que ça me dit quelque chose… Ventura, écrivant à la lueur d'une bougie, enroulé dans une couverture… Mais oui ! C'est *l'Armée des ombres*. Je me carre un peu plus dans les coussins mous : même si j'ai raté le début, je ne vais pas me gêner pour profiter de ce qui reste. Ce sera parfait pour oublier les filles d'hiver légères et court-vêtues, les piscines vides où se noient les souvenirs, les disques habités de guitares fantômes, les chambres sans lits, les lits sans vie, les petits déjeuners solitaires dans les cuisines froides, les sacs de voyage à tirer sur une chaussée inégale, les kilomètres à marcher, les cars finistériens, les questions à laisser derrière soi, comme l'enfant perdu jette des cailloux blancs ; à moins que ce ne soient des miettes de pain, que le vent, les oiseaux, les rongeurs et l'oubli grignoteront dès que l'enfant aura commencé à grandir.

Au moment où Simone Signoret se fait… le téléphone sonne.

« Allô ?

— Emmanuel ? »

C'est une voix de femme ; que je ne reconnais pas. Je ramasse mes cailloux, ma mie de pain, mes guitares, mes piscines et surtout mes fantômes.

« Oui, c'est moi.

— Bonsoir, Emmanuel. Excuse-moi de te déranger si tard… Je… C'est Lison…

— Ah… »

Je ne sais si elle perçoit, dans cette unique syllabe, tout le poids de la déception qui vient de m'envahir. Mais qu'avais-je imaginé ? Quel visage avais-je voulu placer au premier plan du film que cette voix avait mis à tourner dans mon esprit ?

« Euh… Bonsoir Lison. Un problème au boulot ?

— Non, non. C'est juste que… je tenais à te présenter mes excuses...

— Tes excuses ? Mais pour quelle raison ?

— J'ai l'impression que je t'ai parlé d'une façon un peu… déplacée… un peu intrusive, ce matin… alors que… j'aurais dû me montrer plus compréhensive.

— Non… mais… si ; enfin… j’ai trouvé au contraire que tu m’écoutais avec beaucoup de…

— Arrête, Emmanuel. Je sais bien que tu m’as raconté des histoires. Mais c’est moi qui t’y ai obligé, en te harcelant de questions. C’est pour ça que je te demande de m’excuser.

— Tu es tout excusée, Lison. En plus, il n’y a vraiment aucun problème, tu peux me croire. C’est juste la fatigue liée à mon w…

— D’accord, d’accord, si tu veux. En tout cas, et même si je ne veux pas te forcer la main, sache que la porte reste ouverte.

— La porte ? Quelle porte ?

— Écoute… je suis désolée d’être si franche avec toi, mais… tu avais l’air quand même plutôt paumé aujourd’hui.

— Paumé ?

— Oui, et même plus que quand tu as divorcé, il y a deux ans.

— Je ne vois pas ce que ça vient faire…

— Ce que ça vient faire ici, c’est que je pense que ce qui t’est arrivé ce week-end, c’est beaucoup plus grave qu’un manque de sommeil à cause de tes enfants. Si ça te met dans un état pire qu’un divorce, il f…

— Mais de quel état tu parles ? Je vais très bien. Je crois d’ailleurs qu’il vaut mieux qu’on arrête cette discussion qui n’a aucun sens. On se retrouve demain au bureau. Allez, bonsoir, Lis…

— Non, Emmanuel, non ! Je vais peut-être encore te paraître déplacée, mais je dois te dire qu’on ne pourra pas reprendre le travail demain si tu te comportes comme aujourd’hui. Je ne veux pas te juger, Emmanuel, mais franchement, tu m’inquiètes vraiment. Je ne parle pas seulement de l’état de prostration dans lequel je t’ai trouvé en arrivant ; je parle aussi de ton air absent tout au long de la journée : à plusieurs reprises, je t’ai vu perdre le fil d’une discussion ; en fin de matinée, je t’ai répété trois fois la même question avant que tu répondes, et cet après-midi tu es resté vingt minutes sur un dossier de validation ; sur la même page, je veux dire. Toi qui es habituellement si énergique… Je ne peux pas croire qu’il ne se soit rien passé. »

Je ne sais pas quoi répondre. Je ne sais même pas quoi penser. Finalement, c'est Lison qui reprend :

« Je ne veux pas te juger, répète-t-elle. Je veux juste t'aider. Poser des questions agressives comme je l'ai fait n'est pas la meilleure façon, je le sais. Mais si quelque chose ne va pas et si tu as envie d'en parler, au moment que tu voudras et de la façon qui te conviendra, je suis prête à t'écouter. Je me dis que… comme tu vis seul… tu ne sais peut-être pas à qui… à qui te confier. Évidemment, ça restera entre nous.

— Merci, Lison.

— De rien. Mais je suis tellement inquiète, tu sais.

— Merci, Lison.

— J'aurais pu t'en parler demain, reprend-elle après un bref silence… mais je… je suis plus à l'aise au téléphone… pour ce genre de choses… assez… assez personnelles.

— Merci, Lison… »

Cette dernière réponse me semble couler à pic dans un silence sans fond. Je me sens si pitoyable. Pour m'être montré dans un tel état devant mon adjointe ; et pour avoir lamentablement cherché à nier la vérité ; et pour avoir failli lui raccrocher au nez alors qu'elle venait de présenter si humblement des excuses. Oserai-je la regarder à nouveau en face, demain, au bureau ? J'ai l'impression de me retrouver nu devant elle.

« Lison ? »

À cause du long silence qui s'est installé entre nous, j'ai cru un court instant qu'elle avait raccroché. Et je me suis surpris à ressentir ce qui aurait pu ressembler à de la déception.

« Oui, Emmanuel, je suis toujours là. Je te laisse réfléchir. Si tu préfères ne rien me dire, je ne me vexerai pas, ne crains rien. On en reparle demain, OK ?

— D'accord, à demain. Au rev…

— Mais pas au bureau, si ça ne te dérange pas.

— Pas au bureau ?

— Après le travail, plutôt. Ne mélangeons pas tout.

— D'accord.

— Au revoir, Emmanuel.
— Au revoir Lison.
— Et merci de m'avoir écoutée. À demain. »
Et elle raccroche ; laissant éclore brusquement dans mon esprit cette question insensée : et si c'était elle, la fille de l'abribus ? Celle dont j'espère le coup de sonnette impromptu depuis tant de soirées ? Celle qui aurait pour mission d'ouvrir grand les volets, d'arracher les voiles ternes sous lesquels ma vie s'est laissé ensevelir, de chasser à jamais les vieilles ombres qui m'encombrent et que Mock – allez savoir pourquoi – s'est ingénié à vouloir raviver ?

5

Mardi, mercredi, jeudi : tous les jours se ressemblent. Et ressemblent à tous ceux qui les ont précédés. Ce qui aurait pu être source de changement n'a pas été suivi d'effet.

Des réunions avec la direction, des sous-traitants à recadrer, des formations à réaliser, et même un déplacement à Paris hier, à l'agence du médicament : nombreux ont été les obstacles qui se sont dressés entre Lison et moi pour nous empêcher de concrétiser la proposition qu'elle m'avait faite au téléphone. Et comme si ces raisons ne suffisaient pas, j'en ai inventé d'autres : mine affairée quand elle entrait dans le bureau, regards fuyants quand elle me questionnait sur un dossier, besoin impérieux d'aller faire des courses en ville à l'heure du déjeuner en la laissant trouver d'autres compagnons de table à la cafétéria.

Elle avait dit ne pas vouloir m'importuner avec ses questions pendant les heures de boulot ; mais pour trouver un autre lieu, où nous aurions pu parler librement, il fallait quand même bien que nous prenions trois minutes pour discuter, nous organiser. Impossible. Nous travaillons dans la même pièce, sans personne d'autre, nos deux bureaux se font face ; et il a été totalement impossible à Lison, en trois jours, d'aborder le sujet. Chaque fois qu'elle prononçait mon prénom sur un ton un peu ferme, assez inhabituel de sa part, je bottais en touche comme un cuistre.

« Emmanuel, il faut…

— Merde, déjà quinze heures. Excuse-moi, Lison, je dois rappeler Carpentier pour la date de lancement de la prochaine prod'… »

« Emmanuel, je voudr…

— Pas maintenant, Lison, s'il te plaît. Je suis désolé, mais si je ne valide pas ce dossier ce matin, les Américains vont nous balancer un missile atomique avant même leur petit-déj'. »

Ce soir, Lison est restée debout après avoir enfilé son manteau et enroulé son écharpe. Elle m'a souhaité une bonne soirée. Habituellement, après cette phrase, elle passe la porte. Mais là, elle n'a pas bougé. J'ai relevé les yeux et je l'ai découverte, raide comme la justice derrière son fauteuil de bureau, les deux mains sur le dossier.

« Bonsoir, Lison, ai-je lancé avant de me replonger dans la lecture d'une page que j'avais déjà entièrement étudiée.

— Emmanuel, si tu...

— Excuse-moi, je...

— Non, laisse-moi parler, s'il te plaît. Je comprends très bien que tu aies du mal à aborder certains sujets. C'était juste pour te rendre service que je voulais discuter avec toi. Si tu n'es pas prêt, ce n'est pas grave, je le comprends. Mais je ne veux pas que ça gâche nos relations.

— Mais qu'est-ce qui gâche... ?

— Si, tu n'es plus comme avant. Tu es sec, fuyant... Je ne sais pas si tes problèmes se sont réglés, mais apparemment, tu as retrouvé toute ton énergie. J'en suis ravie, mais je voudrais que nous puissions aussi retrouver la bonne ambiance de travail que nous avions avant. Alors, si c'est toujours notre échange de lundi qui te met mal à l'aise, oublie-le, passons à autre chose, et oublie aussi ma proposition... pour le moment. Sache simplement que quand tu auras besoin de parler, je serai là.

— Je le sais, Lison, et je t'en remercie. Mais cette semaine, c'était vraiment pas possible.

— Arrête de raconter des histoires, Emmanuel. Ce n'est pas que ça me gêne que tu mentes, mais... tu ne sais vraiment pas t'y prendre... et ça en devient ridicule. »

Elle m'a souri tendrem... enfin, elle m'a souri, quoi. À la fois pour montrer que sa petite pique n'était pas méchante, mais aussi, je crois, pour me faire comprendre qu'elle ne m'en voulait pas pour mon comportement au cours des derniers jours.

« Je voulais te dire aussi que… »

Elle baissa les yeux vers ses doigts qui, tout à coup, s'étaient mis à serrer le dossier du fauteuil un peu plus fort.

« Si tu veux, tu m'appelles ce soir pour me dire ce que tu n'arrives pas à dire maintenant, lui ai-je suggéré, histoire de lui montrer que moi aussi je savais être attentif aux difficultés des autres.

— Non, a-t-elle répliqué vivement, en relevant son regard vers le mien. Je voulais te dire que… si ce qui te gêne c'est… la crainte que j'aie des… arrière-pensées, oublie ça. Je veux seulement t'aider. Je te le promets. Parce que je… je t'apprécie… comme chef de service. Je veux que ce soit clair.

— Euh… eh bien, c'est clair, maintenant.

— Tant mieux. Bonne soirée, alors.

— Merci. Bonne soirée à toi aussi, Lison. »

Et puis elle a quitté la pièce. Et je suis resté à contempler l'espace vide qu'elle avait occupé. Et j'ai réalisé que si elle ne me croyait pas capable de mentir, je venais pourtant de m'y essayer encore. Contrairement à ce que j'avais affirmé, rien n'était clair dans ma tête. Surtout depuis les dix dernières secondes. L'explication qu'elle s'était sentie obligée de me fournir sur ses inexistantes éventuelles arrière-pensées soulevait en réalité une foule de questions dans mon esprit. Et des questions que je n'avais jamais envisagées auparavant.

En fait, je crois que ce qui me pénalise, c'est que je ne suis pas très doué pour les charades, dès lors qu'elles ont pour thème principal les sentiments. Que ce soit mon amitié avec Mock, ma passion silencieuse avec Maud ou mes douze années de vie commune avec Bélèm, j'ai toujours fait dans le clair, net et précis ; le binaire, quoi : c'est oui ou c'est non, c'est blanc ou noir, c'est « je t'aime » ou « je ne t'aime plus », c'est « pour toujours » ou « plus jamais » ; mais ça n'a jamais été tiède, médian, médiocre.

Avec Bélèm, ça a commencé par un coup de foudre, puissant et exquis, et ça a fini en coup de tonnerre, net et sans bavure. Sans les paperasses et les procédures, on aurait même pu se séparer dans les vingt minutes qui ont suivi l'énonciation par l'un de nous deux du mot « divorce ».

Dans le cas de Maud, là aussi il y eut un coup de foudre… sauf que j'avais douze ans, qu'elle en avait quatorze… et qu'elle me donna la certitude, ce soir-là, que j'avais subitement acquis le don d'invisibilité. Ce qui avait au moins le mérite de clarifier la situation : je n'avais aucune chance avec elle.

En ce qui concerne ma relation avec Mock, enfin, elle commença elle aussi dans un éclair éblouissant – mais qui provenait, très prosaïquement, d'une puissante lampe-torche – et s'acheva dans une brume alcoolisée qui m'empêcha de réellement comprendre tout ce qui m'arrivait. Quoi qu'il en soit, l'amour et l'amitié sont toujours entrés dans ma vie selon la même méthode, franche et soudaine.

De toute évidence, le petit jeu de devinettes dans lequel Lison semble vouloir m'entraîner ne correspond absolument pas à ce schéma. Vais-je expérimenter une autre entrée en matière ? Mais pour aller vers quoi ? Je veux dire, à part la traditionnelle bise dans la cafétéria sous une branche de gui artificiel lors du prochain repas de fin d'année ? Et est-il nécessaire et inévitable que nous allions vers quelque chose ensemble, elle et moi ? Et suis-je obligé de me poser ces questions ce soir ? Et pourquoi me suis-je mis subitement à considérer Lison autrement que comme une collègue de travail dynamique et efficace ? Je ne l'ai pas voulu. Et elle, que voulait-elle ?

Je me redresse, tourne la page du dossier posé devant moi, et reprends ma lecture. Rien de mieux pour effacer les questions que de se noyer dans la routine.

Je parcours toute une section – cinq ou six pages – en m'efforçant de bien analyser chaque donnée, de refaire les calculs, de vérifier chaque mention, de traquer la moindre anomalie, dans les commentaires ou les tableaux de résultats, prêt à pourfendre, d'une plume impitoyable, la plus infime non-conformité dont l'équipe de production aurait pu se rendre coupable. Mais ça ne suffit pas. Lison, Maud, Bélèm ; Bélèm, Lison, Maud ; Maud, Lison, Bélèm : je crois les voir se bousculer entre les chiffres et les phrases.

Je porte la main à la poche de ma veste ; j'en sors le stylo-plume de Maud. Je déroule le mouchoir en papier dans lequel je l'ai emballé et je le pose devant moi, bien au milieu du feuillet que je m'acharne à essayer de lire. A-t-elle gardé le bouchon ? Le regarde-t-elle de temps à autre ? En ce moment par exemple ? Sommes-nous, elle et moi, en cet instant précis, en train d'observer les deux parties du même objet ? Et si jamais c'est le cas, quelle importance cela peut-il avoir ? Même si un enchantement quelconque associé à ce stylo était capable de nous mettre subitement en présence l'un de l'autre, qu'est-ce que ça pourrait nous apporter ? Dix-huit années ont passé. Cette plume noircie et tordue est désormais incapable de tracer la moindre lettre. Et si elle le pouvait, elle n'écrirait que des mots d'aujourd'hui. Aucun sortilège ne permettrait de donner vie à mes rêves ratés en les posant sur le papier après les avoir ruminés sans relâche. De toute façon, rêves et regrets sont les deux tomes de la même histoire imaginaire, qu'on aime tant se raconter pour tenir la vraie vie à distance – et j'ai désormais franchi la limite d'âge qui voit le premier volume se fermer pour laisser le second imposer ses pages grises.

Je sursaute : Lison vient d'entrer. Je regarde ma montre : il est dix-neuf heures cinquante : elle devrait être chez elle depuis longtemps. Je me lève tout en remballant le stylo de Maud. Je contourne les deux bureaux en tentant de glisser discrètement le petit paquet dans la poche intérieure de ma veste. J'attrape mon manteau sur la patère, je l'enfile avec mille difficultés, comme si les manches n'étaient plus à leurs places habituelles. J'essaie surtout de ne pas regarder mon adjointe.

Mais une fois caparaçonné dans mon loden bleu marine, je suis bien obligé de cesser de l'ignorer. Et je la découvre plantée à côté de son fauteuil. Elle a ouvert son manteau, déroulé son écharpe. Je crois que mon agitation brusque et insolite l'a arrêtée dans ses intentions. Si elle est revenue, c'est sûrement pour reprendre notre discussion. Il va falloir me tenir prêt. Je pose la main sur la poignée de la porte ; pour me donner une contenance ; et me raccrocher à quelque chose, au cas où. Lison maintient son regard dans le mien. Que cherche-t-elle ? À me comprendre ? À me faire passer un message ? Elle cligne deux fois des paupières, comme pour rompre le fil qui nous lie ; puis elle ôte entièrement son écharpe, la pose sur le dossier de son siège ; et elle parcourt les cinq pas qui nous séparent.

6

Thiago et Selma sont installés dans mon lit. J'ose espérer qu'ils dorment. Ils étaient littéralement survoltés quand leur mère les a déposés. Déjà, le fait de venir chez moi les met dans un état d'excitation incontrôlable – Bélèm me dit chaque fois qu'ils en parlent pendant au moins une semaine avant et dix jours après –, mais dès que je leur ai annoncé l'activité que j'ai prévue pour demain, ils ont tout simplement disjoncté : Thiago s'est lancé dans une samba convulsive tout autour de l'appartement, en moulinant des bras, en dandinant des fesses et en vociférant : « Le cirque, le cirque, le cirque ! Le cirque, le cirque, le cirque ! » ; Selma a commencé par l'observer, tétanisée, bouche ouverte, yeux écarquillés, jusqu'au moment où, alors que son frère s'engageait dans son troisième tour hall-cuisine-séjour, elle s'est mise en remorque derrière lui en reprenant deux octaves au-dessus son *leitmotiv* tonitruant.

Je ne m'attendais pas à un tel succès, mais j'avoue que ça me faisait assez plaisir. Quoi de plus adorable que des enfants joyeux ? Bélèm, de son côté, essayait à chaque tour de piste d'arrêter cette parade endiablée, mais les deux boules de nerfs semblaient totalement imperméables à ses injonctions ; jusqu'à ce qu'ils montrent que, tout compte fait, leur mère les dérangeait quand même un petit peu : ils ont fini par bifurquer brusquement dans le couloir pour se précipiter vers ma chambre. C'était parti pour la séance de trampoline.

« Emmanuel !

— Bélèm ? »

J'ai reporté mon regard sur elle. Elle me fixait, l'air désolé, sans que je sache si la cause principale de son désespoir était le comportement de ses enfants ou l'inertie de leur père. Puis elle a souri et haussé les épaules :

« En fait, ils sont chez toi : c'est à toi d'assumer. Si tu te fâches avec tes voisins, ce n'est pas mon problème.

— C'est vrai. Passe une bonne soirée. Et merde pour ton concert de demain.

— Merci.

— Et embrasse Rafael de ma part.

— Tu sais bien que c'est inutile, Emmanuel. Il refuse les "de ma part".

— Oui, eh bien tant pis pour lui, il faudra qu'il s'en contente. S'il veut que je l'embrasse en direct, il n'a qu'à venir avec son frère et sa sœur.

— Tu sais comme moi ce qu'il en pense.

— Oui, et je sais comme toi que ce qu'il veut est irréalisable. Alors autant qu'il se fasse une raison et qu'il accepte ce que je peux lui donner. Même si ce n'est que deux jours toutes les deux semaines.

— Ah, mais tu le connais : aussi têtu que sa mère ! Et avec l'adolescence qui arrive, il…

— L'adolescence ? Mais, Bélèm, Rafael a treize ans !

— Bientôt quatorze.

— Peut-être, mais il a quand même un peu de marge avant l'adolescence.

— D'accord, d'accord, tu as raison. Notre Rafael est encore un tout petit bébé. Évite quand même de le prendre sur tes genoux le jour où il viendra t'annoncer qu'il s'est marié et que tu vas devenir grand-père.

— Toujours aussi drôle, ma chère Bélèm, à ce que je vois.

— Eh oui. Allez, je me sauve. À dans quinze jours.

— À dans quinze jours. »

Elle a déposé sur ma joue un baiser furtif. Elle portait toujours le même parfum. Celui dont je ne parviens à retenir le nom que depuis que nous sommes séparés. En commençant à ouvrir la porte, elle a crié :

« Selma ? Thiago ? Je m'en vais ! À lundi ! »

Deux chocs sourds, presque simultanés, sur le parquet de ma chambre, puis la course de retour jusqu'aux bras maternels. Énorme câlin, bisous en rafales devant la porte entr'ouverte.

« Soyez sages, hein ?

— Oui, maman.

— Et toi, Selma ?

— Comme Thiago !

— Ça promet !

— On peut regarder la télé ?

— Demandez à votre père.

— Papa ? On peut regarder la télé ?

— Oui, allez-y, installez-vous pendant que je prépare le dîner. »

Ils se ruent sur le canapé ; le grand se saisit de la télécommande et commence à sautiller d'une chaîne à l'autre, accompagné des commentaires de sa sœur « Non, pas ça, c'est nul ; non, arrête, laisse ça, j'aime bien ! Pourquoi t'as changé ! Remets ! Remets ! Remets ! T'es méchant ! Maman ! Papa ! Thiago il est méchant ! »

Bélèm m'a embrassé une nouvelle fois, sur la même joue, m'enveloppant du même nimbe aromatique, puis s'est éloignée vers l'escalier, souplement, à longues et fines enjambées.

« Ta gueule, j'entends rien !

— Ta gueule à toi, d'abord ! »

Finalement, la télé, ça n'était pas une bonne idée. J'ai claqué la porte, bondi dans le salon, chopé la télécommande, éteint sans sommation. Sous le coup de la surprise, les deux excités se sont statufiés.

« Et si on le faisait à trois, ce repas ? »

Ils ont accepté. Et finalement, ils en ont été ravis. Et moi aussi. En fait de travail commun, c'est surtout moi qui ai œuvré, pendant que Selma lavait longuement et avec insistance trois malheureux champignons – dont le sort final devrait me porter à employer le verbe « massacrer » plutôt que « laver » – et que Thiago submergeait de Smarties et de nounours en guimauve un fondant au chocolat que j'avais cuit dans l'après-midi.

« Ça, c'est un beau gâteau de fête ! s'exclama-t-il après avoir achevé son ouvrage.

— Et c'est la fête de qui ?

— De nous ! De la famille !

— Ah bon ? Et pourquoi ?

— Maman s'est pas fâchée sur toi. Et elle t'a même fait un bisou en partant. »

Je restai comme deux ronds de flan. Ce « bisou » de sa maman était-il vraiment si exceptionnel ? N'y avais-je pas droit chaque fois qu'elle déposait les enfants ? Et si non, quel changement dans sa vie l'avait mise dans une humeur propice à ce genre de tendresse à mon égard ? L'eau du riz a débordé, me ramenant à la réalité : baisser le feu, éponger l'inondation, me passer la main sous l'eau froide pour apaiser la brûlure. Et là, je me suis souvenu que je l'avais déjà vue aussi joyeuse, la mère de mes enfants. Mais c'était il y a longtemps ; dans une tout autre vie.

Après notre mariage, Bélèm et moi nous étions installés dans un appartement minuscule. Elle était encore étudiante, je n'avais pas un salaire faramineux et, Paris étant Paris, il fallait faire des choix : vivre ou se loger. Nous avions donc choisi de maintenir notre budget sorties et de réduire en conséquence notre surface habitable.

Cependant, être un peu serrés n'était pas pour nous déplaire et l'exiguïté de notre logement participait à lui donner un réel cachet ; même si sa principale originalité tenait dans l'absence totale de la moindre ligne droite : plafonds elliptiques, portes gondolées, fenêtres voilées, planchers incurvés et suffisamment élastiques pour se courber encore un peu plus sous notre poids au moindre pas, tout était une source d'étonnement pour les amis qui nous rendaient visite. De ce fait, chaque meuble nécessitait d'être calé pour ne pas risquer de basculer ou de voir son contenu se déverser sur nos pieds. Même notre lit avait fait l'objet d'aménagements particuliers, après que Bélèm fut tombée par terre deux nuits de suite, parce que j'avais, en toute innocence et sous la simple action de la gravité, roulé vers elle dans mon sommeil.

Tout ça pour expliquer qu'un dimanche où nous finissions de laver et de ranger la vaisselle du dîner de la veille – deux de mes frères, encore célibataires, s'étaient aventurés dans notre soupente exigüe –, je pris deux assiettes que Bélèm venait de laver, je les essuyai consciencieusement et me retournai pour les ranger dans le buffet où, trois minutes plus tôt, j'avais aligné, sur la partie supérieure, tous les verres propres. Or, dans ce meuble, ni les deux portes du haut ni celles du bas ne disposaient de clé. Elles ne tenaient fermées que par le fait que tout était bancal et que chaque battant forçait contre son *alter ego* – autrement dit, par l'opération du Saint-Esprit. De ce fait, quand je refermai la partie basse du vaisselier, avec douceur pourtant, la partie haute se rouvrit. Je me redressai, m'explosai le crâne sur la porte droite, qui se dégonda et tomba très exactement sur mon gros orteil gauche. Je me mordis la lèvre et me bloquai le dos dans un mouvement réflexe et finis appuyé sur le bord de la table, blême, pantelant, étourdi de douleur, tandis que la femme que j'aimais et qui était censée m'aimer au moins autant, se laissait emporter dans une inextinguible crise de rire. Je la maudis en pensée pour oser s'amuser de mon malheur, mais ce rire était si franc, si lumineux, que je ne pus m'empêcher, malgré le martyre que j'endurais, de finalement me marrer moi aussi de mes propres malheurs.

« Elle rit comme pleure un enfant nouveau-né », m'avait dit Mock, le soir de mon mariage. J'avais attendu la suite, pour savoir quelle vacherie pouvait bien dissimuler cette subite pointe de poésie. Mais il avait juste ajouté : « J'aimerais savoir revenir comme elle à l'innocence pure, dénuée d'arrière-pensées. »

Il avait raison. Ce soir-là, c'étaient les blagues interminables de mon plus jeune frère qui mettaient Bélèm dans une telle gaieté et, en l'observant de loin, avec fierté, un petit coup dans le nez et les commentaires de Mock dans l'oreille droite, j'étais vraiment persuadé que je n'aimerais plus qu'elle jusqu'à la fin de mes jours.

« C'est marrant que tu aies choisi une femme qui ait un prénom aussi original, me lança-t-il après une ou deux minutes, pendant lesquelles il avait dû se faire violence pour respecter mon silence contemplatif.

— Tu sais, je suis tombé amoureux avant de savoir comment elle s'appelait. Tu veux pas une autre bière ?

— C'est ce que tu penses, répliqua-t-il en m'emboîtant le pas vers le bar, qui restait en activité malgré le nombre de plus en plus réduit de convives sur la piste de danse et dans ses alentours immédiats. Mais il y a des signes. Ce sont eux qui t'ont guidé vers elle.

— Franchement, je ne…

— Tu trouves vraiment qu'elle a une tête à s'appeler Solange ou Aurélie ?

— Non… Enfin… peut-être… je ne sais pas. Deux bières, s'il vous plaît. Sans verre.

— Non, c'est clair. Merci ; à la tienne. En réalité (j'ai espéré qu'il avale de travers sa première gorgée ; mais il n'en fit rien), tu devais sentir qu'elle portait un prénom unique et tu l'as choisie pour ça.

— OK, si ça t'amuse ! Mais franchement, tu…

— Mais le plus amusant, c'est que son prénom, on dirait un pseudo, un surnom comme ceux que je donnais à tout le monde quand on était jeunes. Et j'ai vraiment l'impression que c'est une sorte de clin d'œil de ta part, voire une forme d'hommage.

— Une forme d'hommage ? D'hommage à qui ?

— Ben… à moi. Tu suis ou pas ?

— N'importe quoi ! Mais tu es vraim…

— Non, je suis sérieux.

— Bien sûr. Écoute, dans son pays, c'est un prén…

— Je me fous de son pays, mon pauvre Nil. Ce que je vois surtout, c'est son originalité, ici, et sa beauté, maintenant. Et je constate qu'elle est trop originale et trop belle pour toi.

— Ça y est ! On y arrive ! Tu te mets sur les rangs pour devenir son amant ?

— Et voilà ! Je te parle de beauté, de grandeur, de miracle, et toi, tu te vautres dans le vaudeville.

— Désolé : je ne suis jamais parvenu à approcher les hauteurs olympiennes vers lesquelles ton Q.I. hors normes te permet de naviguer.

— C'est bien que tu le reconnaisses. Mais là où je voulais en venir, c'est que cette femme est si belle qu'elle ne peut pas se contenter d'une petite vie avec un gratte-papier en blouse blanche comme toi. C'est comme si on glissait un diamant dans une pantoufle.

— Au moins, ça tient chaud, une pantoufle.

— Elle n'a pas besoin de ta chaleur, cette fille-là : elle a besoin d'espace, de surprises, d'inconnu, pour laisser rayonner sa propre chaleur… autrement plus puissante.

— Et toi, tu as surtout besoin d'aller te coucher, je crois ! »

Il ne répondit rien ; me regarda longuement, visiblement estomaqué ; puis se mit à m'applaudir, lentement, avec application, tout en hochant la tête, qu'il tenait inclinée, et en courbant la bouche dans une moue de fin connaisseur.

« Bravo ! Toi au moins, tu sais clouer le bec à tes contradicteurs. C'est vrai qu'on reste sans voix face à des réparties aussi minables. »

J'avoue qu'à cet instant, je me demandai vraiment pourquoi j'avais voulu qu'il soit mon témoin. Qu'est-ce que je croyais retrouver, en le ramenant dans ma vie quatre ans après mon expulsion de Ti-Gwern ? Il n'était de toute façon plus le même : depuis qu'il avait été licencié par Richard, il se vantait de pouvoir de nouveau bourlinguer de par le monde, sans but, sans attache ; mais cette liberté revendiquée pouvait tout aussi bien être interprétée comme l'errance d'un paumé, privé de ses courtisans, de son influence et de la possibilité qu'il avait eue de se montrer généreux de la richesse d'un autre. D'ailleurs, ses sarcasmes n'étaient-ils pas une manifestation de son amertume à me voir marié, diplômé, heureux, tandis qu'il vivotait de combines plus ou moins avouables et ne connaissait que des passades sans lendemain avec des filles dont il parlait à peine la langue et qui l'oubliaient dès qu'il franchissait les portiques des aéroports ? Il m'avait même donné l'impression, lors d'une discussion que nous avions eue un peu plus tôt ce soir-là, que les gens mariés lui provoquaient des aigreurs d'estomac : à ma question pour savoir s'il avait eu des nouvelles récentes d'autres habitués de Ti-Gwern, il m'avait répondu qu'il avait croisé Pongo et Perdita six mois ou un an plus tôt à la gare du Nord. Lui-même revenait d'Amsterdam – petit quart d'heure dithyrambique sur les vices et délices de la Venise du Nord – tandis que le petit couple transitait entre deux RER pour aller manger chez les parents de l'un ou de l'autre.

« Tu les aurais vus ! Habillés comme des petits vieux, des cernes jusqu'aux genoux, la face bouffie de guimauve et, surtout, trainant derrière eux le décompte exact du nombre de parties de jambes en l'air qu'ils avaient dû s'autoriser depuis qu'ils s'étaient tirés de Ti-Gwern : trois mioches tout mous, baveux, morveux, à couper l'appétit à Gilles de Rais lui-même. »

Pendant longtemps, j'ai cru que c'était cette phrase qui m'avait motivé à ne plus le recontacter à la suite de cette soirée. Car des enfants, j'en voulais moi aussi ; et j'en ai eu trois. Et je ne voulais tout simplement pas qu'il les voie et les terrorise en nous submergeant de ses commentaires fielleux. Maintenant, je sais pourtant que ce qui me faisait vraiment peur, c'était de voir se réaliser ses prédictions à propos de Bélèm.

« N'oublie pas, Nil : c'est de l'espace qu'il lui faut, à cette fille, avait-il répété après s'être payé ma tête à propos de mes répliques prétendument minables. Elle est si lumineuse, tu ne peux pas la laisser s'éteindre en la confinant dans une petite vie. Garde-la à l'air libre, au-dessus des médiocres, donne-lui de l'espace, je te dis ! De l'espace ! Tu me promets de te démener pour ça ? »

J'avais grommelé quelques mots qui pouvaient passer pour un assentiment. En réalité, mes borborygmes signifiaient surtout que Mock me les brisait menu. En fait, je crois bien que ma fierté m'interdisait de reconnaître la part de vérité que recélaient ses mises en garde. Je ne l'ai compris que depuis trois ans ; depuis que Bélèm a demandé le divorce.

7

Chaque fois que je garde les enfants, le plus difficile est le jour d'après. Mais ce soir, pour la première fois, cette peur du vide me semble moins présente. Je sais bien que ni les rires de Selma ni les interrogations à tiroirs de son frère ne viendront animer ma soirée, mais une foule de questionnements vient bousculer cette évidence, et la ballotte et la camoufle et la ressort régulièrement mais brièvement avant de l'engloutir à nouveau comme un torrent en crue, tant et si bien que je me gare devant mon immeuble sans savoir comment je suis arrivé là. Je ne sais même pas s'il y avait de la circulation, si les feux étaient verts ou rouges, si je me suis arrêté quand il le fallait, si j'ai respecté les limitations de vitesse. Peut-être ai-je renversé des dizaines de cyclistes sans même m'en rendre compte… Non : il n'y a pas de cyclistes sur les routes normandes le lundi soir à vingt heures trente, au mois de février.

Je claque la portière, verrouille, vérifie que la voiture est bien fermée (je ne suis habituellement pas sujet à ce genre de tics, mais ce soir, je ne me fais pas vraiment confiance) et je gagne le hall d'un pas rapide, motivé par la bise cassante qui m'a accueilli quand j'ai quitté l'habitacle.

Pas de courrier, sinon les inévitables prospectus des hypermarchés les plus proches et un journal gratuit de petites annonces. Je les roule tous ensemble pour les glisser sous mon bras gauche, je referme la boîte aux lettres et je me dirige vers l'escalier. Je pense que j'ai dû poser mes semelles sur toutes les marches – il y a peu de chances que je les ai survolées en battant des bras –, mais je me retrouve au troisième sans avoir eu l'impression de monter les étages. Toujours ces mêmes idées, ces mêmes images, ces mêmes visages, ces mêmes questions : Maud, Mock, Lison ; hier, aujourd'hui, demain ; pourquoi, pour qui, comment ?

Je me dirige vers ma porte en secouant mon trousseau pour en extraire la clé qui convient.

« Bonsoir, Emmanuel. »

Je me retourne : Bélèm est là, assise au bas des marches qui mènent au quatrième. Elle se lève, referme son bouquin, le glisse dans son sac et s'avance vers moi.

« Bonsoir, Bélèm, bonsoir. Tu…

— Selma a perdu son doudou. Et elle est incapable de me dire où.

— Pourquoi tu n'as pas appelé ? J'aurais pu te le rapporter.

— En fait, je ne suis pas sûre qu'il soit chez toi. Et puis, je ne voulais pas t'obliger à rentrer plus tôt. Je savais que tu finirais vers cette heure-là. Tu n'as pas changé, pour ça.

— Et les petits ?

— Une copine est venue les garder, le temps que je fasse l'aller-retour.

— Ah ? Une copine… »

J'ouvre, pousse la porte, m'efface devant ma f… mon ex-femme.

« J'imagine qu'il doit être dans la chambre, lance-t-elle en se dirigeant immédiatement par là.

— Sans doute. J'espère que tu le trouveras, avec le souk qu'ils ont mis. En fait, je pensais ranger ce soir. Tu sais, le lundi matin, quand je dois les emmener à l'école, je n'ai pas trop… »

Ma phrase se tarit d'elle-même. Je ne sais pas si Bélèm m'entend depuis l'autre bout du couloir ; et je ne sais même pas si elle m'écoutait avant d'y arriver. Je reste planté dans l'entrée. Je n'enlève même pas mon manteau. Je ne sais en fait pas trop ce que je dois faire. La rejoindre ? Ce serait un peu étrange, non, tous les deux, dans la même chambre, à cette heure-ci ? Ben non ! Pourquoi ? Si c'est juste pour chercher un doudou… il n'y a rien d'autre à imaginer. Et d'ailleurs, je devrais y aller tout de suite : Selma est ma fille, tout de même, et j'ai donc le même rôle à jouer que Bélèm dans la réapparition du bestiau en peluche. Tiens, au fait… c'est un ours ou un lapin qu'il faut chercher ?

« Introuvable ! »

Je tombe nez à nez avec mon ex au moment où j'allais passer le seuil de la chambre.

« Peut-être dans le salon… »

Elle me contourne, enfile de nouveau le couloir. Je lui emboîte le pas. Elle ne va quand même pas fouiller dans mon lit défait, mes chaussettes sales et mon pyjama roulé en boule ?

Quand je la rejoins, elle est déjà à genoux, en train d'inspecter l'espace sous le canapé-lit ouvert.

« Il n'est pas là non plus », m'informe-t-elle en se redressant. Elle ramasse les coussins étalés au sol. À part un exemplaire du *JAMA* et un autre de *Pharmaceutiques*, elle ne découvre rien de bien folichon.

« Il est peut-être tombé dans la voiture », conjecture-t-elle, sans quitter sa position, entre la télé et le canapé. Moi, je reste de l'autre côté, toujours immobile, inutile, idiot et emmitouflé comme un randonneur. La largeur du matelas est une distance qui me semble raisonnable. Et au moment où je me fais cette remarque, je me demande pourquoi elle me traverse l'esprit.

« Tu te souviens si elle l'avait ce matin, quand tu l'as posée à l'école ? reprend Bélèm, sans doute un peu étonnée de mon inertie.

— Euh… je… euh… ben non… enfin…

— Tu ne sais pas, en fait.

— Non.

— OK. Faut espérer qu'il soit dans la bagnole. Ou chez moi. J'aurais dû regarder avant. Mais c'est elle qui m'a dit… Bon… pas grave ; je vais te laisser. »

Elle contourne le lit, passe tout près de moi.

« Désolée de t'avoir embêté.

— Non, c'est rien. Et puis, un doudou, c'est quand même important.

— Oui… Trop ! Une tyrannie ! Sinon, ça va, toi ?

— Oui, oui, pourquoi ? »

A-t-elle senti quelque chose ? Ma confusion se lit-elle sur mon visage ? Devrais-je lui parler de Mock, de ma virée en Bretagne, il y a huit jours, et de tout ce qui est remonté à la surface depuis ? Et de Lison ? Non, inutile d'entrer dans ce genre de détails.

« Et toi, comment tu vas ? parviens-je à ajouter avant qu'elle cherche à approfondir le sujet de mon air paumé.

— Bien, très bien, répond-elle dans un grand sourire, je vais très bien. Mieux que toi, j'ai l'impression. Tu as l'air soucieux. Je me trompe ?

— Oui… non. Enfin… c'est le boulot. Un gros coup de bourre, en ce moment. Mais on voit le bout, t'en fais pas.

— Ah ? Tant mieux. Et avec les enfants, ça s'est bien passé ?

— Oui, pourquoi ?

— Ben, je sais pas, mais… si tu avais des dossiers à traiter… Ils n'ont pas passé deux jours collés devant la télé, au moins ?

— Mais non, enfin : je sais assumer mes responsabilités…

— Ah, oui, c'est vrai !

— Pardon ? Qu'est-ce que ça veut dire “Ah, oui, c'est vrai” ?

— Ça veut dire qu'on est d'accord. Et puis, tu les as emmenés au cirque, non ?

— Oui.

— Ça leur a plu ?

— Oui.

— Tu es fâché ?

— Non.

— Tant mieux. Allez, à la prochaine. »

Elle me lâche un baiser furtif à quatre centimètres à peine de mes lèvres pincées avant d'ouvrir la porte et de disparaître. Je ne suis pas sûr que ça me mette vraiment en joie de la voir si guillerette – et si peu encline à embrayer sur une dispute face à ma gueule d'enterrement. Comme si cela pouvait me déplaire de la savoir heureuse. Mais non ! Pourquoi en serais-je affecté ? Parce que la source de son bonheur est peut-être le baryton de sa troupe de chant ? Ou un jeune collègue, drôle et dynamique ? Ou un voisin ? Ou le facteur ?

Ah ! Mais pourquoi est-ce que je m'encombre la tête de toutes ces conneries ! On est divorcés, non ? Bélèm est libre, je suis libre, chacun fait ce qu'il veut et les veaux, vaches, cochons seront très bien gardés. Et puis, n'est-ce pas plus agréable de la voir souriante, vive ? Au lieu de m'en faire une montagne, je devrais plutôt profiter de ces quelques minutes de lumière dans ma vie si terne. N'avais-je pas juré de rendre cette femme heureuse ? J'y arrive enfin : quelle belle satisfaction ! Même si c'est uniquement parce que je suis sorti de sa vie.

Fort de cette merveilleuse vérité, je me laisse choir sur le premier fauteuil ; sans doute pas le plus confortable ; un peu raide ; mais il a l'avantage d'avoir deux accoudoirs qui me permettent de laisser pendouiller lamentablement mes mains. Dans la droite, la télécommande, que j'ai eu la présence d'esprit d'attraper avant de m'échouer sur ce siège ; et les rivages du Groenland, les visages indignés de syndicalistes, les flics américains hyperactifs, les cuisiniers joviaux en pleine action, les chanteuses exotiques, les footballeurs, les polémistes, les égéries sémillantes de compagnies d'assurance défilent dans mon salon au fil des pressions que j'applique sur la touche *P+*. Pas de Lino Ventura ce soir pour relever le niveau.

J'avais cru, en rentrant, être noyé d'incertitudes. Mais il était possible d'en ajouter encore. C'est ce que Bélèm a fait. Ce sourire, cette vivacité, cette chaleur déposée fugacement, ce… comment dire ? Comment désigner ce mélange de douceur et de détresse qu'elle a laissé derrière elle ? Mélancolie ? Non, trop d'ombre dans ce mot. Nostalgie ? Non, pas assez d'amertume. Mais existe-t-il vraiment, ce sentiment ? Cette émotion claire-obscure, à la fois réconfortante et douloureuse ? Peut-être est-ce cette perception fuyante que, dans la langue de Bélèm justement, on désigne par le mot *saudade*. Cette idée de se laisser hanter par hier pour mieux se préparer à accueillir demain. Cet espoir nourri de regrets ; cette langueur grise enluminée de rêves.

Il est trop tard pour le lui demander. Et ce serait ridicule. Maintenant que sa vie et la mienne se sont tourné le dos, pourquoi faudrait-il que ce soit elle qui m'aide à identifier ce qui encombre mon esprit ? Je ne lui ai pas donné l'occasion de le faire quand nous étions ensemble ; ce fut peut-être là mon tort le plus grand : ne pas chercher à comprendre, avant qu'il soit trop tard, pourquoi le moment du « trop tard » se rapproche ; et bientôt nous dépasse. Et finit par donner raison à ce salaud de Mock !

J'éteins brutalement l'écran et je balance la télécommande sur la table basse. Je ne sais si c'est de la colère, mais ça y ressemble ! J'arrache les draps du canapé-lit. Je replie brutalement la structure métallique à l'intérieur de l'assise et je remets tous les coussins en place en les tassant comme si j'enchâssais des blocs de pierre géants dans le mur d'Hadrien. Je ramasse les revues et les dépose sur la table basse, j'y prends un verre qui traîne depuis hier, je fais un détour par la cuisine pour le poser dans l'évier avant d'aller jeter les draps dans le bac à linge sale. Maintenant, il faut remettre la chambre en ordre. Et fissa !

Je ramasse les pyjamas des petits, leurs chaussons et les livres qu'ils ont feuilletés hier soir. Je vais fourrer le tout dans le placard qui leur est dédié, au milieu du couloir – là où je stocke aussi leurs tenues de rechange, leurs jouets, leurs brosses à dents… enfin, tout ce que je ne veux pas voir quand ils ne sont pas là. Je referme la porte coulissante avec une telle hargne qu'elle rebondit sur le montant et s'ouvre entièrement à nouveau. Je la laisse comme ça et vais me venger sur le lit !

Mais pourquoi vient-elle maintenant, cette colère ? Pourquoi pas il y a quatorze ans, quand j'aurais dû écraser mon poing sur la face de mon témoin de mariage et mettre fin à ses funestes prévisions de Nostradamus à deux balles ? Ou alors il y a trois ans, quand le mot « divorce » a commencé à pointer son nez et qu'il aurait été tout à fait légitime que je me mette des claques pour n'avoir pas su garder près de moi la femme que j'aimais ? Ou encore il y a dix jours, quand Mock m'a demandé mon aide pour convoyer une urne et que la seule réponse valable aurait été de l'envoyer balader à coups de pompe dans le train ?

Peut-être suis-je trop économe ? Et qu'il était indispensable de ne pas gaspiller dans ces occasions futiles l'énergie dont j'ai besoin ce soir pour défaire le lit dans lequel deux de mes enfants viennent dormir un week-end sur deux. Sans parler de leur aîné, qui refuse de me voir. Autant dire qu'ils se construisent désormais sans moi. À quoi peut bien leur servir cette paternité en pointillés ?

Je refais le lit pour moi, je le borde férocement, comme si je pouvais étouffer ma rancœur entre la couette propre et le matelas. La deuxième paire de draps usagés file rejoindre la première près de la machine à laver. L'heure est trop tardive pour lancer une lessive. Il faut que je trouve autre chose pour m'occuper. Manger ? Lire ? Non, ça ne suffira pas pour me calmer. Aller courir, alors ? À une heure pareille, c'est complètem… Ah ! Merde ! Le téléphone ! Il a mal choisi son moment, celui-là ! Je m'en vais te l'envoyer promener gentiment ! À moins que j'arrache le câble et que je balance l'engin par la fenêtre ? Ou alors, je… Mais peut-être est-ce simplement Bélèm qui me rappelle pour me dire qu'elle a retrouvé la peluche de Selma ; ou alors c'est Lison qui… Oh ! Peu importe ! Qui que ce soit, je ne peux pas soulager ma rage en lui explosant le tympan. Je respire deux fois à grandes bouffées, laisse descendre la pression. Et je décroche.

« Allô ?

— Nil ? »

C'est Maud.

8

Même si les bandes blanches défilent dans la lueur des phares, je n'ai pas l'impression d'avancer. Je vois la nuit venir vers moi, je la sens me heurter de plein fouet, écarter les fissures qui craquèlent mes certitudes et s'écouler en moi, tout noyer, tout effacer ; mais moi, je n'avance pas. Immobile, figé, tétanisé ; mort, peut-être.

J'ai mis un vieux disque de Led Zep. Avec Mock et Pongo, on l'écoutait souvent. Ça faisait fuir les filles, mais nous, on adorait. J'adore toujours, c'est indéniable, et si ça pouvait faire fuir Maud, ce serait parfait. La faire fuir de mon esprit ; juste le temps que je la rejoigne. En tout cas, après son coup de fil qui m'a jeté dans cette voiture sur cette autoroute, les rythmes syncopés, les guitares grasseyantes, l'harmonica criard me conviennent mieux que la voix nostalgique d'Eva Cassidy. Et ce *leitmotiv* accusateur – *Nobody's fault but mine !* – on dirait que Robert Plant l'a écrit sur mesure pour ma pomme. Cela étant, je compte aussi sur ces sons et ces mots puissants pour ne laisser aucun espace dans mon cerveau, aucun interstice dans lequel risquerait de se glisser même le plus minime des désirs. Car même si Maud est ma destination, je dois me convaincre qu'elle n'est pas mon but. Que je veux juste l'aider à retrouver Mock. Elle m'a appelé pour ça ; juste pour ça ; certainement pas pour moi. Que suis-je à ses yeux ?

Non ! Même poser cette question, c'est déjà en vouloir trop. Je dois me contenter de rouler, de la rejoindre, de l'aider… et accepter d'ignorer où cela me conduira. Très loin ou nulle part, je ne veux pas le savoir. Même si ne pas savoir vers où j'avance est le pire des supplices qui puisse m'être infligé.

Je le sais d'autant mieux qu'il m'est déjà arrivé de me retrouver dans une telle situation. C'était à Ti-Gwern ; et c'était déjà à cause de Maud. Même si, au départ, c'était une idée de Damas… et que j'étais volontaire. En réalité, j'avais levé la main juste après avoir vu Maud faire de même, sans vraiment avoir écouté ce que nous proposait Damas. Je voulais juste rester plus longtemps auprès d'elle. Et nous nous sommes retrouvés au beau milieu de la forêt, par une nuit sans lune.

« Dès que j'aurai éteint cette torche, il fera nuit noire, nous avait harangués Damas, tandis que nous nous répartissions à bonne distance les uns des autres sur la route forestière qui quittait le parc de Ti-Gwern par le nord. Vous n'aurez que vos pieds et vos mains pour vous guider. Avec vos pieds, sachez faire la différence entre le bitume qui claque et gratte sous la semelle et la bande d'herbe qui pousse au milieu du chemin. Elle vous guidera, faites-lui confiance. Pareil pour les bas-côtés, sachez les tâter du pied : herbe, terre molle, gravillons : il faut être capable de comprendre la nature qui nous entoure. Et lui faire confiance. Sachez aussi tendre la main, reconnaître un tronc, un talus, un muret… Il n'y a rien de dangereux. Si vous gardez ça à l'esprit, vous avancerez sans problème. Si vous avez peur de ce que vous ne voyez pas, de ce que vous ne comprenez pas, vous n'arriverez jamais nulle part. Allez, j'éteins dans cinq secondes. Vous avez huit ou dix pas d'écart les uns avec les autres, alors pas d'inquiétude : vous ne vous bousculerez pas si chacun avance en confiance. Un… deux… trois… quatre… nuit ! Abandonnez-vous ! »

C'est *Tea For One* qui débute. J'augmente le volume de l'autoradio pour faciliter la pénétration du son dans chaque pore de ma peau. Habituellement, je ne bois pas de thé ; mais c'est ce « *for one* » à la place de « *for two* » qui me donne l'impression que ce titre est un instantané douloureusement parfait de ma propre vie. Et la lenteur hypnotique du rythme *bluesy*, la guitare qui pleure, la cymbale *ride* qui assène ses temps et contretemps, comme pour récapituler ma vie, ses rares temps forts et tout le temps perdu, et tout le temps passé à devenir, au fil des ans, ce vide auquel Mock m'avait déjà assimilé, quand j'avais tout juste quinze ans.

« *Nihil obstat* : "rien ne s'y oppose" ! C'est tout à fait toi, ce *nihil* », m'avait-il élégamment balancé, après avoir trouvé cette citation dans je ne sais quel bouquin. Incapable de suivre les corridors rectilignes et sans fenêtres des parcours scolaires normaux, Mock se constituait lui-même son bagage de connaissances : il lisait tout ce qui lui tombait sous la main, Platon ou Reiser, Sartre ou San Antonio, Montesquieu ou Desproges, les Évangiles ou *L'Os à moelle* ; et Hugo, Dostoïevski, Kerouac, Nabokov, Duras, Modiano, Pennac… Et *Le Petit Robert*, le *Quid*, des méthodes de langues – anglais, espagnol, allemand… –, des précis scientifiques, des biographies de peintres, des mémoires de rock stars, des revues d'architecture, de déco, de tourisme, de bagnoles ou de caravaning. Et des manuels de latin.

Quelques années plus tard, après une autre lecture, il avait de nouveau évoqué ce néant auquel il associait ma personne :

« Tu sais qu'Aristote a parlé de toi ? Il a dit : "Il n'y a qu'une seule façon d'éviter les critiques : ne dis rien, ne fais rien, ne sois rien." Ce mec t'a pris comme modèle ou je veux bien être changé en cache-sexe pour danseuse du Crazy Horse ! »

Par la suite, j'avais cru qu'il avait simplifié « Nihil » en « Nil » par pure commodité ou pour que mon sobriquet, somme toute plutôt injurieux, soit plus difficile à percer à jour pour tout non-initié. Ça pouvait même laisser croire qu'il s'agissait d'un compliment, car quand on prononce « Nil », on voit immédiatement le fleuve majestueux, nourricier, créateur. Ça me plaisait assez.

« En fait, Nihil s'écrit aussi Nil en latin, tu sais. Ça sonne mieux, non ? C'est aussi creux, mais ça sonne mieux. Je crois qu'on va garder ça. »

Ce que j'avais répondu à cette affirmation péremptoire ? Je vous laisse réfléchir, mais ça n'est pas très difficile à deviner.

La nuit où Damas avait lâché, sans lumière, dans la forêt de Ti-Gwern, les quinze volontaires ou semi-volontaires qui l'avaient suivi, j'étais resté fidèle à mon surnom : je n'avais rien fait.

J'avais repéré un talus herbeux à deux mètres cinquante sur ma gauche ; dès l'extinction des feux, je m'étais dirigé vers ce point et m'y étais laissé tomber, en essayant de maîtriser ma respiration troublée par l'inquiétude. Nous étions fin juillet, la température nocturne était plutôt agréable et les nuits courtes : j'envisageais très sérieusement de ne rien faire d'autre que d'attendre l'aurore à l'endroit précis où je m'étais posé. Qui le saurait ?

À peine avais-je formulé ce projet qu'une main se refermait sur mon avant-bras.

« Qui est-ce ? »

Une autre main se porta à la hauteur de mon visage et des doigts tendus vinrent se poser sur mes lèvres pour m'intimer le silence. J'obéis. Les doigts glissèrent, la main entière s'ouvrit sur ma joue, effleura mon oreille, caressa mes cheveux, et s'immobilisa sur ma nuque pour m'attirer avec douceur… jusqu'à ce que ma bouche rencontre d'autres lèvres. C'était Maud.

Comme l'on sait des fruits la douceur ou l'âpreté à seulement étudier leurs reflets, leurs formes, leur consistance, je savais depuis longtemps le goût de ce baiser pour l'avoir tant imaginé. Et les mouvements de cette langue, sa puissante insistance, sa chaleur vagabonde, tout cela ne me semblait rien de plus que la récompense de ma patience. Ce fruit-là était bien haut pour moi ; mais je l'avais atteint. Pour une fois, ne rien faire avait été le bon choix.

Tant que les crissements des pas de nos amis continuèrent de se faire entendre, nous ne tentâmes rien de plus ; ni mots ni gestes brusques. Puis le groupe s'éloigna, quelques jurons lointains nous parvinrent, manifestations d'une chute ou d'une rencontre un peu intense avec un arbre. Et enfin le silence ; et nous deux, seuls.

Je ne raconterai pas la suite. Pour les détails techniques, ouvrez *L'Amant de Lady Chatterley* ou *SAS* et ajoutez quelques lignes pour décrire le déplaisir de s'enfoncer une branchette entre les côtes ou un gravillon dans le genou. Sinon, pour le reste, prenez les mots « harmonie », « félicité », « extase » et tant d'autres qui s'en approchent et balancez-les tous : ils ne servent à rien. Et c'est sans doute pour cela que Maud a voulu, pendant toute cette nuit, que nous ne prononcions aucune parole. Dès que j'ouvrais la bouche sans la placer sur une partie de son corps, elle m'imposait la sienne pour me faire taire. Et elle avait raison. À quoi aurait servi que je lui décrive la frustration que j'avais endurée jusqu'à cet instant ? Que je lui commente le plaisir qui m'envahissait, le bonheur qui m'étouffait en me lovant contre elle ? Et que je lui déclame mille et mille promesses ? Nos corps étaient bien assez forts pour parler de tout cela sans employer la moindre syllabe intelligible. Dès que les mots entrent en jeu, on commence à interpréter, justifier, excuser, déformer, puis mentir.

Quand ses mains me guidaient en elle, quand ses bras modulaient leur pression pour orchestrer notre rythme, il n'y avait pas de place pour le doute. Son vœu de silence était la plus merveilleuse des idées. Plus nous nous découvrions, plus je prenais conscience que les paroles auraient vicié cette découverte. Nous aurions bien d'autres occasions d'échanger à propos de ce premier aveu qui, lui, resterait unique ; pour le moment, je n'avais rien de plus à faire que de savourer ces formes souples, ces gestes libres, ces vibrations exquises, cette chaleur envahissante et le parfum discrètement vanillé de ces cheveux dans lesquels je m'étouffais de joie.

Le lendemain, je vécus la plus belle demi-journée de ma vie. Maud et moi nous sommes amusés, jusqu'au déjeuner, à faire semblant de rien, feignant l'indifférence, mais ne perdant pas une occasion d'échanger un sourire, un regard – mais aucun geste, aucun ! Le secret était trop beau à vivre.

En réalité, j'étais un peu inquiet : comment serait-il possible que personne ne devine ce que nous avions partagé ? N'étions-nous pas transformés ? Elle, en tout cas, elle l'était : ses yeux brillaient d'une joie et de promesses que je n'y avais jamais vues et qui la faisaient paraître – je n'aurais pas cru que cela eût été possible – encore plus belle. Et moi, moi, le pauvre Nil, ne remarquerait-on pas mon sourire continuel, extatique, un peu niais, sans doute, mais surtout indubitablement fier ? En tout cas, personne ne dit rien. Je fis mes longueurs de piscine tandis que Maud lisait. Puis je pris à mon tour un bouquin, pendant qu'elle barbotait avec Candice et deux ou trois autres filles dont je ne savais même pas les noms. Mock nous servit l'apéro, Pongo fit les grillades, Perdita des tomates-mozza, chacun d'eux – désignés chefs du jour – s'adjoignant l'aide de plusieurs petites mains. Je n'en faisais pas partie – j'avais officié deux jours plus tôt –, mais j'aurais sans doute été capable de couper en tranches en plein semi-remorque de légumes ce jour-là. Damas déboucha les bouteilles et nous nous installâmes sur les grands bancs, douze d'un côté, treize de l'autre, Mock à un bout et Maud face à lui.

Le déjeuner fut exquis. Des côtes d'agneau, des patates à la cendre et des tomates-mozza ! Quoi de plus merveilleux ? On aurait pu me servir un bouillon de gras ou des carottes râpées sans sauce, j'aurais trouvé ça tout aussi délicieux !

Fin du déjeuner, heure de la sieste ; Pongo et Perdita vont la faire dans leur chambre ; Mock met de la musique pour qu'on ne les entende pas ; Maud, Candice, et plein d'autres, dont je fais partie, s'installent autour de la piscine, qui avec un livre ou une revue, qui pour taper le carton, qui pour ronfloter en se laissant bercer par la voix envoûtante de Leonard Cohen.

À quatorze heures trente, un petit groupe se lève, trois garçons et deux filles ; ils entrent dans la maison : ils vont chercher leurs sacs. Leur car part à trois heures. Ils reparaissent après dix minutes.

« Ils sont intenables, les deux, là-haut, commente l'un des deux mecs en s'avançant vers notre petit groupe pour nous dire au revoir.

— À ton avis, pourquoi Mock les a appelés Pongo et Perdita ? questionne Damas.

— Parce qu'ils ont le sang chaud comme des Espagnols ?

— Mais non, parce qu'ils baisent comme des bêtes. Et que s'ils nous faisaient un petit chaque fois qu'ils s'y mettent, on aurait déjà nos 101 dalmatiens depuis longtemps.

— Mmmh ! Très fin !

— C'est du Mock ! conclut Damas.

— Je vous rappelle, intervint l'intéressé, que le Mock en question doit vous conduire au car, les enfants. Alors un peu de respect pour ma grande imagination et mon sens de la poésie ! »

Les cinq pensionnaires en partance n'ajoutèrent pas un mot, sinon au revoir, au revoir, au revoir chaque fois qu'ils serraient une main ou claquaient une bise. Je levai à peine le regard de mon livre et ne sortis pas de mon transat pour attraper la paluche du premier type – un grand blond baraqué et hâlé style Beach Boys – puis du second – assemblé selon la même notice de montage –, ni pour faire la bise aux filles… qui durent donc se pencher vers moi.

La première mit pudiquement la main sur le col de son tee-shirt pour exclure toute velléité de voyeurisme de ma part. La seconde ne l'imita pas, me laissant vérifier qu'il eut été coupable de sa part de s'encombrer d'un soutien-gorge. Sa main, elle préféra en fait l'utiliser pour venir poser son index sur le cadran de ma montre ; un modèle à quartz, à affichage digital, reçu le jour de ma communion solennelle, et que j'avais su conserver, à ma grande fierté, en parfait état de marche, grâce au soin exemplaire que je prenais – et que je prends toujours – de toutes mes affaires. Bref, c'était un modèle à la pointe de la modernité dans les années quatre-vingt, à la pointe de la ringardise au moment des faits, et à la pointe du *vintage* à l'époque actuelle… ou la suivante – on verra bien.

Abandonnant la contemplation du décolleté de la demoiselle, je baissai les yeux vers mon poignet, pour essayer de comprendre son geste. Elle avança les lèvres vers mon oreille et me susurra :

« Heureusement que tu portes ça.

— Pardon ?

— Les chiffres phosphorescents ; c'est bien pratique dans le noir.

— Pardon ?

— C'est toi que je voulais. Et je t'ai eu grâce à ça. Et je ne le regrette pas. Merci. »

Elle posa alors sa bouche entrouverte sur ma joue, un peu trop près de la commissure de mes lèvres, et je reconnus aussitôt dans ses cheveux le parfum vanillé qui m'avait fait chavirer la nuit précédente. Elle se redressa, se détourna et s'adressa à Maud.

« Au fait, Maud, merci pour ton shampoing. Je l'ai remis dans ta chambre, sur ton bureau ».

Maud ne réagit que d'un vague geste de la main. Et avant même que les deux plagistes et leurs copines disparaissent au coin de la maison, elle recommença à se faire les ongles, sans se soucier ni de ma présence, ni de ma honte, ni même que je sois vivant ou mort. J'étais de nouveau *nihil*. Et, pour une fois, j'en étais soulagé. J'ai quitté Ti-Gwern le lendemain, prétextant l'oubli de deux classeurs indispensables pour mes révisions de prérentrée. Maud n'en parut pas plus chagrinée que si j'avais versé de l'eau plate dans son verre de Perrier.

Et merde ! Je voulais l'éloigner de mon esprit, tout au moins pendant le trajet, et la voilà qui revient à la charge. Quoi que je fasse, c'est toujours Maud ! Maud ! Maud ! Quel disque aurais-je dû mettre pour vraiment l'oublier ? Des requiem ? Des enregistrements des discours de de Gaulle ? Autant tirer le frein à main tout de suite et partir en vrille pour m'écraser sur un des piliers du prochain pont !

J'arrive aux portes de Paris : l'autoroute se glisse dans un premier tunnel avant de serpenter au-dessus de la Seine puis de repartir en sous-terrain. Je n'ai pas serré le frein à main et Maud est toujours là. Je rejoins le périph', le CD de Led Zep revient au début pour la troisième fois. La vie serait si simple si elle était gravée sur un cercle de plastique, elle aussi. Connaissant l'enchaînement complet des chansons, on pourrait se réjouir à l'avance des belles émotions qui nous attendent et, à l'inverse, se tenir prêt à sauter les titres insupportables en appuyant sur la touche d'avance rapide dès leurs toutes premières notes.

Mais cette nuit, je sais que je n'ai jamais pris ces rues qui me mènent vers l'adresse de Maud. Et je ne connais pas la mélodie qui va suivre. Dois-je appuyer sur pause ou laisser avancer le disque ? *Nobody's Fault But Mine* démarre ; pour la troisième fois. Je ne sais pas pourquoi, mais c'est seulement maintenant que le titre de l'album me revient en mémoire. *Presence*.

9

C'est dans une toute petite maison dans une rue étroite de Malakoff que Maud habite. Je vérifie l'adresse enregistrée dans mon portable. C'est bien là ; pas de doute. C'est aussi minuscule que la bicoque dans laquelle je l'avais découverte, à douze ans, la première fois que j'avais fait le mur de mon collège, à l'invitation de celui qui ne s'appelait pas encore Mock.

Il n'y a qu'un étage ; une porte étroite et deux fenêtres au rez-de-chaussée, deux autres ouvertures au-dessus. Tous les volets sont fermés et dans l'éclairage chiche du réverbère planté en face, ils m'ont l'air d'être peints d'un vert printanier plutôt joyeux. Mais qui partage cette joie ? Vu la taille de la maison, je n'imagine pas une grande famille. De toute façon, il me suffit d'attendre le matin. Nous sommes mardi : s'il y a des petits derrière cette façade, ils iront sûrement à l'école. Après, Maud sera seule et je pourrai aller lui parler. Je la trouverai peut-être au milieu de ses dictionnaires et de piles de feuillets couverts de son écriture bouclée et tenant en main un stylo-plume tout neuf qui lui permet d'oublier celui qu'elle a laissé tomber par mégarde sur le sol du *pool house* de Ti-Gwern, il y a un peu plus d'une éternité de cela. À moins qu'elle ne soit pas seule ; ou qu'elle ne soit pas là, qu'elle soit sortie elle aussi, pour gagner un bureau indistinct où elle s'ennuie à cent sous de l'heure en brassant de la paperasse résolument exempte de toute trace d'imagination et de poésie. Dans ce cas, à quoi pourrait bien lui servir un stylo-plume, vert ou noir, neuf ou rouillé ?

Instinctivement, je porte la main à la poche de ma veste : la relique est toujours là. Comment lui en parlerai-je ? Sera-t-elle contente de le retrouver ? Émue ? Bouleversée ? Se jettera-t-elle dans mes bras pour ce miracle ? Ce serait tellement… Mais non !

Je ne peux pas lui en parler ! Au téléphone, je lui ai dit que je n'avais pas revu Mock ; je ne sais pas pourquoi, mais ça m'est venu comme ça. Me sentais-je coupable de n'avoir pas pu l'empêcher de se volatiliser ? Ou bien craignais-je que Maud coupe court à une discussion qui se serait dès lors avérée inutile ? En lui proposant de l'aider dans ses recherches, je pouvais faire en sorte que nos retrouvailles aillent plus loin qu'un simple appel. Au contraire, en lui annonçant que j'avais voyagé avec Mock dix jours plus tôt, qu'il m'avait lâchement faussé compagnie, que je l'avais cherché pendant des heures avant de jurer que je ne voulais plus jamais avoir affaire à lui, j'aurais tout simplement donné à Maud une raison de raccrocher sans demander son reste.

« Il est peut-être retourné à Ti-Gwern, avait-elle hasardé, comme si elle lisait dans mon esprit.

— Euh… je ne sais pas. Qu'est-ce qui te fait penser ça ?

— Il y allait assez souvent, depuis quelques années. Richard lui avait laissé les clés. »

Ah, le salaud ! Il avait voulu me jouer la grande scène du retour aux sources, la démarche alourdie et la mine en pot de chambre. Mais c'était du cinéma ! Du mauvais cinéma, mais du cinéma quand même ! Et moi, comme un con, j'avais marché ! Tout en promettant à Maud de retrouver Mock, je jurais *in petto* de tout faire pour que cette quête n'aboutisse jamais ou se conclue par un meurtre. En conséquence, mon choix concernant le stylo était fort limité : je ne pouvais que la boucler. Ce qui signifiait reprendre mes relations avec Maud en débutant par un mensonge.

Oui, d'accord, d'accord : je lui ai menti au téléphone ! Mais à la différence de Mock, je n'ai pas caché la vérité dans un but malveillant. Car même si je n'ai toujours pas compris ses intentions, je suis certain qu'il m'a traîné là-bas pour m'emmerder. Moi, si je mens, c'est juste pour préserver la paix. Au moins la mienne. Et peut-être celle de Maud ; qui s'en fout peut-être de mes histoires, de mes voyages et de ce vieux stylo. Je ne sais pas. Et je ne crois pas que je parviendrai à le savoir en ruminant ces idées sans queue ni tête jusqu'à ce que le jour se lève. Mieux vaut que je retourne à la voiture et que je dorme quelques heures si je veux être assez clair demain matin pour éviter les bévues. Il faut aussi que je pense à appeler Lison pour lui annoncer que j'ai la grippe ou je ne sais quoi d'autre. Ça me fera une autre occasion de mentir. Génial ! Finalement, je crois qu'il n'y a que devant Bélèm que je n'ai pas menti. Si l'on considère que chercher à lui faire avaler que je n'ai que des soucis de boulot n'est pas un mensonge…

Mais elle aussi, elle m'a raconté des histoires en me disant qu'une copine était venue garder nos enfants… Quand une jolie femme comme elle commence à évoquer « une copine » pour se justifier – « J'étais sortie faire du shopping avec une copine », « Je connais ce resto : j'y suis allée avec une copine », « Je n'ai pas répondu à ton coup de fil hier soir parce que j'ai passé la nuit chez une copine », ou encore : « Cet été, pendant que tu prendras les enfants, je vais m'organiser un petit séjour à La Réunion avec une copine » –, il y a fort à parier que la copine en question a la même combinaison de chromosomes que moi. Il ne manque plus que : « C'est une copine qui m'a offert ces fleurs », ou bien : « Oh ! Cette cravate sur le canapé ? C'est une copine qui a dû l'oublier… »

Mais pourquoi Bélèm me ment-elle ? Elle a le droit de faire ce qu'elle veut : je m'en fous de sa vie intime ! Elle, au moins, elle en a une. Moi, je n'ai que des supputations. Je ne sais pas si Lison et Maud apprécieraient que je les qualifie ainsi, mais c'est pourtant la seule place que prennent les femmes dans ma vie actuelle.

Il fait vraiment trop froid. Je ne crois pas que je parviendrai à dormir dans la voiture. Je rallume le moteur, je sors de l'emplacement que j'avais trouvé à quelques dizaines de mètres de la porte de Maud. En allant tout droit, je constate que les petites maisons cèdent la place à des immeubles élevés, bien plus récents. Je passe au-dessus du périph', me voici à Paris. Je ne sais pas où aller : je continue en ligne droite.

Je ne reconnais rien ; je pense que je ne suis jamais venu dans les quartiers que je traverse, ni de nuit ni de jour. Boutiques, bistrots, agences immobilières, pharmacies, restaurants font défiler leurs vitrines obscures, leurs rideaux baissés, leurs enseignes mortes. Je pourrais tout aussi bien être à Rouen qu'à Paris : les pizzérias s'appellent *Stromboli* ou *Vesuvio*, les coiffeurs, *Créa'Tifs*, et les banques arborent les mêmes logos rouges, noirs, verts, gris ou bleus que l'on rencontre n'importe où en France. La seule preuve que je traverse la capitale m'arrive au bout de deux ou trois kilomètres d'un parcours à peu près rectiligne : tout d'un coup, après un embranchement qui part légèrement en biais, la tour Montparnasse m'apparaît, constellation géométrique de petits carrés lumineux, pointant vers le dais orange sombre du ciel nocturne. Je ne dois plus être très loin de ma fac ; pourtant, je me sens bien incapable d'y aller : à l'époque où j'étais étudiant, je me déplaçais uniquement en métro ou à pied – que ce soit en marchant ou en courant – et le plan de circulation de Paris m'est tout aussi étranger que ceux de Téhéran ou Veracruz.

Je continue donc à me laisser mener par le hasard et je me retrouve finalement face à un mur. C'est sans doute le cimetière, celui de Montparnasse, bien sûr, qui aligne ses plaques de marbre à portée de regard des fenêtres de la tour, derrière lesquelles cadres et employés s'activent du soir au matin. Combien d'entre eux ont déjà pris le temps de réfléchir à cette symétrie entre pierres horizontales et vitres verticales ? Combien ont osé chercher le sens de cette continuité entre ciel et sol ? Combien y ont vu une raison de goûter pleinement chaque minute de chaque jour ? Combien, au contraire, y ont uniquement trouvé un motif d'effroi ? Ou encore un prétexte pour tout regretter avant même d'avoir osé le vivre ? Et combien ont préféré se voiler la face ?

Je prends à droite et je longe l'enceinte du cimetière jusqu'à Denfert-Rochereau. Je ne suis vraiment plus très loin de la fac de pharma. Je crois que maintenant je serais capable de retrouver l'endroit. Je contourne les deux pavillons du centre de la place, passe devant la gare, reviens vers le lion de Bartholdi et m'engage dans l'avenue qui part dans son dos.

Il me faut moins de trois minutes pour atteindre la station Port-Royal. Devant moi s'ouvrent les jardins de l'Observatoire, antichambres de celui du Luxembourg, que je sais être assoupi, tout au bout, derrière ses grilles ouvragées. La fac est à mi-chemin. À la patte d'oie que forment le boulevard Saint-Michel et l'avenue de l'Observatoire, il me suffirait de prendre à gauche…

Au dernier moment, je renonce : je continue sur le boulevard, laisse disparaître derrière leur rangée d'immeubles haussmanniens les arbres nus de ce square que je connais si bien. Il est trois heures trente du matin ; qu'est-ce que je pensais trouver en venant là ? Tout est fermé, éteint, mort. À part des taxis en maraude, des voitures de flics, des fêtards tardifs et des paumés comme moi, qui traîne dans les rues, à une heure pareille ?

Arrêté à un feu peu après avoir dépassé le Panthéon, je reprogramme mon GPS sur la dernière adresse recherchée : celle de Maud. J'y serai à 3 h 54. Il me restera encore au moins trois heures à attendre. Trois heures d'espoir. Ce sera plus utile que trois heures de nostalgie stérile au volant de ma voiture.

Pourtant, comme je descends la rue Saint-Jacques, je ne peux m'empêcher de songer à la dernière fois où j'ai attendu Maud, il y a dix-huit ans. Cela avait duré plus de dix heures – bien autre chose que ces trois petites heures qui s'annoncent –, mais je ne me souviens pas en avoir réellement souffert. Car là encore, je puisais ma patience dans l'espoir que me donnait la perspective de la voir apparaître. J'avais eu le temps, pendant toute cette journée, d'imaginer comment j'allais enfin lui annoncer tout ce qu'elle représentait pour moi. De m'être fait virer de Ti-Gwern par un Richard indigné et violent m'avait donné le courage d'affronter ce moment de vérité. Et puis c'était peut-être la dernière fois que je pourrais la voir, la dernière occasion de libérer mon esprit de tous ces sentiments qui me torturaient depuis que j'étais tombé amoureux, alors que je n'étais encore qu'un collégien.

Je me revois, assis sur la place du village, là où tous les occupants de Ti-Gwern avaient disparu les uns après les autres dans les cars qui faisaient halte devant la mairie – un le matin, un autre l'après-midi – pour gagner ensuite la gare de Quimperlé. Ils étaient tous passés par là : Damas, le premier à avoir quitté Ti-Gwern, mais que j'avais fini par rejoindre ; puis Pongo et Perdita, lui en rogne, elle en pleurs ; puis trois ou quatre filles dont j'ignorais le nom ou que je confondais encore, et autant de garçons sans intérêt. Enfin, Ruis était arrivé, encombré des deux toiles sur lesquelles il avait travaillé pendant cet été-là et qu'il n'aurait pas supporté d'abandonner, pour la simple raison qu'il ne les avait pas terminées. Les autres, notamment nos portraits alignés dans le couloir de l'étage – du moins jusqu'à mon retour avec Mock il y a dix jours –, il les avait offerts à Richard sans regrets.

« Une fois que c'est sorti, ça ne m'appartient plus », argumentait-il devant qui s'étonnait d'un tel détachement et d'un tel manque de sens commercial. Personne n'osa jamais lui faire remarquer que sa philosophie de vie n'aurait sûrement pas été la même s'il n'avait pas été nourri et logé par Richard pendant une bonne moitié de l'année.

Derrière Ruis, ce jour d'exode, venait Harpo. Il portait le matériel du peintre – à l'exception du chevalet, trop encombrant pour faire partie du voyage –, le tout jeté à la hâte dans un grand sac. Ces deux-là me tinrent compagnie jusqu'aux environs de quinze heures. Pongo serait bien resté aussi, mais vu l'état de Perdita, il s'était senti obligé de l'éloigner le plus rapidement possible de Ti-Gwern.

Quand le bus de l'après-midi s'arrêta devant nous, mes deux derniers amis de Bretagne essayèrent de me convaincre de l'inutilité de mon attente. Ce fut peine perdue et je les laissai grimper dans le car sans aucun remords. Enfin seul, j'allais pouvoir accueillir Maud l'esprit libre. Malgré la journée écoulée et tous les arguments de mes compagnons d'infortune, mon espoir du matin n'avait pas faibli. Je crois même qu'il était encore plus puissant que celui qui m'habite aujourd'hui. Mais il n'avait servi à rien : Maud n'est jamais arrivée à l'arrêt des cars. J'ai fini par prendre une chambre au-dessus du bistrot de la place pour passer la nuit. Je suis monté dans le premier bus du mercredi matin. Maud n'était toujours pas apparue. Mock et Candice non plus, d'ailleurs.

10

On frappe à la fenêtre. Je détourne les yeux du dossier dans lequel j'étais plongé ; mais je ne vois rien. Je reprends ma lecture et le même bruit agaçant recommence. Je repousse mon fauteuil, je me lève, m'éloigne du bureau. J'entends encore le petit choc répétitif contre le carreau, mais même à moins d'un mètre, je ne vois toujours pas ce qui peut le provoquer. Un oiseau minuscule ? Un insecte ? Je fais encore un pas, avance la main droite vers la vitre ; à ma grande surprise, je constate qu'il n'y en a pas. Emporté par mon élan, je bascule dans le vide ; impossible de me retenir, je passe par l'ouverture, mon dernier regard est pour le cimetière qui s'étend en contrebas… et je me réveille. Je découvre une femme, penchée vers ma portière, l'avant-bras relevé vers moi, le poing replié, la jointure de l'index à deux centimètres de la vitre de ma voiture. C'est Maud ; Maud dix-huit ans après, mais Maud quand même. Elle abaisse sa main. Elle me sourit. J'essaie de faire pareil, même si je doute, vu l'état comateux dans lequel je patauge, que le résultat soit vraiment agréable à voir.

Me ressaisissant un peu, je mets le contact et fais descendre la vitre qui nous sépare.

« Nil… Emmanuel… Qu'est-ce que tu fais là ? »

Après plusieurs décennies passées à retenir mes sentiments, j'aurais pu rêver d'une grande scène hollywoodienne dans laquelle Maud et moi, éclairés tendrement par le soleil rougeoyant de l'aurore, nous nous serions aperçus, d'une extrémité à l'autre de la rue fardée de brume ; elle aurait couru vers moi, j'aurais couru vers elle, nous nous serions tombés dans les bras et embrassés avec une passion aussi puissante et belle que notre séparation avait été longue et cruelle. Au lieu de ça, je reste encastré dans mon siège de voiture pendant qu'elle se plie en deux pour mettre la tête à la hauteur de ma fenêtre. Peu importe, il faut quand même que je lui réponde.

« Ben… tu m'as dit que tu avais besoin d'aide… pour retrouver Mock… enfin, Fred. Alors je suis venu.

— Oh ! Nil ! Nil ! Merci. »

Des larmes lui viennent ; sans pour autant chasser son sourire. Elle pose ses mains sur son visage, tendu vers le mien, et moi, le sauveur, le héros, je ne sais ni quoi dire ni quoi faire. Ce serait pourtant là, soleil rougeoyant de l'aurore ou pas, qu'il faudrait que je la serre dans mes bras. Mais tant qu'elle reste plantée à pleurnicher devant ma portière, je ne peux pas sortir.

« Viens, tu dois être crevé, après toute cette route, balbutie-t-elle d'une voix humide, tout en s'essuyant les joues. Je vais te faire un café. Je suppose que tu n'as pas mangé non plus. »

Tout en grommelant une vague réponse, je tourne à nouveau la clé de contact pour remonter la vitre. Je quitte la voiture, la verrouille et rejoins Maud sur le trottoir. Deux bises, pas un mot, elle s'avance vers sa maison. Je la suis.

La porte d'entrée s'ouvre sur un couloir étroit. En face, une volée de marches monte droit vers un palier sur lequel une fenêtre, donnant sur l'arrière, laisse entrer la lumière grise de ce matin d'hiver. Les murs sont peints de couleurs tendres et apaisantes, vert d'eau, bleu canard. Sur la gauche, un portemanteau chargé me fournit quelques renseignements sur les occupants de la maison : plusieurs manteaux de petites tailles, deux paires de bottes aux pointures réduites, une rouge et une violette, m'informent que des enfants vivent ici. Un infime pincement me vient au cœur, sans que je sache s'il est un élan d'émotion vers ces petits de Maud que je ne connais pas, mais qui me sont déjà chers pour être issus d'elle ; ou bien s'il s'agit plutôt d'une pointe de déception de savoir qu'elle les a conçus avec un autre que moi.

En longeant l'escalier, on accède à une cuisine. Maud se dirige par là après m'avoir invité à entrer dans le salon qui s'ouvre sur la droite par une porte à double battant.

« Installe-toi, fais comme chez toi, me lance-t-elle. Je t'apporte un petit-déj'. »

Sa voix – ainsi que des bruits d'eau qui coule – me parvient par une seconde porte, plus étroite, située à l'autre bout de la pièce et qui fait communiquer directement le séjour avec la cuisine. Sur le mur attenant, une large baie donne sur une terrasse dallée que prolonge un microscopique carré de pelouse. Quelques plantes grimpantes sur les murs qui l'encadrent, deux arbustes élancés, et nus en cette saison, complètent le décor de ce petit coin de verdure perdu au milieu de la ville.

Tandis que j'entends Maud manipuler la cafetière, puis sortir des tasses, j'inspecte lentement les détails de la pièce dans laquelle je l'attends. Je préfère ne pas m'asseoir ; je ne tiendrais pas en place. Pourtant, après la nuit exécrable que je viens de passer dans ma voiture, j'avoue que le grand canapé d'angle, avec son assise longue et profonde, garnie de multiples coussins aux couleurs chaudes me tente sérieusement. Pour éviter d'aller m'y échouer, je me lance dans une étude approfondie du reste du décor. Je remarque tout d'abord le coordonné entre les coussins jaunes et orangés et les rideaux des deux fenêtres donnant sur la rue. Les trois fauteuils placés en face, de formes différentes mais d'apparence tout aussi accueillante – surtout celui de droite, haut et enveloppant – sont assortis, eux aussi. Ce sont les seules notes de couleurs vives : les murs sont blanc cassé et le mobilier, mêlant une grande table rustique et des chaises accordées à une console étroite et un buffet de style plus exotique, sans compter quelques autres petits éléments – table basse, étagères en escalier, porte-revue, guéridon couvert de bibelots, casiers remplis de CD – présentent des teintes boisées assez variées, mais toutes plutôt sombres, qu'elles tirent sur le rouge ou s'approchent du noir. L'ensemble compose finalement une ambiance chaleureuse, rassurante. Planté sur le seuil de la pièce, je crois percevoir un certain apaisement se frayer un chemin dans l'écheveau de questions et de doutes qui s'agitent dans mon esprit. J'imagine comme Maud doit se sentir bien, elle aussi, dans ce décor. Peut-être y connaît-elle ce phénomène insolite dont j'ai si souvent entendu parler sans jamais vraiment l'approcher : le bonheur. J'en suis content pour elle ; et un petit peu jaloux. Si les choses s'étaient passées autrement, ce bonheur n'aurait-il pas pu être aussi le mien ?

Je me décide à avancer, je commence un tour de la pièce, observant les tableaux, photographies, vases et autres objets décoratifs. Quel est le sens de chacun d'entre eux ? Un petit masque bleu d'inspiration sud-américaine fait face à un tapis bariolé de couleurs vives, surmonté de quelques gravures en noir et blanc présentant des temples incas – ou mayas ou aztèques, je n'ai jamais su faire la différence. Cela signifie-t-il que Maud ait eu un amant péruvien ou simplement qu'elle se soit prise de passion pour l'Amérique latine à force de lire Mario Vargas Llosa ?

Et ses disques ? Je passe en revue le contenu des petits casiers qui sont empilés à côté de la mini-chaîne hi-fi. Je ne reconnais aucun des noms que je lis sur les tranches des boîtiers. Je ne sais même pas s'il s'agit de rock, de jazz, de musique country ou de folklore andin. Il faut dire que je ne me suis pas tellement tenu au courant de l'évolution de la scène musicale depuis quinze ans. De toute façon, même à l'époque, je n'étais pas très curieux de nouveautés : je me contentais d'écouter ce que Mock me faisait découvrir et qui était déjà des vieilleries, dont certaines étaient même sorties bien avant que nous venions au monde.

Je continue mon tour d'inspection. Sur la petite console placée contre le mur de droite, près de la fenêtre qui donne sur le jardin, je découvre quelques photos d'enfants et une autre d'un groupe. Impossible de savoir si les clichés des petits représentent une ribambelle de frangins ou seulement deux ou trois gamins pris à des âges différents. Je me demande même s'ils sont tous les enfants de Maud. Certains affichent le même regard lumineux qu'elle, le même visage ovale aux traits fins et, selon la longueur de leur coupe ou l'éclairage de la prise de vue, révèlent des ondulations et des reflets sanguins plus ou moins intenses qui évoquent immanquablement l'or ardent de sa propre chevelure. Dans d'autres cadres, des blondinets aux cheveux comme des baguettes de tambours arborent les mêmes mines espiègles, mais sur un visage plus rond. Sont-ils les frères des précédents ? Leurs cousins ? Je n'ose croire que Maud ait eu la curieuse idée de mettre dans son salon les trombines des fils d'une voisine.

La photo de famille posée au milieu des portraits individuels ne m'aide pas beaucoup plus : les douze ou quinze visages qu'elle rassemble sont trop petits, certains sont à moitié tournés ou marqués d'une grimace – volontaire ou pas. Je n'arrive pas à savoir qui est qui et, évidemment, encore moins les liens qu'il peut y avoir entre les différentes personnes qui posent. Je ne parviens même pas à identifier Maud ; il n'y a que Mock qu'il me semble possible de localiser, au deuxième rang à droite, du fait de sa stature râblée et de ses cheveux en pagaille. Si je prenais le cadre dans les mains pour l'étudier de plus près, je retrouverais sûrement les petits et leur mère ; mais je préfère éviter de toucher à quoi que ce soit. Je ne voudrais pas que Maud me surprenne en train de fouiller dans sa vie. Comment le prendrait-elle ? Je suis venu ici uniquement pour l'aider à retrouver Mock ; pas pour passer en revue tout ce que j'ai raté en n'osant pas lui dire à quel point j'étais amoureux d'elle il y a vingt ans ; et vingt-cinq ans ; et trente ans, aussi.

« Tu prends du sucre ou pas ? »

Je me retourne. Maud vient d'entrer dans la pièce. Elle porte un plateau sur lequel elle a posé deux tasses, un sucrier, un pot de confiture et une panière regroupant trois ou quatre toasts.

« Non, merci.

— J'ai sorti la confiture d'abricots, mais j'en ai d'autres, si tu n'aimes pas.

— Non, non, ça ira. Merci. »

Je m'assieds à la table, devant la tasse qu'elle a fait glisser vers moi. Elle approche également le pain et le pot de confiture. À part merci, merci, merci, je ne sais pas quoi dire. Heureusement, après m'avoir observé pendant quelques secondes, Maud, elle, trouve un moyen d'engager la conversation.

« C’est quand même dingue que tu aies fait toute cette route pour moi. Franchement, ça me… ça me touche. Tu sais, je suis tellement paumée. Je ne sais vraiment plus vers qui me tourner pour le retrouver…

— Tu as demandé à des voisins ? Des amis ?

— Oh ! Les voisins : des tombes ! Ils ne l’ont jamais vu, n’ont jamais parlé avec lui. Comme s’il n’avait jamais habité là. Et les amis… ben… j’avoue que je ne lui en connaissais aucun.

— Ah ouais ? »

Découvrir Mock sans ami, c’est comme apprendre, en visitant le Louvre, que c’est Boronali qui a peint la Joconde.

« Oui, réplique doucement Maud, sans paraître remarquer ma surprise. Mais peut-être qu’il ne me disait pas tout. Sur son bureau, j’ai trouvé une liste, avec quelques noms, dont le tien et ceux de vieux copains. Mais il y a aussi des noms bizarres. En tout cas, moi, ils ne me disent rien. Peut-être que c’est aussi des gens que Fred a connus il y a longtemps et que j’ai oubliés ; ou alors il les a rencontrés récemment. Tu me diras ; je pense que tu as une meilleure mémoire que moi.

— Rien n’est moins sûr. Et sinon, tu as cherché du côté de son boulot ? Tu as demandé à ses collègues s’ils savaient quelque chose ?

— Oui, bien sûr. Et ça a été pire que tout. Je ne sais pas ce qui m’a pris, mais je me suis même déplacée jusqu’au garage où il travaille, à Aubervilliers, et on m’a…

— Il travaille dans un garage à Aubervilliers ?

— Euh… oui ; pourquoi ?

— Non, comme ça. Ça m’étonne de lui.

— Oh, tu sais, il a fait mille boulots, alors celui-là ou un autre.

— Non, ce n’est pas le boulot, c’est la localisation. Je le vois bien dans un garage, mais plutôt à Caracas qu’à Aubervilliers.

— Oh, c’est fini, ça : ça fait au moins cinq ans qu’il ne voyage plus. Et qu’il bosse donc dans ce garage.

— D’accord. Et qu’est-ce qu’ils t’ont dit ? Ils ont pu t’aider ?

— Oh, non, mon pauvre : ç'a été l'horreur ! Quand je suis arrivée là-bas, et que j'ai commencé à parler de Fred, le patron s'est foutu en rogne : ça faisait une semaine qu'il ne l'avait pas vu...

— Une semaine ? De... depuis quand ?

— Euh... attends... pas vendredi dernier, mais celui d'avant. Mais le pire, c'est que le gars accusait Fred de s'être barré en piquant une bagnole, du genre de celles qu'il prête à ses clients quand il garde la leur trop longtemps.

— Merde !

— Ouais, comme tu dis. Le gars m'a laissé deux jours pour trouver Fred et la bagnole, sinon il portait plainte. Je lui ai aussitôt réglé le prix de sa caisse avec un supplément pour qu'il la boucle.

— Où tu as trouvé l'argent ?

— À la banque. Tu le prends où, toi, l'argent ? Au cul des ânes ?

— Non, non, à la banque aussi, mais ça doit quand même... Enfin, bon. Donc ici, rien ; à Aubervilliers, non plus. Qu'est-ce qui reste comme piste ? Tes parents ?

— Mon père est mort et...

— Oh, désolé, je...

— Ça fait huit ans, Nil. Ce n'est pas comme si j'étais une petite orpheline qui vient d'entrer au collège. Ma mère, elle, elle est en maison de retraite. Enfin, son corps ; son esprit, par contre... personne ne sait vraiment où il se balade. En tout cas, Fred n'est pas là-bas, c'est sûr. C'est pour ça que j'ai pensé... qu'il pourrait être retourné à Ti-Gwern.

Ah !

— Seule, je ne me serais pas sentie capable d'y aller ; mais si... si tu acceptes de m'accompagner... j'y arriverai peut-être.

— T'accompagner ? Là-bas ?

— Oui. Je ne vois vraiment aucune autre solution. Mais si tu ne veux pas, je trouverai quelqu'un d'autre.

— Non, non, c'est bon. De toute façon, je suis venu pour t'aider. Si ça nécessite un tour par Ti-Gwern, alors allons-y ! J'ai juste à refaire le plein et on pourra y être en début d'après-midi.

— Ben… je… j'avais pas vraiment prévu de partir comme ça… Je ne m'attendais pas à ce que tu arrives si vite…

— Tu veux qu'on le retrouve ou pas ?

— Oui, bien sûr, mais…

— Alors on y va. Moi je peux prendre un jour ou deux, mais pas plus.

— Oui, oui, c'est vrai, j'avais oublié ça. OK, dans ce cas-là, je… je monte faire mon sac et on y va.

— Pas de souci. Je t'attends dans la voiture. Il faut aussi que j'appelle deux trois fournisseurs pour décaler des rendez-vous. À tout de suite.

— À tout de suite. »

J'avale la fin de mon café, je me lève et tends le bras pour attraper le plateau. J'y repose la confiture, la panière et ma tasse. Je passe à la cuisine pour poser le tout. Je rince vite fait ma tasse et la cuiller. Dans la cuisine débute un petit couloir qui mène au jardin et dans lequel je remarque une porte à mi-chemin. Je suppose que ce sont les toilettes. Il devient urgent que j'y fasse une escale. Comme j'y trouve un lave-mains assez large, j'en profite pour me débarbouiller rapidement. En revenant au pied de l'escalier pour gagner la porte d'entrée, j'entends la voix de Maud sur le palier juste au-dessus de moi :

« … jour ou deux, pas plus. Tu peux peut-être voir avec la maman de Marie pour qu'elle prenne les garçons à la sortie de l'école ce soir. Et pour le judo de Gaby, demain, le papa de Simon peut l'emmener et aller le rechercher. Je l'app… Ah ? OK. Si ça ne t'ennuie pas. Tu as son numéro de portable ? OK, parfait. Merci. Et merci d'assumer pendant que je serai partie. À demain. Ou jeudi. Ça dépend. Je t'aime. »

Je fonce vers la porte et sors comme un diable de sa boîte. Je manque même de renverser une bobonne qui passe à ce moment-là sur le trottoir avec son chariot de courses. Je vais vers ma voiture, je m'y enferme. Il suffirait que je mette le contact, que je quitte mon emplacement, que je fonce dans cette rue, puis sur le périph', l'autoroute, les rues de Val-de-Reuil et je pourrais reprendre mon boulot – avec juste un peu de retard sur l'horaire habituel – et faire comme si je n'étais jamais venu ici, comme si Maud ne m'avait jamais appelé, comme si je ne savais pas qu'elle aime un homme qui n'est pas moi et que cet homme qui n'est pas moi lui a fait deux, trois, quatre, six ou douze enfants qui portent des petites bottes rouges ou violettes. Il faudrait que je change de numéro, voire d'adresse, voire de métier, voire de nom, pour ne plus être répertorié sur aucun annuaire professionnel ni aucun site d'anciens élèves, et pour être certain qu'elle ne pourrait pas me retrouver pour me demander pourquoi je l'avais lâchement abandonnée alors que ma présence semblait constituer son seul réconfort depuis la disparition de Fred et le seul soutien dont elle puisse disposer pour tenter de le retrouver. Mais au moment où j'introduis la clé de contact dans le tableau de bord, j'aperçois Maud dans le rétro qui ferme la porte de sa maison. Je m'empresse de sortir mon portable de ma poche et je recherche en toute hâte le numéro de Lison. Elle décroche dès la première sonnerie.

« Lison, c'est Emmanuel. Je… je ne vais pas pouvoir venir aujourd'hui… et… peut-être aussi demain…

— C'est… grave ?

— Euh… non… si… C'est… c'est ma grand-mère.

— Oh ! Je suis désolée. Vraiment. Elle… elle était…

— Oui, ça fait un moment qu'elle ne va plus très bien et… ce matin…

— Oh ! Mon pauvre. Et c'est pour ça que tu étais si chamboulé, ces derniers temps ? Oh, je m'en veux de t'avoir embêté avec mes questions.

— Non, non, c'est rien : tu ne pouvais pas savoir. Et j'avais pas trop envie d'en parler.

— Oui, je comprends. Excuse-moi, vraiment… je… je suis confuse. En tout cas, je penserai à toi. Et prends le nombre de jours qu'il faut ; je m'arrangerai. »

Un moment je me demande qui est le supérieur hiérarchique de l'autre. Mais je n'y réfléchis pas trop longtemps, Maud est à moins de quatre mètres de la voiture.

« Sinon, continue Lison, tu as appelé le resto ou tu veux que je le fasse ?

— Le resto ?

— Oui, excuse-moi de t'embêter avec ce genre de détail. J'imagine que tu n'as pas la tête à ça. On devait dîner ensemble demain soir. Tu t'en souviens ?

— Oui, oui, bien sûr.

— Tu as appelé le resto pour annuler ?

— Annuler ? »

Je sursaute comme Maud ouvre la porte arrière pour poser son sac sur la banquette. Mon mouvement donne à mon exclamation l'air d'un cri de détresse. Lison marque un temps d'arrêt avant de reprendre ; pendant que Maud s'assoit et met sa ceinture.

« Euh… oui. Si tu n'es pas revenu demain, il vaut mieux annuler dès aujourd'hui.

— Mais en fait, je… je ne sais pas… exactement… quand… aura lieu… le… le...

— D'accord, je comprends. Je vais les appeler et si jamais tu reviens avant, on pourra quand même manger un morceau ensemble. Tu pourras passer chez moi. Tu auras sûrement besoin d'une… d'une présence. »

D'une présence ? Mais j'ai l'impression d'en avoir trop, des présences ! Et je ne sais pas quoi en faire. À laquelle faut-il que je m'attache ? Entre Maud, installée dans ma voiture et prête à y passer les cinq prochaines heures, Bélèm qui vient chercher un doudou perdu qui, à mon avis, l'était beaucoup moins que moi, et Lison qui m'inonde de tendresse, d'attention et de compréhension, je ne sais plus où donner de la tête. Je la revois, Lison – oui, Lison Marquet, adjointe du responsable assurance qualité d'un très sérieux laboratoire pharmaceutique américain – lorsque, vendredi dernier, dans le bureau dont je venais de fermer la porte, elle s'était approchée de moi – oui, moi, Emmanuel Vidon, responsable assurance qualité d'un très sérieux laboratoire pharmaceutique américain. Elle m'avait entouré de ses bras, avait posé sa tête sur ma poitrine. J'avais mis mes mains dans son dos, à mi-hauteur, entre les pointes des omoplates et la ceinture – l'extrémité du pouce droit posée sur l'agrafe du soutien-gorge, ce genre de situation qui fait courir les idées un peu trop vite, comme lorsque l'on imagine déjà les vagues de la haute mer en mettant la main dans un ruisseau de montagne. Mais parfois, même les torrents les plus impétueux se laissent détourner ; et au lieu de rejoindre un fleuve puissant, puis la côte, puis le large, ils se perdent en chemin pour irriguer des plaines ennuyeuses.

« Courage, Emmanuel. Je t'embrasse. Je pense à toi », conclut finalement Lison – oui, Lison Marquet, adjointe du responsable assurance qualité d'un très sérieux laboratoire pharmaceutique américain qui s'adresse à son supérieur hiérarchique direct, Emmanuel Vidon, ici présent, dans cette voiture échouée le long du trottoir d'une rue banale de Malakoff. Que dois-je lui répondre ? Merci ? Je t'embrasse aussi ? Je t'aime ? Je t'adore ? J'ai envie de toi ? J'ai envie de Maud ? J'ai envie de Bélèm ? J'ai envie de me jeter du haut d'un pont ? J'ai envie de me cacher sous mon oreiller et de ne plus voir personne – surtout pas une femme – pendant les vingt-cinq prochaines années ?

Mais la présence de Maud à mes côtés me rappelle que je suis censé être en train de parler à un fournisseur. Elle doit déjà se demander de quel pourcentage il a dû revaloriser son devis pour que je fasse une tête pareille. Alors je réponds juste : « OK. On fait comme ça, alors. À vendredi. »

Et je raccroche.

11

Exactement comme avec Mock dix jours plus tôt, nous voilà pris, Maud et moi, dans les bouchons du matin. Ce n'est pas que je sois spécialement pressé d'arriver à Ti-Gwern, mais si j'étais lancé à pleine vitesse sur l'autoroute, je pourrais me concentrer sur ma conduite, les yeux braqués droit devant ; j'aurais une bonne excuse pour ne pas affronter le regard de ma passagère. Chaque fois que je me tourne vers elle, j'ai la déplaisante sensation que ses pupilles me dissèquent, à l'affût d'une mimique ou d'un empourprement qui lui confirmerait ce qu'elle doit avoir compris depuis le début : que je lui ai menti. D'autant plus que ma très courte et très mauvaise nuit ne m'aide pas à m'exprimer très clairement. Et même si je réponds à toutes ses questions avec la plus grande franchise et le maximum de détails, j'ai l'impression de bafouiller comme un collégien pris en faute.

Pourtant, depuis que nous avons démarré, nous n'avons pas abordé des sujets trop délicats : elle m'a demandé ce que je faisais, où j'habitais, si j'étais marié, si j'avais des enfants ; je lui ai expliqué en long, en large et en travers ce qu'était le métier de responsable assurance qualité dans une unité qui gère des médicaments pour des essais cliniques internationaux ; je lui ai parlé de Val-de-Reuil, où je travaille, de Rouen, où j'habite, du choix de Bélèm – oui, elle connaît déjà le prénom de ma femme, alors que je ne lui ai rien demandé de personnel sur elle-même, comme si je craignais trop d'apprendre que toutes ces années pendant lesquelles je ruinais mon couple ont été, pour Maud, un délicieux chemin de félicité – je lui ai donc parlé du choix de Bélèm de quitter Paris, ses bouchons, ses métros bondés, ses files d'attente, ses logements exigus, et la merveilleuse richesse de sa vie culturelle dont nous aurions pu profiter avec délectation si l'argent et le temps ne nous avaient pas fait défaut. Un choix de Bélèm, certes, mais auquel j'avais rapidement adhéré : elle disait que ce serait mieux pour nos enfants à venir d'avoir plus d'espace et des parents moins stressés ; et comme je voulais à la fois ces enfants et le bonheur de ma femme, je me suis rapidement mis à la recherche d'un emploi en province. Notre point de chute dépendait en effet surtout de moi : en tant que prof de français, Bélèm pouvait trouver un poste n'importe où, alors que dans mon cas les implantations des entreprises pharmaceutiques réduisaient quelque peu l'éventail des possibilités. J'ai donc trouvé un boulot à Val-de-Reuil.

Bélèm et moi étions tout excités à l'idée de cette nouvelle vie. Pourtant, Val-de-Reuil, ce n'est pas la Californie. Les villes nouvelles, en région parisienne, ce n'est déjà pas fameux, mais en province… Parfois, on se demande si les bâtiments industriels tout en tôles et en verre et les façades répétitives des lotissements aux rues désertes cachent réellement des êtres vivants ou si ce ne sont pas que des décors de cinéma. Mais pour quel genre de films ? Simplement ennuyeux ou carrément angoissants ? Sans parler du centre, variation architecturale définie autour de deux uniques concepts : le cube pour les formes, le béton pour l'aspect.

Enfin, vu le salaire que j'avais obtenu, je n'allais pas rechigner sur le cadre. Et puis, l'espace entre les bâtiments, les boulevards modernes bordés d'arbres, ça a un petit côté « campus américain »… en modèle réduit.

« En tout cas, finis-je par conclure à l'adresse de Maud, si Bélèm et moi avons cherché à nous loger à proximité de mon boulot, ça n'a pas duré plus d'une demi-journée. On s'est rapidement rabattu sur Rouen. La ville aurait de toute façon fini par nous manquer, je crois. Et puis trois quarts d'heure de route matin et soir, ça me rappelle un peu les trajets en métro. Il manque juste dans mon habitacle les odeurs d'aisselles et de cheveux gras. Enfin, j'ai l'impression… Tu veux que j'ouvre la fenêtre ? »

Maud sourit. Même si l'objectif de mes réponses à rallonge et de mes blagues à deux balles est surtout de retarder le moment d'aborder les questions plus sensibles, je crois que j'ai réussi à atteindre un autre but : lui changer les idées et apporter un peu d'apaisement dans son inquiétude – voire peut-être à la faire se sentir bien en ma compagnie. C'est pour ça que je suis assez surpris lorsqu'elle me demande, à brûle-pourpoint :

« Tu es déjà retourné à Ti-Gwern ? »

Je fais mine de contempler la plaque d'immatriculation de la voiture qui me précède. Elle sait quelque chose ? Elle tente l'attaque frontale pour me déstabiliser et me pousser à tout lâcher ? Ou au contraire elle ne se doute de rien et pose cette question simplement parce qu'elle en a jusque par-dessus la tête de mes aventures normandes et de Bélèm par-ci, Bélèm par-là...

« Non… Jamais. Pourquoi ?

— J'imagine qu'on va être surpris, tous les deux.

— Surpris par quoi ?

— Par l'état de la maison. Je crois qu'elle n'a pas bien vieilli.

— Tu y es retournée, toi ?

— Non, non ! J'avais juré de ne jamais y remettre les pieds. C'est vraiment parce qu'il faut… parce que je ne sais plus comment…

— Oui, oui… je sais. Mais comment tu peux savoir dans quel état est la maison, alors ?

— Par Fred. Je t'ai dit qu'il y était retourné. Mais je ne t'ai pas dit que c'est Richard qui l'avait appelé auprès de lui. Fred n'avait pas eu de nouvelles depuis… depuis qu'on était tous partis… et puis un jour, Richard l'appelle et lui demande de l'accompagner là-bas. Il lui explique qu'il est en fin de vie – le foie, je crois – et qu'il veut mourir en paix, loin de la cohue parisienne, des journalistes, des charognards et même de ses propres enfants. Il voulait juste Fred à ses côtés, pour lui parler, lui faire la lecture, ouvrir la porte au médecin ou à l'infirmière. Ça a duré deux mois. »

Tandis que Maud ménage un silence, j'essaie de me souvenir si j'étais au courant de la mort de Richard ; je veux dire de la façon dont il était mort, cette maladie, cette fin solitaire. Qu'il soit mort, je le sais déjà, à cause de l'urne, mais le quand et le comment, je n'en avais pas la moindre idée. Pas plus que je n'avais réussi à comprendre pourquoi Mock – et Mock seul – avait été choisi pour aller épandre les cendres de Richard dans le jardin de sa maison bretonne. Mais à croire les paroles de Maud, les relations de Richard avec ses enfants – il avait une fille et un fils, je crois – n'étaient pas des plus chaleureuses. Alors, pourquoi pas Mock ; lui, au moins, il l'appréciait. Du moins, dans mon souvenir.

Une autre question me vient, suite aux révélations de Maud : si Mock et Richard ont passé toutes ces semaines en tête à tête, ont-ils évoqué ce jour où le comédien nous avait tous flanqués dehors sans la moindre explication ? Et si tel est le cas, Mock en a-t-il parlé à Maud ? Oserai-je le lui demander ? Parviendrai-je enfin à savoir qui a fait quoi pour que les grilles de notre petit paradis breton se referment si brutalement derrière nous ? Mais Maud reprend la parole avant que j'aie pu ouvrir la bouche :

« Pendant l'agonie de Richard, Fred m'a téléphoné, une fois ou deux, pour me rappeler d'aller arroser ses plantes ou pour que j'aille voir s'il n'y avait pas un courrier important dans sa boîte aux lettres. Il ne savait pas pour combien de temps il en aurait. À chaque appel, il m'expliquait l'évolution de l'état de Richard. Ça tenait en peu de phrases : quand on va vers la mort, on descend une marche à la fois ; et si elles se rapprochent, et si elles s'obscurcissent, aucun mot n'existe pour ce temps qui s'étiole et cette ombre qui avance. »

Un nouveau silence. Serait-ce pour moi l'occasion d'exprimer mes interrogations ?

« Je lui demandais aussi des détails sur la maison, enchaîne Maud. Ça l'avait surpris, mais il m'avait répondu.

— Et… pourquoi tu voulais avoir ce genre d'infos ?

— J'avais besoin de savoir comment elle évoluait. Si le temps… si le temps avait… un peu… Je peux mettre de la musique ? »

Je lui jette un regard étonné.

« Je peux mettre de la musique ? redemande-t-elle, la voix tremblante, le visage tendu.

— Oui, oui, bien sûr. Il y a déjà un CD dans l'autoradio : Led Zeppelin.

— Oh ! Non ! Pas ça !

— Pourquoi ?

— Tu ne te souviens pas comment vous nous avez bassinées avec ça, Fred et toi ?

— C'était il y a vingt ans, il y a prescription !

— Ce n'est pas pour autant que je vais me mettre à aimer cette musique de fous maintenant. Tu n'as pas autre chose ?

— Si, dans la boîte à gants ; Eva Cassidy.

— Je ne connais pas. C'est bien ?

— Euh… oui, plutôt sympa. »

Elle éjecte le CD de Led Zep, ouvre la boîte à gants, en extrait les deux boîtiers, remet le premier disque à sa place puis sort le second et le glisse dans la fente du lecteur. Je tends le bras vers le bouton de volume pour l'augmenter légèrement.

Je laisse les chansons se dérouler. De toute façon, les conditions de circulation viennent de changer : nous sommes maintenant sur l'autoroute du sud, ça roule mieux, ce qui est plutôt une bonne chose, mais cela demande aussi plus d'attention, puisque la chaussée reste quand même bien chargée et qu'il y a toujours des petits malins qui essaient de faire des acrobaties pour gagner quatre secondes sur leur trajet. Je reste quand même dans l'attente de la réaction de Maud. La voix qui s'élève de l'autoradio ne ravive-t-elle pas en elle les mêmes souvenirs que ceux qui m'ont envahi quand j'ai découvert ce disque, il y a quelques années ?

Apparemment, non : en lui jetant de temps à autre des coups d'œil furtifs, je la vois regarder par la fenêtre ou encore tripoter les boutons de chauffage et de ventilation de la voiture. Puis arrive la septième piste, *Kathy's Song*. Je tourne encore le bouton de volume de quelques crans. Et je me sens ridicule. Qu'est-ce que j'espère ? Qu'est-ce que je cherche ? C'est déjà inespéré de me trouver assis à côté d'elle et de trouver ainsi un peu de lumière dans le morne tunnel qu'est devenue ma vie. Un beau tunnel au départ, tout tapissé d'affiches aguichantes : diplôme, contrat de mariage, photos d'enfants, mais c'était quand même un tunnel ; droit, répétitif, sans surprise. Alors que d'autres suivent des chemins sinueux ou marchent à travers champs, moi, je ne risquais pas de dévier de ma trajectoire. Mais faut-il pour autant, à la première lucarne qui s'ouvre dans la paroi, commencer à imaginer que la montagne sous laquelle je circule depuis toujours va soudainement être réduite en poussière ? Parce que Maud m'a appelé, parce que nous roulons ensemble pour retrouver un homme qui fut le premier lien entre nous, parce que cette musique me ramène loin en arrière, allons-nous subitement, Maud et moi, commencer à tracer des itinéraires bis vers des prairies plus vertes ?

Tandis que je m'évertue à trouver mille raisons de ne pas trop espérer de ce voyage, je vois pourtant sa main s'élever entre nous. Elle pose les doigts sur le bouton de l'autoradio et pousse encore un peu plus le volume : Eva Cassidy vient de prononcer les premières paroles de *Kathy's Song*.

La circulation commence à se fluidifier, je peux accélérer. J'essaie de ne pas regarder Maud. Je suis les différentes bifurcations qui peu à peu nous mènent sur l'autoroute qui rejoint Nantes et la Bretagne. Panneaux à lire, bretelles d'accès à négocier, chauffeurs nerveux à surveiller, je ne peux pas me permettre de quitter la route des yeux. Et même si je brûle de savoir ce que la musique suscite chez Maud, je ne veux pas passer pour le lourdaud de service : si elle a envie de m'en parler, elle le fera ; sinon, mon rôle consiste juste à la fermer. Mieux vaut ne pas brusquer les choses.

Quand le dernier couplet s'achève et que la guitare en reprend le thème, je me prépare à recueillir la réaction de ma passagère. Elle ne peut pas ne pas avouer tous les souvenirs que cette chanson a dû lui évoquer. Mais les ultimes notes résonnent et elle ne dit toujours rien. Le silence avant la piste suivante s'installe ; et dans mon champ de vision apparaît de nouveau la main de Maud : elle la dirige encore vers l'autoradio ; et elle appuie sur le bouton de retour arrière. Le picking répétitif de l'introduction sonne de nouveau, une fois, deux fois, et Eva Cassidy reprend : *I hear the drizzle of the rain, Like a memory it falls…*[1]

J'ose enfin me tourner vers Maud. Je crois qu'elle ne me voit pas, de toute façon. Elle regarde droit devant elle et ses joues sont sillonnées de larmes.

---

[1] *J'entends le martellement de la pluie ; comme un souvenir, elle tombe…*

12

Elle a fini par prendre le volant. Nous avions laissé défiler deux fois le CD d'Eva Cassidy sans échanger la moindre parole quand elle a dit : « Tu veux que je conduise ? J'ai l'impression que tu piques du nez… »

C'était plutôt une bonne analyse. Je ne me suis pas fait prier et dès que je me suis retrouvé sur le siège passager, j'ai fermé les paupières ; juste pour les reposer quelques secondes.

En rouvrant les yeux, je découvre le haut portail du parc de Ti-Gwern. Et je réalise que c'est l'arrêt du moteur qui m'a réveillé. J'ai dû dormir pendant plus de deux heures.

Je me tourne vers Maud. Elle se cramponne au volant, lèvres serrées, pupilles fixes. Je ne sais si elle regarde la maison, la voiture garée devant ou bien tout autre chose ; des images visibles d'elle seule, projetées par ses souvenirs sur l'écran de ce décor fané.

« Je me doutais bien qu'il était là », finit-elle par lâcher, d'une voix assourdie par la contrariété. Elle ouvre, descend de la voiture. Je l'imite ; y compris lorsqu'elle reste plantée à côté de sa portière béante. Quelques secondes passent ; elle referme, d'un mouvement lent ; puis elle s'avance, parcourant à pas lourds les cinq ou six mètres qui nous séparent de la grille. Elle s'immobilise juste devant. Je m'arrête tout près d'elle. Avec les mains dans les poches, les bras serrés contre le corps, les traits tendus, les yeux humides, elle me donne l'impression, collée à ces barreaux, d'un fauve encagé sorti du sommeil par le fouet du dompteur. Une nuit entière, une longue nuit, à tenter de l'oublier, mais avant même que la lanière de cuir ne le touche, l'animal sait quelle sera sa douleur.

J'élève la main vers le loquet métallique. Elle arrête mon geste, enserrant mon poignet entre ses doigts excessivement pâles. Je ne résiste pas ; sans me lâcher, elle ouvre de l'autre main. Je n'interviens que pour l'aider à repousser la lourde grille.

Elle s'avance, d'une allure un peu plus décidée. En traversant la large étendue gravillonnée, elle porte son regard de tous les côtés, comme pour reprendre ses marques ou constater l'évolution des lieux : à droite, les peintures écaillées des portes des garages ; de l'autre côté, le développement anarchique des bosquets ; au milieu, les toits de la maison, couverts de mousse, et la façade, parcourue en tous sens par le réseau d'une vigne vierge dénudée. Et ce cercle noir sur le gravier.

Arrivée sur le perron, elle marque de nouveau un temps d'arrêt. Je reste une marche derrière elle. Puis elle tend la main vers la poignée, l'actionne ; la porte d'entrée s'ouvre. Maud n'en paraît pas surprise, autant que je puisse en juger en ne la voyant que de dos. C'est surtout son pas, un peu plus franc quand elle s'engage dans le hall, qui me donne cette impression.

« Fred ? »

Sa voix tremble lorsqu'elle lance son appel, visage levé vers la mezzanine. Elle ne reste pas longtemps à l'affût d'une éventuelle réponse. Elle traverse l'entrée, passe la tête par la porte du salon, laisse échapper le même prénom, un ton plus bas, comme si elle n'en connaissait déjà plus ni le sens ni l'utilité. Elle fait demi-tour ; pendant le court instant où nous nous faisons face, je crois apercevoir sur ses traits ce mélange de colère et d'inquiétude qui m'agitait aussi, dix jours plus tôt, en ces mêmes lieux. Elle, par contre, n'a pas l'air de me voir ; et semble étonnamment déterminée.

Elle pousse la porte de la chambre de Richard, allume ; éteint dès qu'elle constate que la pièce est vide. Elle gagne la bibliothèque, qu'elle examine aussi rapidement. Je n'ai pas bougé d'un poil. Quand elle passe près de moi, en direction de la cuisine, je me retourne et lui emboîte le pas.

Elle a cessé d'appeler. De toute façon, si Mock était là, il aurait répondu à son premier cri, ou aurait au moins réagi au bruit des portes, des pas. La cuisine est tout aussi déserte. Maud me frôle en ressortant. Ne suis-je pas plus qu'un meuble ? Un souvenir ? Un fantôme ?

Elle prend l'escalier de gauche pour aller inspecter les chambres. Je décide de rester dans l'entrée.

« Emmanuel ? »

Je lève le nez vers elle.

« Ne me laisse pas y aller seule. »

J'avance jusqu'à la plus proche volée de marches ; Maud suit du regard chacun de mes pas. C'est uniquement lorsque j'arrive à sa hauteur qu'elle fait volte-face et reprend son ascension.

Nous commençons par l'extrémité gauche du couloir. C'est chaque fois Maud qui ouvre les portes. Ses gestes sont vifs, directs ; elle semble avoir évacué toute appréhension. Elle reste chaque fois sur le seuil, actionne l'interrupteur rapidement, jette un bref regard, puis referme et passe à la pièce suivante. Dans la chambre de Mock, la première où nous nous arrêtons, elle ne reste pas plus longtemps que dans celles que nous visitons ensuite. Elle ne s'avance même pas jusqu'au lit pour voir ce que pourrait contenir le sac de voyage posé dessus. Il n'y a personne dans la pièce : c'est tout ce qui compte pour elle.

L'aile droite est parcourue tout aussi rapidement : huit portes ouvertes, huit portes aussitôt refermées. Il ne nous reste qu'à aller inspecter les dépendances, faire un tour dans le parc et nous pourrons retourner à Paris. Le temps de déposer Maud, de rentrer sur Rouen, de rattraper mon manque de sommeil et je n'aurai plus qu'à aller sonner chez Lison pour notre dîner en tête à tête. Et Maud pourra reprendre sa place, étriquée et définitive, entre les pages jaunies de ma mémoire.

« Comment on fait pour monter au grenier ? »

Maud s'est arrêtée au milieu du couloir, un peu après la salle de bains verte. Elle pointe le doigt vers le plafond, où se découpe la trappe d'accès aux combles. Je réalise que je n'ai pas visité cet endroit lors de mon précédent voyage. Je n'y ai tout simplement pas pensé, mais même si l'idée m'était venue, je l'aurais écartée immédiatement : pourquoi Mock se serait-il enfermé là-haut, sans rien pour se faire à bouffer, sans sanitaires, sans même un matelas par terre, alors qu'il a le choix entre une quinzaine de lits et presque autant de salles d'eau ?

« Il faut ouvrir la trappe et tirer l'échelle, m'entends-je répondre à Maud, au lieu de lui faire valoir tous les arguments qui devraient nous éloigner de ce bout de couloir.

— Et tu y arrives, toi ? C'est vachement haut ! »

Malheureusement, la réponse est oui. Mais je ne dis rien : je me contente d'attraper la perche accrochée au mur, tout contre le chambranle de la porte de la salle de bains ; comme j'ai vu Ruis le faire par le passé. Je dirige la longue tige métallique vers le plafond, positionne le crochet qui la termine dans la poignée de la trappe, je tourne et je tire : l'échelle, rabattue en quatre portions, apparaît ; il suffit de la libérer des deux crochets qui bloquent ses montants puis de saisir l'échelon inférieur pour faire coulisser les différents segments les uns sur les autres. Quand les pieds touchent le sol, je réalise qu'il serait impossible de faire l'opération inverse en se trouvant en haut : il n'existe aucun mécanisme, même pas une corde, pour rabattre les quatre sections de l'échelle l'une dans l'autre depuis le grenier. S'il fallait une preuve supplémentaire pour se convaincre que Mock ne peut pas être reclus au dernier niveau de la maison, nous l'avons devant nous. Mais je n'ai pas le temps de l'expliquer à Maud : elle est déjà en train de grimper. Je n'ai pas d'autre choix que de monter à sa suite.

À l'époque où je passais mes étés à Ti-Gwern, je n'étais venu ici qu'une dizaine de fois, à deux semaines d'intervalle : après avoir portraituré Richard, Maud, Mock, Candice, Pongo et Perdita, Ruis m'avait invité à leur succéder devant son chevalet. En réalité, il avait d'abord demandé à Harpo, qui lui avait méchamment ri au nez : fidèle à son catéchisme anarcho-nihiliste, Harpo avait proféré que l'art était ce qu'il y avait de plus inutile au monde – sans parler de sa nocivité potentielle – et les artistes étaient l'exemple le plus consommé de parasitisme au détriment du peuple.

« Et tu peux nous définir exactement ce qu'est un parasite ? avait ironisé Mock, en faisant mine de contempler la robe du pauillac qui occupait son verre.

— Oh ! Je sais bien ce que tu penses, lui avait rétorqué le prédicateur. Mais dans mon cas, c'est différent : je suis là en observation. Vous n'imaginez pas à quel point toutes vos attitudes, vos discours, vos passe-temps, vos préoccupations de petits-bourgeois me confortent dans mes idées !

— Et quelles sont précisément tes idées, mon brave Harpo ?

— Te fous pas de moi, Mock : ça fait des dizaines de fois que je t'explique – que je vous explique à tous – ce qui vous pend au nez.

— Et ça fait des dizaines de fois qu'on ne comprend rien !

— Rigole, tant que tu peux ! Et rigolez tous, tous autant que vous êtes ! Mais quand ça vous pétera à la figure, je crois qu'il n'y en a qu'un seul qui rira vraiment ! »

Et c'était ainsi que j'avais gagné une place dans la succession de modèles que Ruis s'était mis en tête de représenter : tandis qu'Harpo continuait de vitupérer en postillonnant au-dessus de son assiette de magret aux pommes et aux ravioles, le peintre s'était tourné vers moi pour me demander, très prudemment, si je considérais l'art comme inutile… voire nocif. A peine le dessert englouti, nous étions tous les deux dans son atelier.

J'avais déjà vu ses réalisations, mais je ne connaissais rien de sa technique ni des conditions dans lesquelles il travaillait. En montant l'échelle du grenier pour la première fois à sa suite, j'avais donc découvert ce grand espace qui s'étendait sur la même surface que les deux autres niveaux de la maison. Deux cloisons transversales le séparaient en trois zones de tailles équivalentes. Elles disposaient chacune de deux chiens-assis, l'un à l'est et l'autre à l'ouest, et les deux extrémités bénéficiaient en plus de la lumière d'un œil-de-bœuf percé dans chaque pignon. Ruis avait installé son atelier complètement au sud, au-dessus des chambres de Candice, d'Harpo et de Mock.

Maud et moi arrivons donc par l'extrémité opposée. Cette partie est encombrée de valises, de malles et de cageots en bois remplis de vieux papiers. À cela s'ajoutent une lampe sur pied, deux vases chinois, un barbecue unijambiste tombé à terre et cinq ou six paires de skis – assez saugrenues dans cette région. Nous traversons la première séparation pour découvrir un capharnaüm encore plus inextricable. Les malles de la pièce précédente devaient sans doute recéler bien des horreurs, mais ici, elles sont offertes directement à la vue et entremêlées comme dans un mikado géant et poussiéreux : paniers d'osier rongés, fauteuils éventrés, poufs en cuir ou en tissu avachis, tapis roulés et empilés, étagères à moitié démontées, chandeliers, solitaires ou par paires, et encore des vases chinois, des masques africains, un plateau décoré de motifs russes, une hache, un cheval à bascule, deux porte-journaux en bois, et tant d'autres objets impossibles à identifier et encore moins à dénombrer. Nous ne nous attardons pas et nous dirigeons rapidement vers l'atelier de Ruis.

Ce surnom lui venait bien évidemment de Mock. Il trouvait en effet que Ruis peignait les visages comme des ciels d'automne : teintes froides et courbes affolées, assez similaires aux nuages de Jacob van Ruisdael. De mon côté, et même si j'étais réellement admiratif de sa technicité et du réalisme de ses créations, c'était surtout un malaise qui naissait lorsque je regardais son travail ; car sur nos traits, que ses pinceaux répliquaient avec la précision du thanatopracteur qui moule un masque mortuaire, il parvenait à inscrire, en surimpression, des expressions aussi éloquentes que dérangeantes, et qui n'avaient besoin d'aucune légende pour que l'on reconnaisse la peur, le dégoût, le désespoir, l'amertume ou la rancune. Néanmoins, et en dépit de l'éloquence de son art, Ruis inscrivait toujours un mot, un seul, au dos de chaque tableau, pour résumer sa création. Derrière mon portrait, il avait écrit « Attente ».

« Et qu'est-ce que j'attends ?
— Rien ; c'est ça le pire. »
Pour éviter son regard après une telle réponse, j'avais remis la toile à l'endroit et m'étais absorbé dans la recherche de détails susceptibles de m'éclairer. C'est alors que j'avais remarqué que les pupilles de mon double, tournées légèrement vers le bas, étaient dirigées vers son poignet gauche. Ruis y avait représenté à la perfection ma montre de communiant, mais à la place des chiffres digitaux, il avait peint un cadran entièrement blanc. Une vie sans temps, voilà ce qu'il pressentait pour moi ; une vie sans passé, sans avenir, immobile.
« Nil ? »
Je me retourne vers Maud.
« Pour toi aussi, c'est dur, hein ? »
Je n'arrive pas à répondre. Je hoche simplement la tête, en maintenant mon regard baissé vers ce qui reste des outils qui, vingt ans plus tôt, permettaient à un homme, sinistre mais talentueux, de donner vie à son art. Aujourd'hui, ce ne sont plus des outils ; juste des objets, des amas d'objets : des mallettes ouvertes remplies d'autant de pinceaux, de couteaux, de spatules et de tubes de couleurs que de poussière et de fiente de rongeurs ; deux chevalets désarticulés, gisant à trois ou quatre mètres l'un de l'autre comme les squelettes de duellistes qui se seraient entretués dans ce grenier quelques siècles plus tôt ; et surtout toutes ces toiles, empilées sans soin, la face tournée vers le plancher ; comme si ces visages jeunes que nous portions jadis auraient pu avoir honte de constater ce que nous avions fait de leur avenir.
« Allez, viens, retournons en bas », finit par murmurer Maud, en effleurant mon bras. Je me retourne ; pose une main sur ses doigts. Elle ne s'écarte pas. Nous nous fixons dans la lueur grise qui noie l'atelier de Ruis.

Elle est la première à oser briser notre immobilisme, elle se détourne, rejoint l'échelle ; je la suis, nous redescendons en laissant ouverte la trappe du grenier.

Pour rejoindre le rez-de-chaussée, Maud emprunte l'autre volée d'escalier, du côté de la chambre de Richard. Son pas est lent, comme si les principes de la pesanteur s'étaient inversés et que se rapprocher du niveau le plus bas demandait plus d'efforts que de s'élever. Dans le hall, elle s'immobilise. Je crois comprendre la raison du poids qui l'écrase : elle sait maintenant qu'elle ne trouvera pas Mock. Elle a eu du mal à entrer dans cette maison, mais repartir sans lui sera plus difficile encore.

« Peut-être est-il sorti se balader en forêt… »

Il n'y a pas plus con que cette phrase, que je sais être un mensonge, mais devant tant de désespoir, je me suis cru obligé d'intervenir. Sinon, j'ai l'impression que Maud se serait laissé sécher sur pied au milieu de cette pièce. Elle fait un pas, lourd et lent, puis un deuxième, puis atteint la porte du salon. Je ne sais pas si je dois continuer à la suivre, si elle va rester sur le seuil, faire demi-tour, se mettre à pleurer, à crier… Finalement, elle entre ; je m'avance à mon tour.

« Oh, merde ! Encore cette putain d'urne ! »

D'un certain côté, cette exclamation me rassure : Maud est sortie de sa torpeur. Mais d'un autre côté, je me demande si elle a vraiment toute sa raison : de quoi un vase en terre pourrait-il se rendre coupable pour mériter un tel ressentiment ?

« Elle n'était plus sur son bureau, mais je comprends maintenant pourquoi, continue Maud, au moment où je la rejoins dans le séjour.

— C'est quoi, le problème avec cette urne ?

— Le problème ? C'est qu'elle est vide ! Et qu'il faut être taré pour balader une urne vide !

— Vide ? Mais Mock… enfin… ce ne sont pas les cendres de Richard ?

— Mais non, évidemment que non : Richard est enterré au cimetière du Montparnasse. Il avait demandé la compagnie de Fred avant de mourir, mais pour la suite, il avait écrit dans son testament qu'il préférait celle de Noiret, Carmet et Gainsbourg.

— Mais alors… cette urne… qu'est-ce qu'elle contient ? Et pourquoi Mock… ?

— Elle est vide, je te dis ! Regarde par toi-même si tu ne me crois pas. »

Maud s'est retournée vers moi et grâce au contre-jour créé par la porte-fenêtre dans son dos, son visage m'apparaît estompé, comme une esquisse au fusain, à la fois vive et douce ; et surtout, je ne perçois plus les retouches que le temps a cru bon d'apporter au coin de ses yeux et dans l'or sanguin de ses cheveux. Je pourrais croire, une fois encore, que le vent breton a balayé les vingt années que nous venons de vivre, si loin l'un de l'autre. Mais je sais, pour avoir déjà ressenti cette même conviction dans ce même lieu il n'y a pas si longtemps, que croire est le plus vain de tous les verbes qui font la vie d'un homme. *Agir*, *fonder*, *construire*, *grandir* donnent un sens à nos jours. Et *aimer* leur offre sa lumière ; éventuellement. Mais *croire* n'apporte rien. *Croire* ne fait que prendre ; du temps, de l'énergie ; et une bonne partie de nos joies.

Immobile face à Maud, et occupé à réfléchir et à l'admirer, je ne réalise pas immédiatement ce qu'elle vient de m'inviter à faire : ouvrir l'urne. Devant mon apathie, elle finit par se retourner vers la table basse près de laquelle elle s'accroupit avant de soulever elle-même le couvercle.

« Merde ! lance-t-elle encore.

— Qu'est-ce qu'il y a ?

— Elle n'est pas vide… »

J'avais commencé à tendre le cou, mais je fais marche arrière. Même si des cendres humaines sont sans doute très comparables aux résidus qui jonchent la sole de la cheminée, je préfère ne pas trop regarder. Maud n'a pas tant de scrupules : elle plonge même carrément la main dans le récipient. Et elle la ressort pleine.

« Un portable, commence-t-elle à énumérer en posant l'appareil sur la table basse. Une carte-clé Renault – sûrement celle de la bagnole qui est dehors. Un trousseau de clés de maison. Et... »

Dès qu'elle extirpe le dernier objet de l'urne, elle tombe à genoux entre la table et la cheminée. C'est un portefeuille qu'elle tient en main, un vieux portefeuille de cuir marron, corné, taché, usé. Elle le pose sur ses cuisses, sans desserrer ses doigts ni cesser de le fixer d'un regard stupéfié.

« Maud… c'est…

— Le sien, oui, c'est le sien, articule-t-elle d'une voix blanche. Mais pourquoi ? »

C'est seulement après ce « pourquoi » qu'elle ose commencer à pleurer.

13

En février, tous les hôtels du bord de mer sont fermés. Je le savais depuis ma précédente virée bretonne, mais j'ai joué les innocents. À la demande de Maud, nous sommes donc allés faire un tour dans le quartier balnéaire. Comme un radeau perdu, nous avons croisé inutilement pendant quinze minutes dans le damier des avenues cossues, que seules quelques bourrasques animaient par intermittence. Finalement, nous nous sommes rabattus sur Quimperlé.

L'hôtel est simple, mais chaleureusement décoré. Murs blancs, poutres apparentes, parquets foncés, meubles anciens, tentures et tapis aux couleurs reposantes. L'impression de retrouver enfin la paix. Tout à fait adapté pour attendre d'aller à la gendarmerie demain matin ; ou au moins pour chercher à savoir, comme me l'a annoncé Maud, s'il faut ou non aller à la gendarmerie demain matin.

Nous ne l'avons pas vraiment cherché, cet hôtel : en arrivant à proximité du centre-ville, nous avons aperçu une enseigne sur une maison typique. C'était le premier établissement que nous rencontrions – en dehors des boîtes à sommeil qui s'alignent comme des clapiers en périphérie de toutes les villes. Nous avons décidé de nous laisser conduire par le hasard ; comme nous l'avions fait depuis la découverte du contenu de l'urne. Et nous nous sommes garés sur le petit parking attenant.

Le temps que je sorte le sac de Maud du coffre, elle a déjà rejoint l'accueil. Je claque le hayon, verrouille, replie le rétro droit et je suis le même chemin qu'elle. Au moment où j'entre dans le hall de l'hôtel, un employé posté derrière le comptoir lui tend une clé.

« Deux cent huit, deuxième étage », indique-t-il. Avant de réciter toutes les informations d'usage : horaires du petit déjeuner, heure limite de départ, numéro à composer pour toute demande.

Maud se retourne ; nous n'échangeons pas un mot – je crois même que je n'ai pas salué le type du comptoir. L'escalier démarre juste sur sa droite. Je m'y engage sans lui jeter un regard. Maud m'emboîte le pas.

La chambre 208 est au bout d'un couloir. Devant la porte, je m'efface pour laisser Maud ouvrir. J'entre à sa suite, pose son sac sur le meuble bas qui me semble prévu pour ça. Elle se laisse tomber sur le lit, ferme les yeux, coudes écartés, les deux mains posées l'une sur l'autre en travers de son front.

« Ça va aller ? Tu… tu veux que je reste un peu… ?

— Pourquoi ? Qu'est-ce que tu comptes faire ?

— Euh, rien… mais… je voudrais juste aller m'acheter quelques trucs pour me changer, me raser…

— Ah, oui, excuse-moi, j'avais oublié. OK, vas-y. Mais reviens vite.

— Ne t'en fais pas, je n'ai pas vraiment l'esprit à faire du tourisme. Tu peux juste me donner ma clé pour que je dépose mes affaires en rentrant.

— Nil… »

Elle se redresse, s'appuie sur un coude et plonge son regard dans le mien.

« Quoi ? J'ai dit une connerie ?

— Je n'ai pris qu'une chambre, Nil. »

Elle se lève, s'approche. Je n'arrive pas à prononcer le moindre mot. Elle pose sa main sur ma joue, maintient sur moi des yeux déjà rouges, mais que je vois s'embuer encore.

« Je ne veux pas rester seule cette nuit, Nil. Je suis désolée de t'imposer ça, mais je… j'ai trop peur. Je crois comprendre… mais je ne veux pas le croire… Je… je ne sais plus quoi penser. J'ai vraiment besoin de toi. De toute façon, je n'arriverai pas à dormir ; alors tu pourras avoir le lit. Moi, je me calerai dans le fauteuil. Je ne t'embêterai pas, promis. Mais je serai plus rassurée si tu restes avec moi.

— OK, d'accord. Pas… pas de problème.

— Allez, dépêche-toi, les boutiques vont fermer. »

Comme réveillé en sursaut par cette injonction, je fais brutalement demi-tour, sans rien ajouter, et je quitte la chambre. C'est seulement en arrivant dans le hall que je réalise que je n'ai pas refermé derrière moi. Finalement, la paix que je pensais trouver dans cet hôtel a été de courte durée.

Je rejoins ma voiture, quitte le parking et commence à rouler sans vraiment savoir où je vais. Au propre comme au figuré. Tout ça va trop vite. Trop vite, vraiment ? Aurais-je oublié que mes premiers désirs pour Maud sont nés il y a déjà trente ans, alors que je n'étais encore qu'un gamin ? Oui, bien sûr, je ne peux pas nier cela, mais après ces décennies d'attente, les évènements de cette dernière journée se sont enchaînés à une vitesse étourdissante. Ce matin, j'étais une ombre dans une voiture dans une rue de banlieue, incapable de savoir dans quel sens la Terre allait tourner au cours des heures suivantes ; et ce soir, je suis un homme attendu dans une chambre d'hôtel coquette par une femme pour qui j'avais conçu des espoirs si féroces que j'ai gardé la marque de leurs crocs pendant plusieurs milliers de jours après les avoir enterrés vivants, par un noir soir d'été.

Il faut que je me raisonne : Maud est tout ébranlée ; elle ne sait plus ce qu'elle fait, elle ne sait plus ce qu'elle dit, elle ne sait plus ce qu'elle veut, elle ne sait plus vraiment qui elle est ni qui je suis, et encore moins qui nous avons été et qui nous n'avons pas réussi à devenir. C'est à moi, Nil, celui qui n'est rien, ne sait rien, ne fait rien, ne doit rien à personne, qu'il incombe de la ramener à la raison. Dussé-je remettre une couche de terreau sur les ossements de mes rêves anciens que je sens affleurer.

Dans la gauche de mon champ de vision, je vois apparaître une affiche publicitaire qui annonce un supermarché à moins de cinq minutes. Je suis les indications ; j'espère qu'il sera encore ouvert. Dans le dernier rond-point, j'ai une vue plongeante sur son parking : apparemment, il y a encore du monde. Je rejoins une place pas trop éloignée de l'entrée.

Une fois à l'intérieur, je repère rapidement les rayons qui m'intéressent. J'attrape deux tee-shirts XL, un *jean* en 46 que je ne prends même pas la peine d'essayer, un lot de caleçons, trois paires de chaussettes et je passe ensuite dans les produits d'hygiène : brosse à dents, dentifrice, brosse à cheveux, rasoir, mousse à raser… Je sens mon téléphone vibrer dans ma poche comme je jette dans mon panier un tube de déo.

« Allô ?

— Nil, c'est Maud.

— Qu'est-ce qui se passe ?

— Non, non, rien de grave, ne t'inquiète pas... »

Une courte seconde, j'ai eu l'impression d'être dans la peau d'un futur père, bouffé d'angoisse à l'idée d'avoir laissé seule à la maison sa femme enceinte de huit mois trois quarts. Mais pourquoi des idées pareilles me viennent ?

« … c'est juste, continue Maud, que je ne me sens pas d'aller dans un resto ce soir. Si tu pouvais trouver quelques petits trucs à grignoter pour qu'on mange dans la chambre…

— Quels genres de trucs ?

— Peu importe : je ne suis pas difficile. Je n'aurai qu'une exigence : rapporte du chocolat.

— Au lait avec des noisettes ?

— Oui, au lait avec des noisettes. Tu vois que tu as une bonne mémoire. »

Et elle raccroche. Bon, elle n'est pas enceinte, c'est sûr : ses exigences sont trop raisonnables. Bélèm, elle, avait fait bien plus fort, alors qu'elle attendait Rafael : elle m'avait demandé, sans préambule, en plein milieu d'un après-midi de samedi plutôt tranquille, de lui trouver des *brigadeiros*. On vivait en banlieue parisienne, dans un quartier si pantouflard que le produit alimentaire le plus exotique que l'on pouvait y trouver était des biscuits anglais au gingembre. Mais j'avais quand même fini par localiser un commerce susceptible de satisfaire le petit caprice gravidique de douce moitié. Il m'avait suffi de moins de vingt-cinq minutes de recherches sur Internet – Ah ! Internet, à l'époque ! – de cinq ou six coups de téléphone à des épiceries spécialisées et de seulement trois quarts d'heure de métro jusqu'au centre de Paris pour enfin pouvoir acheter – ne parlons pas du prix – environ deux cents grammes de ce qui s'avéra finalement n'être que des truffes en chocolat garnies de petits granulés croquants, eux aussi en chocolat. Évidemment, Bélèm ne voyait pas du tout les choses comme ça : là où de vulgaires truffes *made in France* auraient juste eu pour effet d'augmenter chez elle la probabilité d'un diabète gestationnel, les *brigadeiros*, vrais morceaux de Brésil, d'enfance, de bonheur, lui procureraient un bien-être tel que toute sa grossesse – et peut-être même l'accouchement voire les premières années de notre enfant jusqu'à, disons, le début de l'adolescence – ne serait qu'un pur condensé du paradis. À l'inverse, si je ne rapportais pas les fameux *brigadeiros*, je m'exposais à la voir, du matin au soir et jusqu'à l'ultime seconde avant la perte des eaux, avachie sur le canapé submergé de mouchoirs humides, à pleurnicher devant une rediffusion de quelque lamentable *telenovela* doublée à la va-vite.

Dès que Bélèm avait ouvert la petite boîte, elle en avait considéré le contenu avec une moue oblique, son visage avait pris une teinte grisâtre et j'avais juste eu le temps d'approcher une corbeille à papier en plastique. Le paquet avait fini à la poubelle : le fait de savoir que je pouvais en manger à moins de trois mètres d'elle – et même de l'autre côté d'une cloison – lui donnait des haut-le-cœur.

Pris d'un soudain éclair de lucidité, je réalise que je suis planté devant un étal de fruits, un régime de bananes dans la main et un sourire attendri aux lèvres, depuis une bonne minute. Je vérifie rapidement autour de moi si un autre client a remarqué mon attitude stupide. Cela ne semble heureusement pas être le cas. Pourtant, stupide, mon attitude l'est : pas besoin du moindre témoin pour que cela soit avéré. Et stupide aussi cette divagation dans mes souvenirs : je fais des courses pour Maud qui m'attend, brisée, dans une chambre d'hôtel, et je me prends à revivre des anecdotes partagées avec la mère de mes enfants. Ça ne va vraiment pas bien !

Je parcours à toute vitesse les autres rayons alimentaires, jetant n'importe quoi dans mon panier ; et je rejoins la caisse. En vidant mes emplettes sur le tapis roulant, j'essaie de me convaincre qu'il n'est pas totalement absurde de penser à Bélèm : Maud m'a mis dans une position tellement inconfortable que mon esprit n'a rien trouvé de mieux pour se protéger que de se retrancher derrière des souvenirs simples mais réconfortants. Des souvenirs qui m'évitent surtout de me faire fumer le crâne en cherchant inutilement une explication à la situation ubuesque dans laquelle je me trouve.

À genoux près de Maud devant la cheminée de Ti-Gwern, j'ai déjà eu trente ou quarante minutes pour essayer de comprendre ce qui se passait. Et je n'ai abouti à rien. Elle, elle continuait de pleurer, les doigts tétanisés sur le portefeuille qu'elle avait trouvé au fond de l'urne, et moi… moi, je faisais ce que je pensais convenable de faire : je tenais mon bras gauche posé sur ses épaules et ma main droite resserrée sur son poignet, assez fermement pour marquer mon soutien, mais sans trop m'approcher pour éviter toute ambiguïté ; j'avais mal aux genoux, j'avoue, et mal aux bras ; mais ce n'était rien à côté du sabbat de pensées contradictoires et violentes qui me torturaient la cervelle.

Quand je dis que Maud a pleuré pendant trente ou quarante minutes, ce n'est qu'une estimation. En réalité, je ne suis pas sûr qu'elle ait pleuré tout le temps où nous sommes restés à genoux, l'un auprès de l'autre, devant l'urne ouverte. Après un premier flot de larmes abondant, elle n'a plus émis qu'un gémissement ténu, entrecoupé par instants de profonds sanglots ; qui ont eux-mêmes fini par s'espacer. Pour autant, je n'ai pas bougé d'un genou. Et la nuit est tombée.

Combien de fois avais-je rêvé de voir venir le soir, dans cette maison, en tenant cette femme tout contre moi ? Ses doigts logés entre les miens, son corps protégé par mon ombre, sa chaleur se diffusant contre ma peau, nous aurions écouté, au milieu de nos amis, un standard de Clapton transfiguré par Candice – elle jouait *Old Love* à vous en broyer les os à force de frissons. Et comme tous les amants, nous aurions pu croire, soudés ainsi à la façon dont la terre et la nuit se donnent l'une à l'autre, que la douceur du vent, les parfums de la forêt, les lumières des bougies, les rires de nos amis, leurs regards bienveillants et jusqu'à la trame immuable et ensorcelante du *blues* avaient été créés pour n'être que le décor de nos deux vies. Mais Maud a fini par bouger ; mes rêveries, effarouchées, ont voltigé en tous sens pour se perdre aux quatre coins de l'obscurité. J'ai senti une main s'élever contre ma joue.

« Merci », a-t-elle simplement dit. Elle s'est levée, s'est éloignée de la cheminée ; et elle a allumé.

« Prends les clés, s'il te plaît. »

J'ai obéi, dépliant difficilement mes jambes ankylosées. Et je l'ai suivie tandis qu'elle passait dans le hall.

« Il faut que je te dise, pour l'urne. »

Je n'ai rien répondu. Si elle s'engageait sur la voie des explications, peut-être finirais-je par obtenir les éclaircissements que j'attendais depuis dix-huit ans.

« Fred l'a achetée pour lui, continua-t-elle en ouvrant la porte d'entrée après avoir actionné l'interrupteur des lampes extérieures. Il m'avait demandé de le faire incinérer après sa mort et de le mettre dedans. On va d'abord regarder dans sa voiture. Tu peux ouvrir, s'il te plaît ? »

J'ai appuyé sur la télécommande. Après les paroles que Maud venait de prononcer, je commençais à flipper un peu. J'imaginais déjà le corps de Mock étendu dans le coffre. Maud ne semblait pas avoir les mêmes craintes : elle a enfoncé le bouton d'ouverture ; en me penchant au-dessus de son épaule, j'ai alors pu constater que la malle arrière était vide. Et j'ai réalisé au même instant que je devais vraiment être très fatigué : comment Mock aurait-il pu s'enfermer là, verrouiller la voiture et aller ensuite planquer la clé dans l'urne ?

« Je lui ai dit qu'il était malade, reprit Maud en claquant le hayon, avant de se diriger vers la portière arrière droite. Qui achète lui-même l'urne dans laquelle on mettra ses cendres ? Évidemment, il m'a répondu que, au cas où je ne l'aurais pas remarqué, il n'avait jamais rien fait comme tout le monde. En tout cas, j'étais consternée. Surtout quand j'ai vu qu'il la trimballait partout avec lui. "N'oublie pas que tu vas mourir, disait le philosophe" : c'était sa réponse pour justifier ça. »

Elle referma la dernière portière, après avoir fait tout le tour de la voiture.

« L'urne était sa vanité. Et moi, je lui répondais sobrement à chaque fois : "Sinistre connard, disait la sœur du philosophe". Mais ça ne lui faisait ni chaud ni froid. Viens, allons voir les garages. »

Nous avons d'abord ouvert celui de droite : la vieille Lada était toujours là, les pneus épuisés et le pare-brise opaque de poussière. Maud a ensuite mis la clé dans la serrure de la porte centrale. Elle a écarté le premier battant et j'ai tout de suite vu que la Mustang de Richard n'était plus à sa place.

En me tournant vers Maud, j'ai été saisi par la tension qui se lisait sur ses traits ; la même que lorsqu'elle avait découvert la maison, à notre arrivée. Les yeux fermés, les mâchoires contractées, elle s'était remise à pleurer.

« Sinistre connard, finit-elle par lâcher.

— Il l'a peut-être vendue, ai-je hasardé », sans vraiment trop savoir ce que je disais.

Maud s'est tournée vers moi. Ses yeux brillaient comme la surface d'un fleuve gelé.

« Tu ne comprends pas, Nil ? Tu ne comprends vraiment pas ? »

14

Maud s'est endormie dans mes bras. Tous les rêves dont je me suis nourri, au fil de tant d'années, n'ont plus de raison d'être. Et ils me paraissent insignifiants en regard de ce que je connais désormais.

Son souffle est paisible, comme si les heures que nous venons de passer ensemble, l'un contre l'autre, sur ce lit, l'avaient libérée. Par contre, en ce qui me concerne, dormir est totalement hors de propos. Si j'ai vidé mon esprit de ses espoirs d'enfant, c'est pour laisser la place à un fardeau autrement plus éprouvant. Sans doute est-ce le prix à payer pour aider Maud à évacuer les ombres qui l'étouffent depuis maintenant dix-huit ans. Ceux qui tentent d'aspirer un venin mortel dans la plaie d'un compagnon d'expédition mordu par un serpent ne prennent-ils pas ce genre de risques ?

Avec d'infinies précautions, je déplace ma main, qui réchauffait son épaule, pour la porter à la hauteur de sa tempe. Du bout des doigts, je saisis une mèche de ses cheveux, geste mille fois imaginé et mille fois retenu. Pourquoi est-ce aujourd'hui seulement que je peux enfin le réaliser ? Je relâche ma prise et laisse aller mes phalanges sur sa joue, en balayages légers, puis je contourne la mâchoire, navigue sur son cou, reste quelques secondes à suivre les pulsations de sa carotide. Et enfin je descends vers l'échancrure du chemisier. Avec retenue, l'index et le majeur effleurent les clavicules, les surlignent à plusieurs reprises, avant de les franchir. Ma main s'élargit sur le haut du sternum, puis elle s'étend, se pose et, à l'issue d'un long glissement léger, vient de nouveau couvrir l'épaule de Maud.

Il y a vingt ans, si je l'avais tenue tout contre moi comme ça, j'avoue que j'aurais trouvé une tout autre destination à ma main baladeuse. Mais la confiance et les confidences dont elle vient de me faire le dépositaire ont effacé tous les éventuels résidus de ces fantasmes adolescents. J'ai du mal à le croire : il y a trois heures encore, je frémissais à l'idée de me retrouver seul dans cette chambre avec cette femme. Et maintenant que je la tiens dans mes bras, mon sang est aussi calme qu'un vieux lac de montagne. Je passe la main droite sous sa nuque pour soulever sa tête et libérer mon bras gauche qui commence à s'ankyloser.

« Non, reste », murmure-t-elle tout en s'agrippant à mon épaule. Elle vient blottir sa tête dans mon cou et, pivotant légèrement sur elle-même tout en m'entourant de son bras libre, elle se colle de tout son long contre moi, écrasant ses seins contre mon torse et immobilisant mes jambes avec la sienne. Je reste interdit pendant quelques secondes… puis j'ose porter à nouveau ma main vers son visage ; je recommence à parcourir sa joue, son cou...

« Je croyais que tu dormais.

— Non, je n'y arrive pas.

— Pourtant, tu resp…

— Chut ! Dors, toi : il faut que tu sois en forme demain matin. Je ne sais pas si on doit aller voir les flics, mais si on y va, je ne suis pas certaine d'avoir la force de leur parler. Je compte sur toi. Tu voudras bien ?

— Oui, je leur parlerai s'il le faut. Même si je ne sais pas trop ce qu'ils peuvent faire pour nous…

— Je verrai. Et peut-être qu'on n'ira pas. Je ne sais pas. Allez, dors maintenant. »

Je me tais et me fige, comme s'il était si facile d'obéir à ce genre d'injonction. Pourtant, malgré toute ma bonne volonté, je ne tiens pas plus d'une minute.

« Pourquoi tu m'as raconté tout ça ?

— Qu'est-ce que tu veux dire ? Ça t'a gêné que je déballe tous mes secrets ?

— Non, pas du tout ; au contraire : tu as éclairé toutes les zones d'ombres qui me restaient. En fait, ce que je me demande c'est pourquoi tu me l'as raconté à moi.

— Parce que je te fais confiance.

— Oui, mais pourquoi maintenant ?

— C'est le fait de revenir ici ; ça fait resurgir tellement d'angoisse. Et… et la disparition de Fred, en plus…

— Oui ?

— C'est idiot, mais… Oh ! J'espère que ce n'est pas à cause de moi… »

Elle se blottit plus fortement dans mes bras, tandis que de douloureux sanglots recommencent à l'agiter. Je passe le plus tendrement possible ma main dans ses cheveux, tout en essayant de comprendre ce qu'elle a voulu dire par cette dernière phrase. Serait-il possible d'en trouver l'explication en me repassant les heures de confidence qu'elle vient de me faire ?

Quand j'étais rentré du supermarché, je l'avais trouvée allongée au milieu du lit ; j'avais cru qu'elle dormait. Elle n'avait laissé qu'une lampe de chevet allumée, celle de droite, alors qu'elle-même était tournée vers la gauche, du côté de la fenêtre et dos à la porte. J'étais entré comme un chat voleur… Elle s'était retournée dès mon troisième pas dans la pièce.

« Qu'est-ce que tu as trouvé de bon ?

— De bon, je ne sais pas, mais il y a de quoi tenir un siège », lui avais-je répondu en déposant quatre sacs en plastique sur le couvre-pied.

Je m'étais assis sur le lit, à bonne distance, mes emplettes disposées en rempart entre nous.

« Alors, salade piémontaise, champignons à la grecque, *coleslaw* au cheddar dans leurs barquettes grand luxe en polyéthylène de Baccarat, pâté au piment d'Espelette et son pain aux sept céréales, jambon de parme et...

— Tu as des couverts ? »

Après l'intermède nécessaire pour aller emprunter, l'air un peu piteux, fourchettes et couteaux auprès du type auquel je n'avais même pas dit bonjour en arrivant, nous avions pu attaquer notre pique-nique, agrémenté d'un sancerre rouge léger, mais aux arômes sublimés par la forme si élégante des verres à dents dans lesquels je l'avais servi. Évidemment, j'étais descendu une deuxième fois pour demander un tire-bouchon.

Le seul souci, c'est qu'une fois installé face à Maud, une assiette en plastique sur les genoux, je m'étais retrouvé muet comme une carpe. L'idée m'était même venue que l'agitation dans laquelle je m'étais complu au cours des minutes précédentes n'avait pas eu d'autre but que de retarder ce moment. Dans la voiture, sans le regard de Maud accroché au mien, je m'étais un peu répandu sur ma vie, ma femme, mes enfants, mon boulot... Enfin, quand je dis « un peu », c'est un peu un euphémisme : je n'avais pas arrêté de bavasser. Mais, là, assis sur ce lit, j'avais été incapable de trouver un angle d'attaque pour démarrer une conversation. Je ne voyais vraiment pas quoi ajouter à propos de ma petite vie, mais je ne parvenais pas plus à interroger Maud sur ce qu'avait été la sienne au cours des dix-huit dernières années – sujet pourtant bateau, et qui lui aurait permis de se venger de la logorrhée dont je l'avais submergée pendant une bonne partie du trajet.

« Tu t'es marié en quelle année ? avait-elle finit par lancer, sans préambule, tandis que je mâchonnais consciencieusement mes crudités industrielles en contemplant avec émotion les motifs du couvre-lit.

— Ça fait... ça fait quatorze ans, avais-je répliqué la bouche pleine.

— Fred m'avait raconté que tu l'avais invité.

— Oui, je l'avais choisi comme témoin.

— Et tu ne l'as pas revu ensuite ?

— Non, jusqu'à...

— Oui ?

— Excuse-moi, j'allais dire : jusqu'à ce qu'on le retrouve.

— On ne le retrouvera pas, Nil. »

En entendant la première question de Maud, j'avais cru qu'on allait encore parler de moi, de Bélèm, de mes trois gosses, de l'assurance qualité pharmaceutique… mais non : mon mariage n'était qu'une accroche pour donner son élan à la conversation ; l'objectif réel de Maud, c'était Mock, toujours Mock.

Un peu – il faudrait que j'arrête avec ces « un peu » – déstabilisé par les paroles de Maud, j'avais saisi la bouteille et rajusté le niveau de son verre à dents.

« Il ne faut pas être déf…

— Tu ne le connais pas comme je le connais, m'avait coupé Maud. Tu te souviens sûrement de lui comme d'un bourlingueur, qui voyage sans arrêt, à droite, à gauche ; mais c'est fini tout ça. Et quand il disparaissait, il prévenait à chaque fois. Toujours après, avec une carte postale du bout du monde ou un coup de fil rapide, mais il prévenait. »

Arriver, partir, passer en coup de vent, s'enfuir comme un voleur : effectivement, je me souviens que c'était ainsi que fonctionnait Mock ; du moins, avant qu'il se sédentarise dans une énorme baraque perdue dans une forêt du Finistère. Il n'y a que son goût pour les cartes postales que je ne connaissais pas. Il faut dire que je n'étais qu'un copain : aucune raison qu'il m'envoie ses bons baisers de Quito ou de Bangalore.

Cela avait duré pendant quatre ans…

« Trois ans et demi, m'avait précisé Maud : il a commencé à voyager entre dix-neuf et vingt ans. Il revenait en France de temps en temps, et travaillait sur des chantiers, dans des garages, des entrepôts, histoire de gagner quelques sous et de remettre à flot ses droits au chômage. Il a tout arrêté vers vingt-trois ans, quand Richard l'a embauché comme gardien de Ti-Gwern. »

Ah, bon… Si Maud l'affirmait, ça devait être vrai. En réalité, les voyages de Mock, dont elle s'était décidée à retracer une rétrospective complète, son verre de sancerre à la main, n'étaient pas ce qui m'importait le plus, à l'époque. Bien sûr, quand il revenait, c'était pour moi un grand moment de bonheur. Mais Mock lui-même n'en était que la source indirecte, pas la cause principale.

En réalité, comme il aimait autant vivre en aventurier que susciter la jalousie, il invitait toujours, dès qu'il rentrait, tous les paumés qu'il connaissait dans notre coin de banlieue frigide, pour le simple plaisir de les voir baver d'envie dès qu'il articulait Biratnagar, Whangamata, Saskatoon et tant d'autres noms imprononçables et dont personne n'a jamais eu le cran d'aller vérifier l'existence dans un dictionnaire. Moi, c'était plutôt devant Maud que je bavais d'envie – désolé autant pour la répétition que pour la trivialité de l'expression, mais à dix-sept ou dix-huit ans, c'est un peu… c'est totalement comme ça que les hormones se manifestent. Le retour de son frère prodigue n'avait donc pour moi qu'un seul intérêt : je pouvais enfin la revoir. Aurais-je osé aller chez eux en l'absence de Mock ? Comment aurais-je justifié mon coup de sonnette auprès de Maud ou même de leurs parents ? Alors je me contentais d'attendre, souffrant en silence de ne jamais savoir combien de temps durerait cette attente.

Le pire était que je ne pouvais même pas être certain que Mock rentrerait au bercail. Car la maison familiale n'avait pas plus de valeur pour lui qu'un hamac pendu entre deux arbres dans n'importe quelle jungle du globe. Il était de ceux qui n'ont ni attachement ni racines, et il se plaisait même à répliquer, quand on lui demandait d'où il venait : « Je suis de là où vivent ceux à qui je pense ». Je trouvais cela d'une tristesse insondable.

« C'est au contraire une grande richesse », m'avait rétorqué Maud, un jour où, par mégarde, j'avais soupiré en haussant les épaules après avoir entendu pour la vingtième fois cette phrase. J'avais donc dû m'expliquer à voix basse, pour être certain que seule Maud puisse m'entendre, tandis que Mock continuait à pérorer de l'autre côté de la piscine devant deux blondes ébahies par son esprit de *globe-trotter*.

« Vivre dans le passé, s'accrocher à des lieux, des objets, c'est ça qui est triste, avait argumenté Maud.

— Et tu crois que c'est mieux de vivre sans passé ?

— Non. “Ce n'est qu'avec le passé qu'on fait l'avenir”, disait Anatole France. Mais vivre avec son passé ne signifie pas y rester enfermé. Il faut savoir l'utiliser comme tremplin pour avancer, changer, grandir.

— Bon, OK, si tu veux. Je trouve ça inconcevable, mais je veux bien accepter que cela convienne à Mock. Il n'en reste pas moins que sans un lieu pour partager la vie de ceux qu'on aime, on finit par les perdre.

— Le lieu n'est pas utile. Fred en est l'exemple type : hier dans une banlieue sans charme, aujourd'hui dans cette villa bourgeoise, demain dans un bidonville à l'autre bout du monde, il revient pourtant chaque fois vers nous.

— Parce que le roi a besoin de sa cour.

— Tu es dur avec lui. Et tu es bien content de profiter des largesses de ton roi, non ?

— Être généreux avec le fric d'un autre, ce n'est pas trop difficile.

— Le fric n'a rien à faire là-dedans : même avant de travailler pour Richard, il savait donner à chacun ce dont il avait besoin. Tu oublies que quand tu avais douze ans il t'a sorti de ton pensionnat pour te faire découvrir la vie. »

(« Et toi, surtout », pensai-je, mais je répliquai plutôt :)

« C'est juste qu'il lui manquait un faire-valoir.

— Et quand il t'aide, chaque année, à bachoter tes cours avant les examens ?

— Ça lui fait plaisir : il apprend aussi de nouvelles choses en me faisant réciter.

— Et alors ? Parce qu'il y prend plaisir, il n'est pas généreux ?

— Je n'ai pas dit ça. Mais il pourrait aussi se montrer un peu plus charitable dans la façon dont il nous parle. Avec son air hautain et ses sarcasmes, il a le don de rapidement faire oublier les rares attentions qu'il a à notre égard.

— Mais c'est une façade, Nil, un rempart pour ne pas se laisser déborder par ses vrais sentiments.

— Qui consistent en quoi ?

— De l'amour.

— De l'amour ?

— Oui, de l'amour : que tu le veuilles ou non, au fond de lui, Fred nous aime, tous. Et surtout toi. »

Au même instant, l'une des deux blondes qui entouraient Mock était partie d'un rire chevalin, attirant nos regards vers l'autre côté de la piscine. J'avais jugé le moment parfait pour piquer une tête ; et éviter de devoir répliquer quoi que ce soit à Maud.

« Tu m'écoutes ? »

Atterrissant brutalement sur le couvre-lit bleu océan de notre chambre d'hôtel quimperloise, je ne peux faire autrement que d'être honnête avec Maud – pour une fois.

« Non, excuse-moi, je pensais à autre chose…

— Quoi ?

— Oh, rien, un vieux souvenir ; un truc en lien avec ce que tu racontais. Tu veux un fruit ? J'ai pris des clémentines et des bananes. »

Elle me sourit.

« Il y a vingt ans, tu mentais mieux, Nil. Pendant quelques mois, j'avais même été tentée de croire que tu n'étais pas amoureux de moi. »

Je me lève comme un diable sort de sa boîte. Je fuis vers la salle de bains, rince mon verre, reviens prendre celui de Maud.

« Attends, je n'ai pas fini… »

Je ramasse les reliquats de notre festin, j'emballe, j'empile, j'enfourne dans les sacs en plastique. Je retourne laver les couverts dans le lavabo. Et finalement, tout est rangé. Je me retrouve planté comme un idiot à trente centimètres du bord du matelas, incapable de savoir sur quel pied danser.

Pendant que je remplissais mon rôle de parfaite ménagère, Maud s'est réinstallée en plein milieu du lit ; elle a recréé l'ambiance intimiste que j'avais découverte en rentrant de mes courses : une seule lampe de chevet ; tout le reste dans l'ombre. Elle épluche consciencieusement la deuxième clémentine qu'elle a piochée avant que je replie notre pique-nique. Et elle ne me quitte pas des yeux ; et je me sens de plus en plus pitoyable. Il faut que je trouve une porte de sortie. Ou une fenêtre. Quel résultat puis-je espérer en sautant du deuxième ?

« Tu peux me passer mon sac à main ? » me lance Maud, de but en blanc. Brutalement sorti de ma torpeur, je ne réplique rien ; je me contente d'obéir.

« Prends mon portefeuille et ouvre-le, s'il te plaît », ajoute-t-elle.

Je m'exécute ; j'extrais de son sac une épaisse brique de cuir ; je la déplie : d'un côté, des cartes de toute sorte ; de l'autre, un rectangle qui ressemble à une photo, dont la pénombre m'interdit de distinguer tous les détails.

« Ce sont mes enfants », m'indique-t-elle.

Même si j'apprécie qu'elle ait brisé le malaise dans lequel sa précédente remarque m'avait plongé, j'avoue que je ne comprends pas tellement le sens de ce coq-à-l'âne. À moins qu'il n'y ait pas de coq-à-l'âne : en me montrant cette photo, elle veut peut-être me prouver que j'ai vraiment été con de laisser passer ma chance, il y a vingt ans.

Je me retourne vers la porte de la salle de bains dans laquelle je rallume le néon qui surplombe le lavabo. Comme ça, je vois effectivement deux enfants au lieu de tâches grises sur fond gris ; et je vois aussi une femme blonde debout entre eux deux, un bras posé sur les épaules de chacun.

« Le plus grand s'appelle Lucas et le deuxième Gabriel. Dix ans et huit ans, commente Maud dans mon dos.

— Le grand te ressemble, non ?

Oui, plutôt. De toute façon, c'est le seul qui est de moi.

— Ah bon ? Comment ça ?

— Gabriel, le deuxième, c'est le fils de Candice… au départ.

— Candice ? Ah, mais oui, c'est Candice sur la photo ! Elle n'a pas… enfin, un peu, mais… pas tellement. Mais pourquoi “au départ” ?

— Parfois, je me demande comment un type aussi intelligent que toi peut être aussi lent à comprendre.

— Comprendre quoi ? Explique ! »

Je me retourne vers elle et sors de la salle de bains.

« Tu sais, Nil, ça me faisait mal au cœur de te voir transi devant moi quand on avait vingt ans. J'essayais d'être sympa, de te consacrer du temps ; mais à chaque fois, j'avais peur que tu l'interprètes mal et que tu…

— Bon, tu accouches ou quoi ? Quel est le rapport avec Candice ?

— J'étais déjà avec elle à l'époque. »

Les bras m'en tombent. Et la mâchoire, les yeux, la tête, le cœur, le foie, la rate, les côtes, les genoux : quatre-vingt-dix-sept kilos de viande, d'abats et d'ossements divers éparpillés sur la moquette. Devant mon silence, Maud reprend prudemment. Avec une voix assez semblable à celle d'un médecin qui vous annonce que l'arrivée au terminus est proche.

« Candice et moi, on est ensemble depuis qu'on a dix-sept ans. Quand je dis qu'on est ensemble, c'est qu'on vit toujours ensemble, dans la même maison. Et on s'aime toujours autant. Et Lucas et Gabriel sont bien nos enfants, à toutes les deux ; même si on n'en a porté qu'un seul chacune dans notre ventre. Tu croyais sans doute, comme beaucoup d'autres, que Candice était toujours fourrée chez moi pour voir mon frère, mais c'était moi qu'elle venait voir. Et c'est aussi pour moi qu'elle traversait toute la France chaque été. Il n'y avait que Fred qui le savait. Et il faisait semblant d'être attiré par elle juste pour écarter les mecs trop entreprenants. Moi, j'étais sa sœur, ça suffisait pour qu'on me laisse tranquille. Tu comprends ? Nil, tu comprends ?

— Oui, je comprends, je suis pas complètement con ! Et arrête de m'appeler Nil ! Les surnoms idiots, ça allait quand on était gamins, mais je n'ai plus vingt ans : je suis père de famille et je m'appelle Emmanuel. OK ?

— OK, OK, ne te fâche pas… Moi je trouve ça mignon, Nil.

— Mignon ? Tu trouves ça mignon ? Mais merde, tu ne sais pas d'où ça vient, pour trouver ça mignon ?

— Ben si, de Fred.

— Oui, justement. Et tu sais ce que ça veut dire, ce petit sobriquet tout mignon ?

— Non, qu'est-ce que ça veut dire ?

— Rien.

— Ah ! OK. Dans ce cas… où est le problème ?

— Merde, toi aussi, fais un effort pour comprendre. Quand je dis que ça veut dire "rien", c'est que ça veut dire "rien" : R-I-E-N ! *Nada*, *niente*, que dalle, oualou, macache, peau de zob ! Voilà comment Mock… enfin, Frédéric, me voyait.

— Oh merde !

— Tu peux le dire. Mais ça aurait pu être pire : il existe bien des moins-que-rien ! »

J'ai balancé rageusement le portefeuille sur le lit et je me suis assis juste à côté. Et je me suis relevé pour éteindre dans la salle de bains. Et je me suis rassis. Et je me suis relevé pour reprendre un verre et y remettre trois ou quatre doigts de sancerre. Et je me suis rassis. Pour ne plus bouger.

Le matelas a ondulé légèrement tandis qu'un frottement sur le couvre-lit se faisait entendre. J'ai senti Maud se caler derrière moi ; ses bras m'ont encerclé, ses mains se sont unies sur mon ventre et elle a posé la tête sur mon omoplate.

« Tu comprends pourquoi on n'en a jamais parlé, Candice et moi ? »

Je ne réponds rien.

« Pour éviter ça. »

Je ne réponds toujours rien. Éviter quoi ? Éviter que je rêve d'elle ? Éviter que je bouillonne, bouffi de frustration sous mon parasol jaune et sans autre remède que des pages de Zola, de Flaubert, de Duras, ingurgitées *ad nauseam* ? Éviter que je la désire, chaque jour que Dieu fait, chaque nuit qu'un démon vient m'offrir ? Éviter que mes yeux et mes mains et le liquide brûlant qui parcourt mes artères ne m'appartiennent plus dès qu'elle se tient à moins de dix mètres de moi, à nager, à marcher, à manger ou bien rire, à lire ou à parler, ou encore à frémir – je comprends, maintenant ! – en écoutant Candice jouer *I tried to leave you* ; et finalement à disparaître dans la Mustang de Richard pour aller prendre un train qui aurait mieux fait de me rouler dessus que de me laisser là, dans le fond de ce puits qu'on appelle l'attente, jusqu'à ce qu'on réalise qu'il n'y a aucun moyen d'en sortir ?

« Chaque nuit, quand nous étions à Ti-Gwern… Excuse-moi Ni… Emmanuel, mais il faut que je commence par là, si tu veux tout comprendre. Donc, chaque nuit à Ti-Gwern, je quittais mon lit pour rejoindre Candice. Ma seule inquiétude était que l'on entende ma porte ou la sienne. Je mettais à chaque fois une éternité à tourner la poignée, à pousser le battant pour retenir tout grincement. Je ne sais pas si… Tu te souviens avoir entendu quelque chose, toi ?

— Non, rien, rien, jamais. Je dormais comme une masse ; je me foutais complètement de ce qui pouvait se passer autour de moi.

— Heureusement. Ça m'aurait ennuyée de te réveiller toutes les nuits.

— Il y a pire, tu sais.

— Ne sois pas si amer, Emmanuel.

— Je ne suis pas amer. Il y a pire, c'est tout : les enfants soldats, les victimes d'attentats, le trafic d'organes, le paludisme, le sida, le chancre mou, la téléréalité…

— Vu comme ça… Sinon, je peux continuer ?

— Oui, vas-y, j'ai hâte d'avoir des détails !

— Emmanuel, merde ! »

Elle me lâche, et je l'entends retomber sur le lit. Je me retourne, je ne vois que son dos dans la lumière faiblarde de la lampe de chevet. Je prends subitement conscience de ma cuistrerie. Quel âge ont ces scènes qu'elle s'apprête à évoquer ? Et n'ai-je pas été amoureux, moi aussi ? N'ai-je pas vécu avec Bélèm tout ce que cachent les mots de Maud ? L'exquise seconde du coup de foudre, l'excitation de l'approche, les heures volées aux autres, les projets échafaudés à deux, les enfants, l'installation dans la maison rêvée, les sentiments durables… À part le dernier point, j'ai moi aussi connu tout ce que Maud et Candice ont vécu ensemble. Alors, pourquoi cette jalousie puérile ? Puérile et d'autant plus ridicule que je la sers réchauffée, après vingt ans d'hibernation.

Je pose mon verre sur l'autre table de nuit et me laisse glisser sur le lit pour rejoindre Maud. Je pose juste une main sur le haut de son bras. Elle superpose sa paume sur mes doigts ; elle ne m'en veut pas trop, apparemment.

« Chaque nuit, reprend-elle, je passais quelques heures avec Candice, et je regagnais ma chambre à l'aube.

— Je sais, nous nous sommes croisés deux ou trois fois.

— Non, une seule, Emmanuel. Et à partir de là, j'ai décidé de décaler très légèrement mon retour. Je savais que toi, tu ne risquais pas de changer l'horaire de ton footing. Mais malgré toutes ces précautions, et malgré les efforts de Fred pour jouer les amoureux transis devant Candice, notre relation a été découverte.

— Par qui ?

— Je ne sais pas, justement.

— Comment sais-tu que quelqu'un d'autre était au courant, alors ?

— Parce qu'il m'a violée. »

15

Comment est-il possible que je n'aie rien entendu ? Je dormais du côté de la piscine ; du côté où ça s'est passé ! Et je n'ai rien entendu. Ah bravo, l'amoureux transi ! Fantasmer sur le corps de Maud, inventer des subterfuges pour la zieuter discrètement, ça, tu savais faire, mon couillon ! Mais au moment où elle aurait eu besoin d'un vrai chevalier blanc pour venir la défendre, qu'est-ce que tu as fait, petit romantique de mes deux ? Rien, *nada*, *niente*. *Nihil*.

Le premier son que j'avais capté ce matin-là, ç'avait été la voix tonitruante de Richard dans l'escalier. Aussitôt après, j'avais senti tanguer la masse de plomb fondu qui s'était accumulée derrière mon front. Puis le souvenir de la soirée de la veille m'était revenu, sous forme d'un haut-le-cœur, tandis que le couloir vibrait des hurlements de Richard et de claquements de portes. Enfin était venu le tour de la mienne, qui s'était ouverte comme soufflée par un obus. Richard, vociférant, avait arraché ma couette, pris le matelas par un côté et m'avait renversé au sol, d'un coup sec. Il se vantait de n'avoir jamais été doublé dans les rôles de gros bras patibulaires qu'il avait tenus dans toute une série de films noirs des années quatre-vingt. Je me rendis compte alors que ce n'était pas une légende. Et je pus bénéficier de trois kilomètres de marche à pied pour continuer à y réfléchir, dans la compagnie silencieuse de quelques autres naufragés du matelas.

Est-ce que les choses se seraient passées autrement si nous avions moins bu la veille ? Ce n'était pas la première fois qu'on abusait un peu des bonnes bouteilles de Richard. Cette fois-ci, nous l'avions fait en sa présence, mais qu'il soit là ou pas, il se contrefoutait de connaître le destin de ses plantureuses réserves d'alcool. Mock en était responsable, comme il était responsable de l'entretien de la piscine, de la peinture des volets, de la réparation de la plomberie, de la taille des rosiers, de la tonte de la pelouse. « Responsable », ça voulait juste dire qu'il faisait ce qu'il fallait quand il le fallait, sans limite de moyens. Une nouvelle tondeuse autotractée, la réfection complète de la terrasse, la remise à niveau d'une cave dilapidée par une bande de boit-sans-soif inaptes à différencier un grand cru d'un picrate en cubi… Peu importait le libellé de la facture : Mock avait carte blanche pour la régler. Et si Richard était si peu regardant sur ce que le gardien de sa maison bretonne faisait de son argent, c'était simplement parce qu'il avait des comptables pour se pencher sur le sujet ; et aussi parce qu'il avait trois ou quatre autres gardiens – en Provence, en Toscane, et je ne sais plus où – à qui il laissait les mêmes libertés. Tout ce qu'il exigeait, c'était que son lit soit fait quand il arrivait, que son frigo soit plein et que personne, jamais personne, ne mette les pieds dans sa chambre, dans sa bibliothèque et dans le garage où il rangeait sa Mustang – à l'exception de Mock, évidemment, sans qui il n'y aurait pas eu de draps propres, de livres époussetés ni de carrosserie lustrée, briquée, astiquée, frictionnée comme si la moindre trace de poussière sur la peinture rouge et blanc avait pu risquer de rendre le bolide américain pitoyablement discret.

Il existait cependant quelques différences essentielles entre Mock et les hommes à tout faire affectés aux autres propriétés de Richard : il était en effet le seul à avoir introduit des flopées d'inconnus dans le domaine dont il avait la garde, à y avoir organisé des *happenings* sans limite d'horaires ou du nombre de participants, et à pouvoir se vanter d'avoir compté parmi ses invités le propriétaire de la maison lui-même.

En effet, après avoir découvert ce que Mock tramait à Ti-Gwern en son absence, Richard avait eu un petit entretien avec son employé… pour lui demander de ne rien y changer, si ce n'était de lui réserver une place au milieu de cette joyeuse smala. Car se mêler à des filles et des garçons de trente ans de moins que lui, pleins d'insouciance et d'énergie, et dont pas un seul ne faisait partie de son milieu aux relations frelatées, cela lui fournissait une délicieuse bouffée d'oxygène. Même si, parfois, nous finissions dans un état plutôt navrant.

Serait-ce cela, l'explication ? Serait-ce à cause de cette cuite de trop que Maud a subi ce qu'elle m'a raconté ce soir ? Mais si l'on cherche une explication autre que le cerveau détraqué d'un queutard forcené, c'est déjà que l'on cherche une excuse à ce malade. Tandis que Maud dort contre moi – oui, elle dort maintenant, elle dort vraiment, j'en suis sûr –, je ne peux m'empêcher de me sentir coupable. Pas seulement pour avoir été hors service tandis qu'on l'agressait sous ma fenêtre – ou presque sous ma fenêtre, puisque ça s'est passé dans le *pool house*, à moins de dix mètres de ma chambre. Ma culpabilité vient de ces idées qui s'agrègent dans mon esprit autour de ce qui lui est arrivé. Au lieu de considérer l'agression en elle-même, je repense aux conditions dans lesquelles elle a eu lieu : la chaleur de l'été, la légèreté des robes, l'excitation de la fête, la fumée illicite et l'alcool excessif… Mais énumérer ces conditions, ça revient bien à chercher des excuses ! Et il n'y a pas d'excuses, il n'y a que l'acte igno… Merde ! Qu'est-ce que c'est que tous ces mots : « acte », « agression », « ce qui s'est passé », ou même le ridicule « ça » ? C'est un viol. Ce n'est pas un « ça » ! Employer des circonlocutions pour parler de ce viol, c'est le tenir à distance, c'est le pousser du bout de la chaussure, en se pinçant le nez, comme on repousse un rat crevé abandonné par le chat sur le tapis du salon. Encore quelques centimètres, on arrive sur le seuil ; un dernier coup de pied, un peu plus appuyé cette fois, et le rat est dehors, peut-être même dans les herbes hautes, si l'on a *shooté* assez fort. Un autre chat le bouffera, il n'en restera rien ; et on pourra même faire comme s'il n'avait jamais existé. Hein, le chat, c'est une bonne idée, ça, non ? D'ailleurs, tu n'as jamais tué de rat, toi ? Tu n'es qu'une boule de poils inoffensive, chaude et douce, affectueuse, amicale. Viens donc faire un câlin que l'on oublie tout ça !

Je me dégoûte, avec mes manières de cul pincé ! Maud a été violée, il faut que je parvienne à le dire. À le penser. À le comprendre. Comprendre ce que cela signifie pour elle, comprendre la douleur du viol, la douleur du doute, la douleur du vide. Douleurs physiques, douleurs morales, douleurs durables. Comprendre le viol, mais surtout pas comprendre le violeur. Et chercher des excuses, ou même des explications indépendantes de lui, c'est justement chercher à le comprendre. Alors qu'il n'y a en réalité rien d'autre à faire que de le retrouver pour le faire payer. Mais qui est-il ?

Nous étions si nombreux, ce dernier soir à Ti-Gwern. Les habitués, bien sûr : Maud, Candice, Mock et moi ; Pongo, Perdita, Damas, Harpo et Ruis. Que des chats inoffensifs. Autour de nous, une demi-douzaine de garçons, et sans doute autant de filles. Mais comment étaient-ils ? Qui étaient-ils ? Tant que l'on buvait, que l'on chantait, que l'on fumait ensemble, cela n'avait aucune importance. Et puis tout s'est éteint. Seuls restaient les cendriers pleins, les bouteilles vides couchées dans l'herbe ou sur les dalles de la piscine, les guitares appuyées aux murs, le piano ouvert, des assiettes, des verres, des vêtements, les corps de ceux qui n'avaient pas de lit ou plus la force de s'y traîner.

Pour retrouver le mien, j'avais sans doute dû me faire aider. Par Harpo, je crois. Ou bien nous nous étions aidés l'un l'autre à gravir l'escalier, ouvrir nos portes, localiser le lit au milieu d'une pièce aux murs ondulants.

D'après Maud, au moment où le silence avait enfin pris possession du domaine, l'aube venait déjà. Elle se souvient que, par l'échancrure des volets de la chambre de Candice, une lumière tendre éclairait les draps où elles étaient couchées l'une contre l'autre. Candice dormait, paisible. Maud elle-même avait dormi – elles étaient montées vers deux ou trois heures, tandis que les plus résistants ou les plus inconscients continuaient à se remplir d'alcool en dévidant des non-sens sans s'écouter les uns les autres. Sa nuit avait été courte et son sommeil gêné par le bruit des derniers fêtards. Mais l'aube était son heure ; l'heure de la solitude, de la naissance de la lumière ; l'heure de l'espoir et de l'envie ; l'heure des mots.

« J'ai mis des années à reprendre l'écriture, m'a-t-elle avoué ce soir. Après ce jour-là, les petites heures du matin étaient devenues pour moi synonymes d'angoisse, de douleur. L'aurore n'était plus le début du jour, mais la fin de tout. Je n'ai pu me remettre à écrire qu'au moment où j'ai décidé de mettre noir sur blanc chaque seconde passée entre les mains de ce salaud. Mais personne n'a jamais lu ce texte. Je m'étais libérée de ce viol, ce n'était pas pour que d'autres m'y enferment à nouveau par leurs questions ou leur pitié. Il n'y a que toi à qui j'ose le dire maintenant.

— Et Candice ? Elle ne sait pas ?

— Si, bien sûr. Elle et Richard étaient les seuls à savoir ; et comme il est mort, il n'y a plus qu'elle. Je suis certaine que Richard n'en a jamais parlé à personne. Il tenait trop à sa réputation.

— Sa réputation ? En quoi sa réputation… ?

— Tu n'as pas compris ? Tu ne t'es jamais demandé pourquoi il vous virait tous sans aucune explication ? Pourquoi il n'a pas cherché à savoir qui était l'ordure qui m'avait violée dans sa propre maison ? Tu te souviens des bras qu'il avait ? L'ordure en question aurait passé un assez mauvais moment si Richard lui était tombé sur le râble. Mais Richard ne valait pas beaucoup mieux que ce type-là. Bien sûr, il n'a pas participé au viol, mais il s'en est fait le complice. Pour la bonne raison que mes souffrances lui tenaient moins à cœur que son image. Savoir que son nom risquait d'être associé à un crime, commis sous son toit, en sa présence, cela lui était insupportable. Alors, tout le monde dehors : circulez, y a rien à voir !

« Dans l'état où j'étais, je ne pouvais pas m'opposer à sa décision. C'est après que j'ai réalisé que nous n'étions plus que quatre dans la maison. Et que mon violeur avait reçu la liberté et l'impunité en récompense de son crime. »

À ce moment de ses explications, Maud s'était rapprochée de moi. Elle était déjà collée contre mon torse, entourée de mes bras, mais elle avait quand même réussi à faire un mouvement pour augmenter encore l'intensité de ce contact, comme pour puiser plus profondément dans mon corps la force qu'il lui faudrait pour raviver à mon intention les mots les plus douloureux qu'elle ait jamais appris à énoncer.

« Candice est la première qui a su. Quand j'ai pu me libérer de mon violeur, j'ai couru la rejoindre. Elle était comme je l'avais laissée : endormie, paisible. Je me suis jetée sur elle comme un animal carnassier : je voulais cette paix, je voulais cette beauté tranquille, sans question, sans douleur ; je voulais retrouver ce qu'on m'avait volé et que Candice possédait encore ; comme le fauve recouvre sa force en puisant le sang de la bête qu'il dévore. Unies comme nous l'étions une heure plus tôt, je voulais croire que rien n'avait changé, que je n'avais jamais quitté ce lit, que je n'avais pas vécu ce que je venais de vivre. Mais la réalité était là : la douleur dans mon sexe, les bleus sur mes poignets, mes épaules et mes seins, l'élancement de mon œil, de ma joue et de mon front enflés, la saveur métallique, mortifère, du sang de mes lèvres qui emplissait ma bouche.

« Je n'ai rien pu dire. Mais Candice a compris. Elle a d'abord cherché Fred, sans le trouver : sans doute comatait-il dans un coin, fin bourré. Elle a alors prévenu Richard et ç'a été l'explosion, une colère biblique, des cris, des insultes, des lits renversés. Fred, lui, a débarqué bien plus tard, et pas encore très frais. Il n'a pu que constater la disparition de tous ses amis et la réclusion de sa sœur dans l'une des chambres ; et il n'a eu alors qu'à accepter l'explication que lui a donnée Richard, à savoir que j'étais en pleine crise de panique à cause d'un mauvais *trip* au LSD, et que je m'étais blessée au visage en me jetant contre les murs au plus fort de mon délire. Cela justifiait aussi l'expulsion de tous les participants à la soirée de la veille : peu importait à Richard qui avait apporté la drogue ; il ne pouvait tout simplement pas admettre qu'il y en ait sous son toit ; et une punition collective était la seule réponse, selon lui, à une telle horreur. Cette théorie tenait presque debout, et pour s'assurer que Fred ne viendrait pas la remettre en cause, Richard lui avait également glissé dans la main un joli chèque, prétendument pour payer les faux frais liés à ma convalescence. Comme si un *bad trip* pouvait durer des semaines ! Mon pauvre frère, qui s'était toujours cru capable de manipuler tout le monde, s'est laissé manipuler à son tour, comme une lamentable marionnette. Et je crois même que quand Richard lui a cédé cette maison et sa voiture par testament, il n'a pas saisi que c'était uniquement pour continuer à acheter son indifférence, par-delà la tombe. Moi, je l'ai compris dès le premier centime que Richard m'a filé. Mais je l'ai pris quand même, son fric ; par manque de fierté, peut-être ; ou par un profond désir de faire payer quelqu'un, quel qu'il soit ; ou simplement parce que je ne voulais rien d'autre que rester chez moi, dormir et pleurer, et que je n'avais pas les moyens de mener à bien ce programme. Richard me l'a permis. »

Elle s'est tue à nouveau. Je ne dis pas un mot, alors que j'aimerais tant comprendre comment il est possible qu'on l'ait violée presque sous ma fenêtre sans que je m'en rende compte. Je crois en fait que le silence est la meilleure façon de l'inviter à en venir aux explications. La meilleure ou, au moins, la plus respectueuse.

Elle respire calmement, lissant de ses doigts graciles le dos de ma main gauche. Elle doit savoir ce que j'attends. Et elle doit l'attendre elle-même. De longues minutes passent. Puis elle prend de nouveau la parole :

« J'étais sortie du lit dès les premières lumières de l'aube. Candice avait à peine réagi, intégrant sans doute dans son rêve en cours le mouvement de son bras que j'avais soulevé pour partir. Je suis passée aux toilettes, puis j'ai gagné ma chambre. Je n'ai croisé personne. Tous les matins, j'avais mon petit rituel : ouvrir la fenêtre et les volets, contempler la forêt sur laquelle l'aurore entamait son parcours, enflammant timidement la cime des arbres de teintes pastel inoffensives. Ensuite, je me suis assise à mon bureau. J'ai ouvert mon cahier pour reprendre le fil de ce que j'avais écrit la veille. J'ai relu une ou deux pages, modifié trois ou quatre mots, corrigé quelques accords défaillants. J'avais besoin, chaque matin, de me remettre dans l'ambiance pour pouvoir continuer. Je n'avais pas de doute sur ce qu'il fallait que j'écrive ensuite : je veillais à ne pas quitter un roman en cours sans savoir ce que j'allais écrire le lendemain. Il n'y a pas d'angoisse de la page blanche si on a déjà une page noircie dans la tête chaque fois que l'on fait une pause. Le plus difficile, c'est justement l'ambiance, le ton, la couleur. Relire quelques pages avant de continuer est le seul moyen que j'ai trouvé pour être certaine de ne pas en sortir. J'ai donc respecté cette habitude ce matin-là, sans savoir que je n'écrirai jamais la suite de ce roman. Puis j'ai refermé mon stylo, je l'ai raccroché dans le décolleté de mon tee-shirt et je me suis levée pour sortir. Je n'ai pas vérifié tout à l'heure, mais peut-être que la chaise est toujours dans la même position. Et le cahier ouvert sur le bureau. Peu importe. Je suis donc descendue à la cuisine. J'ai préparé le café et, comme tous les jours là encore, j'ai ouvert la porte donnant sur la terrasse, pour respirer les senteurs matinales pendant que le café coulait. J'ai fait quelques pas sur les dalles froides. Et j'ai entendu cette voix qui aujourd'hui encore me glace, ces deux mots rauques, irréels, inhumains, qui allaient me happer, me détruire, me noyer, me perdre dans la douleur et l'angoisse pour toutes les années qui suivraient. Mais sur le moment, j'ai simplement pris ces deux mots pour ce qu'ils étaient : un appel à l'aide. Après une ou deux secondes de doute, j'avais en effet compris que c'était bien “Au secours” que répétait cette voix. J'ai aussitôt imaginé un pauvre gars complètement bourré, incapable de se relever après avoir glissé ou s'être pris les pieds dans un siège. Soit son état l'empêchait de distinguer les dimensions horizontale et verticale, soit il avait vraiment fait une très mauvaise chute et était parvenu à se fracturer un bras ou une jambe. Je me préparais donc à voir le pire : du sang, des os, des membres pliés selon des angles insolites.

« J'ai contourné la piscine, longé le barbecue et la réserve de bois ; les gémissements se précisaient. Cela venait de l'intérieur du *pool house*. La porte était ouverte, mais il y faisait sombre. La voix s'était tue. Je suis entrée en me faisant la réflexion que je n'avais jamais vu le rideau noir pendu devant la fenêtre qui donnait sur la piscine. J'ai appuyé sur l'interrupteur ; la lumière ne s'est pas allumée. J'ai eu un mouvement de recul, une main s'est refermée sur mon bras, j'ai été tirée vers l'avant, puis poussée brutalement dans le dos. Je suis tombée à genoux, mon front a heurté le mur, la porte a claqué, le type m'a empoigné les cheveux et a attrapé de nouveau mon bras droit pour le tordre dans mon dos. Il a grogné : "Relève-toi, salope !", en collant sa joue contre mon oreille. J'ai toujours été surprise de voir comment les hommes étiquettent les femmes non pas en fonction de ce qu'elles sont, mais en fonction de l'usage qu'ils veulent en faire. Bien sûr, sur le moment, je n'ai pas réfléchi à ça : j'ai obéi. Je n'avais pas d'autre choix, évidemment, mais je pensais aussi que ma docilité retiendrait sa violence. J'ai pressenti aussi, très rapidement – ou je l'ai espéré si fort que je m'en suis persuadée –, que me tuer ne faisait pas partie de ses projets. Certains détraqués ne prennent de plaisir qu'en voyant souffrir leur proie et le summum de leur jouissance n'est atteint qu'au moment de sa mise à mort ; mais lui avait pris tant de précautions pour m'empêcher de l'identifier que je compris qu'il me laisserait vivre ensuite. Peut-être que cela l'excitait encore plus de savoir qu'il allait me marquer pour la vie, comme une pièce de bétail. Quand il me murmura ses premières insultes, je sentis le contact d'un foulard, dissimulant le bas de son visage, et j'eus l'impression qu'il s'était empli les joues de cailloux ou de je ne sais quels autres petits objets qui faisaient saillie et appuyaient sur le pavillon de mon oreille, mais qui avaient surtout pour but de modifier sa voix. Quand il me retourna violemment et me plaqua le dos au mur, je pus discerner dans la faible lueur qui perçait au travers du rideau que ses cheveux étaient cachés dans un bonnet de bain, ses yeux coincés dans des lunettes de piscine et son foulard retenu par un pince-nez de natation qui devait également participer à l'altération de sa voix. De toute façon, pour plus de sûreté, il la maintenait au niveau d'un murmure rauque, un grognement de bête. En y repensant par la suite, je me suis fait la réflexion que ceux qui font le mal ont beaucoup d'imagination. Ils ne savent pas que donner à une femme ce qui pourrait la rendre heureuse demande un effort intellectuel bien moindre : il suffit de suivre son imagination à elle. Mais avec l'avant-bras du type en travers de ma gorge, et son autre main qui commençait à écarter le short de mon pyjama, j'étais bien loin de ce genre de philosophie de salon de thé : je pensais juste à ma survie, ou du moins je tentais de m'accrocher à ce que j'avais entrevu pour me convaincre qu'il n'était pas vain de l'espérer. Dans le même temps, une autre idée, monstrueuse, venait contrebalancer cette fragile lueur d'espoir : en plus de m'interdire de l'identifier par la suite, mon agresseur avait peut-être une autre raison de s'être affublé de tout cet attirail : il ne voulait peut-être pas que je le reconnaisse sur le moment ; ce qui signifiait qu'il était peut-être l'un des hommes avec qui j'avais partagé tant de jours paisibles dans cette maison, au cours de tant d'étés.

« Il me pénétra brutalement. J'étais incapable de l'en empêcher : je m'évertuais, depuis qu'il m'avait écrasée sur le mur de toute sa force bestiale, de glisser mes doigts entre ma gorge et son bras. Je me doutais qu'il ne cherchait qu'à m'étourdir, m'affaiblir, pas à m'étouffer : il me voulait vivante, chaude, remuante – cela devait sûrement l'exciter encore plus – et il voulait surtout me donner une leçon. C'est ce qu'il me fit comprendre, me laissant alors conclure qu'il était au courant, sans que je sache comment, de ma relation avec Candice. De son timbre inhumain, il me dévidait, sans cesser ses allées et venues de roquet en rut, des litanies ordurières qu'il pensait indispensables à mon retour sur le droit chemin : "Alors, c'est mieux qu'avec ta copine, hein ? Y a pas à dire, mais un homme, ça a du bon, hein ? Tu vas finir par y prendre goût, ma salope !"

« J'ai lâché son bras, attrapé mon stylo et tiré un coup sec. Le bouchon est resté sur mon tee-shirt ; alors j'ai frappé, trois fois, bras plié, muscles vifs, trois fois, poing serré, cœur haineux, trois fois, plume dressée à l'image de son arme en moi. Il a eu un mouvement de recul, son bras libérant ma gorge, sa gorge libérant un cri, son sexe libérant le mien ; j'ai foncé vers la porte, deux pas, deux pas seulement, deux pas obscurs, immenses, essentiels, vitaux, cruels ; il m'a attrapé les cheveux, m'a tirée en arrière, j'ai lancé mon bras derrière moi, sans savoir si je toucherais la gorge, la poitrine, le ventre ou le vide. Il a hurlé, distinctement, et porté ses deux mains sur son torse. J'ai lâché le stylo quand mon poing a rencontré un mur. J'ai saisi la poignée, presque arraché la porte et j'ai plongé vers le jour, vers la vie, vers Candice. »

16

C'est le froid qui m'a sorti du sommeil. Il me faut quelques secondes pour réaliser où je suis. La chambre est sombre. Maud n'est plus contre moi. Je tends prudemment la main droite et je bute contre son dos. Je retiens mon souffle. Elle ne réagit pas. Je comprends qu'elle s'est glissée sous les draps ; et elle a replié le couvre-lit pour le poser sur moi. Je devais dormir profondément, je ne me souviens pas de ces changements.

Avec mille précautions, je me rapproche du bord du matelas, puis passe en position assise. Je regarde ma montre. Les aiguilles phosphorescentes indiquent cinq heures moins vingt. C'est mon heure habituelle.

Je me lève, essaie d'avancer sans bruit pour retrouver les affaires que j'ai achetées la veille. Je sais que face au pied du lit, une petite table d'écriture est adossée au mur ; je m'en approche prudemment, les mains en avant, et je comprends que je l'ai atteinte au moment où mon petit orteil se broie contre la chaise qui est posée devant. Je m'immobilise en serrant les poings pour retenir l'abondant florilège de blasphèmes qui me tente soudainement. L'avantage de ce contact est qu'il me permet de mieux m'orienter dans la chambre obscure : je sais qu'il ne me reste que deux ou trois pas vers la droite pour atteindre le fauteuil. J'avance, mon genou droit heurte l'un des accoudoirs ; je me penche, les mains tendues ; mes doigts rencontrent une pièce de tissu ; les reliefs qui la parcourent me font douter qu'il puisse s'agir de l'un de mes tee-shirts ; je tâtonne plus largement et découvre un autre vêtement, plus étroit, plus délicat, plus doux, plus travaillé. Je comprends que le premier était le chemisier plissé que Maud portait la veille ; et le second est son soutien-gorge. Je retire ma main. Pour la tendre de nouveau. Mes propres vêtements doivent être en dessous : il faut bien que je soulève ceux de Maud pour les atteindre. Par contre, tâter du pouce la soie légère, suivre du bout des doigts ses ornementations brodées, à la manière dont un aveugle parcourt sans y croire l'histoire d'un monde lointain, ce n'est sans doute pas nécessaire ; mais m'en priver ne le serait pas plus. Je finis par poser les affaires de Maud sur l'accoudoir de gauche et continue mon inspection ; découvre son *jean*, que j'écarte également, puis les sacs en plastique qui contiennent mes achats. Je saisis les anses et emporte le tout vers la salle de bains.

En ouvrant puis en refermant la porte, j'ai l'impression de fendre du bois à la hache. Mais après m'être débarbouillé, rasé et habillé puis être revenu dans la chambre, je constate que Maud dort toujours du sommeil de l'innocente. Il me reste juste à sortir dans le couloir – en plus du bruit des gonds qui grincent, il y aura la lumière extérieure ; espérons que Maud reste tout aussi indifférente. Je retrouve mes chaussures au pied du lit, je les prends à la main ; mon manteau est accroché à une patère, je le mets sur mon bras ; et j'ouvre lentement. Je me glisse vivement dehors pour ne pas éclairer trop longtemps la chambre. Et me voilà, comme un voleur débutant, en chaussettes dans un couloir d'hôtel à cinq heures du matin.

Il est trop tôt pour obtenir un petit déjeuner ; je salue la sentinelle qui s'ennuie à l'accueil sans rien lui demander et je sors. La nuit est encore bien présente, froide, humide. Je reprends la voiture pour essayer de trouver quelque chose à me mettre dans le ventre. Je tourne un peu dans la ville, repère un panneau indiquant la gare ; je me souviens que le boulevard qui passe devant comptait deux ou trois bistrots. J'arrive à destination pour découvrir que tout est fermé.

La gare de Quimperlé n'est qu'une petite bâtisse grise en bordure d'une place aménagée en parking. Je me pose sur un emplacement libre, sous un arbre nu – mais tous les emplacements sont libres et tous les arbres nus – de façon à pouvoir surveiller le PMU qui se tient juste en face, dans l'une des maisons basses qui s'alignent le long du boulevard de la Gare.

Combien de fois ai-je attendu Richard, ici ? Les 290 chevaux de sa Mustang se faisaient entendre longtemps avant que paraisse sa masse rouge et cette menaçante bande blanche qui divisait son capot et son toit comme la crête d'un Mohican prêt à l'attaque. Il s'arrêtait à peine, je sautais sur le siège et il redémarrait en trombe. Les douze ou treize kilomètres qui nous séparaient de Ti-Gwern étaient avalés en moins de dix minutes. Dix minutes pendant lesquelles nous ne disions pas un mot, Richard concentré sur la conduite de l'animal sauvage qui vrombissait sous ses pieds, et moi enivré à l'avance de redécouvrir Maud.

Je quitte la voiture. Je me dis que c'est pour mieux surveiller l'ouverture du bar, sans être gêné par la buée sur le pare-brise ; mais je crois que ce n'est qu'un mensonge de plus. De chaque côté, le boulevard de la Gare s'étire, désert et triste. Et tout à coup, je ne sais pas d'où ça vient, il me prend l'envie de courir. J'ouvre la portière arrière, ôte mon manteau et le pose sur la banquette. Je referme, verrouille la voiture, et m'éloigne en courtes foulées. Nord ou sud ? Est-ce vraiment important ? J'opte finalement pour le nord. J'ai remarqué une ruelle, un peu plus loin à droite, qui repart vers le centre, et je sais que de l'autre côté de la vieille ville se trouve une rivière – je crois même qu'il y en a deux, dont le confluent n'est pas très loin. Je trouverai sûrement un endroit plus agréable pour courir le long de l'eau. Le café-croissant attendra ; et sera peut-être encore plus appréciable après un léger effort.

Je remonte la petite rue que j'avais repérée ; je n'y croise personne. Comme je n'avais pas prévu cette sortie quand j'ai décidé de rejoindre Maud, j'ai laissé mon équipement habituel à Rouen. Mon *jean* me gêne un peu dans mes mouvements et je sens le bitume claquer brutalement contre mes plantes de pieds. Mais finalement je m'en fous. Je viens de comprendre que c'est en s'arrêtant à ce genre de détails que l'on s'empêche d'avancer. Le plus important n'est pas la forme de mes semelles, mais l'endroit où elles m'emmènent. Même si je n'ai pas la moindre idée de ce à quoi il peut ressembler.

Dans les ruelles vides, mes pas résonnent, dérangeant quelques chats de retour de bringue. En plein centre, je passe devant une boulangerie ouverte. Mais j'ai laissé mon portefeuille dans mon manteau. Mon petit déjeuner attendra encore. Je continue mon périple, à la recherche de la rivière ; mais impossible de l'atteindre. Soit elle n'est vraiment pas accessible, soit je me suis trompé de sens. Tant pis, je me fais une raison et repars par d'autres rues dans une direction qui me semble pouvoir me ramener à ma voiture.

J'arrive en sueur. Oserai-je entrer dans un bar dans cet état ? Le PMU a levé son rideau ; quelques clients sont visibles à travers la vitrine. Je vais quand même attendre un peu que mon souffle se calme et que mon tee-shirt sèche. Il est sept heures moins dix : je me laisse jusqu'à la demie et après je rejoins Maud.

Je fais quelques étirements, tourne quatre ou cinq fois autour de la voiture, puis je m'y installe. Je recule mon siège et l'incline. Je ferme les yeux quelques secondes pour faciliter l'apaisement de mon pouls. Quand je relève les paupières, il est neuf heures et quart.

Pas le temps de manger un morceau. Je tourne la clé de contact, attends le préchauffage ; et c'est à cet instant que me vient l'idée que Lison doit être tout juste arrivée au bureau ; et que je me dois de l'appeler. J'éteins le moteur et sors mon téléphone.

Elle décroche aussitôt.

« Bonjour Lison, c'est Emmanuel. Je… je voulais savoir si tout se passait bien.

— Oui, tout va bien, ne t'en fais pas, je gère.

— Je… je voulais te dire que… que je ne rentrerai pas aujourd'hui. Ni demain. Peut-être lundi.

— Je sais, tu me l'as déjà dit hier.

— Ah bon ? Ah, excuse-moi je ne m'en souviens plus.

— Je comprends. Avec ce que tu vis actuellement. Et tu sais quand aura lieu l'enterrement ?

— Justement, Lison, il n'y a… il n'y a pas d'enterrement.

— Oh ! Ta pauvre grand-mère ! Mais pourquoi ?

— Parce que je n'ai pas de grand-mère qui vient de mourir, Lison. Je suis désolé : je t'ai menti. En réalité, je suis… je suis parti en Bretagne avec... avec une amie.

— Mais enfin, Emmanuel, c'est ridicule. Pourquoi tu m'as menti ? À quoi ça rime ? Tu n'as pas de comptes à me rendre ; ni d'excuses à inventer. Si… si tu veux poser des jours de congé, tu peux le faire sans avoir besoin de raconter des histoires. Et tu peux partir où tu veux avec qui tu veux. Je ne comprends pas pourquoi tu... Ne me dis pas que… que tu as eu peur que je sois jalouse ? Tu es bien conscient qu'il n'y a rien entre nous. Et qu'il n'y a aucune raison qu'il y ait quoi que ce soit. Je… je ne sais pas si tu t'es fait un film à mon sujet, mais si c'est le cas, oublie-le. Tu dois juste comprendre qu'une femme peut montrer de la sollicitude envers un homme sans avoir obligatoirement envie de lui passer la bague au doigt ou… ou de coucher avec lui. Je t'apprécie beaucoup, Emmanuel, comme chef, comme collègue. Tu m'impressionnes par ta capacité de travail, ton sérieux, ta rigueur et ton humeur toujours égale. Mais ça ne veut pas dire que j'ai envie de faire ma vie avec toi. Tu vois la différence ? Emmanuel, tu vois la différence ? »

Qu'est-ce que je fais ? Je raccroche, je jette le téléphone contre la façade de la gare et je vais m'allonger sur la voie ferrée ? Ou alors je traite Lison de pauvre folle, incapable d'assumer sa libido et qui inverse les rôles pour que je n'aille pas raconter à toute la boîte qu'elle est nymphomane au dernier degré ? Ou alors je la remercie pour tous ses compliments sur mes qualités professionnelles, je lui souhaite une bonne journée, une agréable fin de semaine et je lui dis « À lundi » ?

« Rappelle-moi quand les choses seront plus claires pour toi », conclut-elle. Et elle coupe la communication.

Je jette le téléphone sur le siège passager. Je tourne brutalement la clé de contact, je mets la marche arrière et recule. Un coup de klaxon violent me surprend. Je me retourne et découvre une mémé toute blanche dans une citadine rouge. Elle a vraiment besoin de venir prendre son train dans un moment pareil ?

Je la laisse passer, puis quitte ma place et sors du parking. Je reprends le boulevard en direction de l'hôtel. Avec tout ça, je n'ai pas mangé. Au moins, dans la chambre, je pourrai me venger sur les restes de pain et les fruits que nous avons laissés hier soir. Je me gare un peu plus près de l'entrée que la veille. Je quitte la voiture, traverse le hall sans un regard pour le type de l'accueil et monte au deuxième quatre à quatre. Peu importe si je transpire un peu plus : dans trois minutes, je pourrai me glisser sous une douche.

Dès le début du couloir, il me semble entendre un bruit d'aspirateur. Et comme je m'approche de notre chambre, ce que je craignais se confirme : la porte est ouverte et une femme de ménage est occupée à la remettre en état. J'entre avec brusquerie.

« Mais qu'est-ce qui se passe ici ? »

La femme de chambre se retourne, surprise.

« Vous m'avez fait peur ! Faut pas entrer comme ça ! Vous pouviez frapper, quand même.

— Oui, excusez-moi. Mais qu'est-ce que vous faites là ?

— Euh… ben… ça se voit : je fais le ménage.

— Oui, oui, bien sûr ; mais où est ma… la dame qui était là ?

— Je sais pas. On m'a dit de faire la chambre, moi, je fais la chambre. Et vot' dame, elle a dû partir.

— Et mes vêtements ? Mes affaires ?

— Ben, je sais pas, moi. Elle a sûrement tout emmené. En tout cas, y a plus rien ici.

— Et merde !

— De rien ! » crie-t-elle, tandis que je fais demi-tour. Il me semble entendre juste après un mot assez vulgaire, qui doit très certainement avoir pour objectif de me décrire. Je ne prends pas la peine de retourner lui demander ce qu'elle entend exactement par là. Je dévale l'escalier et me jette sur le type en embuscade derrière le comptoir de l'accueil.

« Elle est où, la dame qui était avec moi hier ?

— Bonjour, monsieur. Pouvez-vous me rappeler le numéro de votre chambre.

— Euh… deux cents… deux cent huit, je crois… ou deux cent neuf.

— Vous ne vous êtes pas trompé d'hôtel, au moins ?

— Vous me prenez pour un con ?

— Si vous le désirez, vous pouvez vous asseoir cinq minutes sur les fauteuils que vous voyez là – ils sont très confortables – et je peux vous apporter un verre d'eau, un café ou tout ce qui vous fera plaisir. Et quand le numéro de votre chambre vous sera revenu et que vous serez calmé, nous pourrons reprendre cette discussion. »

Je tourne les talons et quitte le bâtiment en grommelant un nom d'oiseau assez similaire à celui que la femme de ménage m'a attribué quelques minutes plus tôt.

Je me cale dans la voiture – sûrement plus confortable que tous les fauteuils de tous les halls d'hôtel du monde. Je récupère mon téléphone que j'avais laissé sur le siège passager et je recherche le numéro de Maud. Je laisse sonner, deux fois, trois fois, quatre fois, c'est sa messagerie qui me répond. Je raccroche sans laisser de message et je renvoie l'appareil là où je l'ai ramassé.

Il est dix heures moins vingt, je n'ai pas bouffé, je pue la transpiration et je suis échoué sur un parking en plein cœur de la Bretagne, à trois ou quatre cents bornes de chez moi, sans savoir où est passée la fille qui m'y a traîné. Sinon, tout va bien. Tant que j'essaie de ne pas repenser à ce que Lison m'a balancé.

J'attends vingt-cinq minutes, à pianoter rageusement sur le volant, à imaginer le ridicule de ma situation, de mes situations : celle dans laquelle je me suis fourré avec Lison, celle dans laquelle Maud m'a embarqué. Et avec Bélèm ? Au moins, là, les choses sont plus simples : je n'ai certes pas eu le beau rôle, mais maintenant qu'on est divorcés en bonne et due forme, qu'on se partage bien sagement la garde des enfants et qu'on parvient à chercher en bonne intelligence les doudous perdus, il n'y a pas de quoi se plaindre. Non, vraiment pas !

La portière s'ouvre, Maud apparaît, se laisse tomber sur le siège.

« Merde, c'est quoi ce truc ? »

Elle se soulève à moitié et extrait mon portable de dessous ses fesses. Je le lui arrache des mains.

« Putain, j'espère que t'as pas pété la vitre ! »

Ses pupilles m'envoient immédiatement deux décharges de chevrotine. Je fourre le téléphone dans un compartiment du tableau de bord que je referme brutalement tandis que Maud se relance :

« Peut-être qu'il n'était pas exactement là où il aurait dû !

— Il était là où je pouvais l'entendre si jamais il te prenait l'idée de me signaler où tu t'étais barrée !

— Et toi ? T'étais où ? C'est quand même toi qui es parti le premier ! J'ai même cru que tu étais rentré chez toi en me plantant comme une conne au milieu de nulle part.

— Non, je ne t'ai pas plantée : j'étais parti courir…

— Courir ?

— Oui, courir. Pour m'occuper. Et te laisser dormir. Excuse-moi si je suis trop attentionné.

— Oh, arrête ! Y a rien de pire que ces "Excuse-moi" qui veulent dire "Excuse-toi, et vite fait, parce que franchement tu devrais avoir honte de me casser les burnes après tout ce que j'ai fait pour toi." Si ça ne te plaît pas d'être là, tu peux partir, mon brave Nil : je me débrouille très bien toute seule.

— Pardon ? Qui est-ce qui m'a appelé ? Qui est-ce qui m'a traîné dans cette baraque, dans cet hôtel ? Qui est-ce qui pleurnichait dès que je m'éloignais de plus de cinq centimètres ?

— Je pleurnichais, moi ? Je pleurnichais ? Putain, mais tu te rends pas compte…

— De quoi je me rends pas compte ? Que tu ne m'as jamais regardé, que tu t'es foutu de ma gueule pendant des années avec tes grands airs, tes minauderies, ton bikini lilliputien qui me donnait des…

— De quoi tu parles ?

— De ta tenue à Ti-Gwern. Tu savais pertin…

— J'aurais dû mettre une burqa ?

— Non, mais pas te balader à moitié à poil sous mon nez, alors que tu savais pert…

— Apprends à contrôler tes hormones, mon pauvre !

— Alors que tu sav… Mes hormones vont très bien, merci ! Simplement, jouer les aguicheuses devant un mec alors qu'on…

— Alors que quoi ? Alors qu'on aime une femme ? Excuse-moi, mais il n'y a pas que toi qui ne te sentais plus quand je me mettais en maillot de bain : Candice aussi, ça lui plaisait. Et ça lui plaît encore, merci pour moi. Si ça te mettait si mal à l'aise, fallait prendre du bromure. Ou t'intéresser à une autre. Tu n'as jamais fait d'efforts pour plaire à ta femme, toi ?

— Si, si, bien sûr, mais…. Mais on s'en fout ! Le prob…

— Pourquoi ? Pourquoi ma vie sexuelle mériterait un éditorial et pas la tienne ?

— Mais… enfin… Maud, tu te rends c…

— Nil ?

— Quoi ?

— On a vraiment l'air de deux cons. »

Elle me regarde fixement. Ses yeux ont perdu toute agressivité. J'en reste bouche bée, muet, inerte. Un large sourire lui vient ; et je ne peux faire que l'imiter.

« On dirait un vieux couple…

— C'est assez malvenu…

— Oui, désolée. Pourtant, ça y ressemble : je crois que l'un comme l'autre on avait besoin de se défouler. Excuse-moi si j'ai dit des choses qui ont pu te blesser. Je ne les pensais pas.

— Je crois que mes conneries étaient encore plus gratinées.

— Oui, je reconnais que tu t'es surpassé. »

Elle tend le bras pour me prendre la main.

« Quand tu dis que je ne t'ai jamais regardé, reprend-elle, c'est vraiment n'importe quoi. Ce n'est pas vrai que je ne te regardais pas. Évidemment, je ne te regardais pas avec les mêmes yeux de merlan frit que ceux que tu posais sur moi, mais je t'admirais, Nil ; tu dois le savoir : je t'admirais. Ton calme, ta résistance face à l'humour *panzer* de mon frère, et ta disponibilité, ta serviabilité, ta capacité d'écoute, quelle que soit la personne qui parlait et quel que soit le problème qu'elle exposait. De nous tous, tu étais toujours le plus attentif. Tu étais tout ce que doit être un vrai ami. Et je te regardais comme tel. Tout le monde ne peut pas prétendre jouer un tel rôle. »

Je serre ses doigts entre les miens, en essayant de soutenir son regard, trop franc, trop clair, trop riche de promesses et de leur démenti. J'échoue ; et je détourne les yeux. Sans lâcher sa main, je m'efforce de me concentrer sur les petites éraflures qui strient le cuir du volant… et que je n'avais jamais remarquées auparavant.

17

Après plusieurs minutes d'une intense réflexion, les seuls mots qui me viennent sont pour proposer à Maud un petit déjeuner. Elle refuse net : elle ne veut pas rester une seconde de plus dans ce bled. Comme je n'ai pas spécialement envie de voir resurgir la colère qui l'animait quand elle m'a rejoint dans la voiture, j'obtempère : je vais rechercher nos sacs qu'elle avait confiés au type de l'accueil et nous reprenons aussitôt la direction de Paris.

Sur la première trentaine de kilomètres, nous ne prononçons pas une seule parole. Tandis que Maud rumine sa déception, j'essaie d'imaginer quelques phrases de réconfort ; mais je n'en trouve pas le premier mot. Je mesure aisément tous les espoirs qu'elle plaçait dans la piste de Ti-Gwern ; et cela s'est avéré être une impasse.

« Je suis passée à la gendarmerie, ce matin. »

Je sursaute presque en entendant Maud mettre ainsi fin à l'épais silence qui pesait entre nous. Il me faut un instant avant de pouvoir répliquer.

« Je croyais que tu ne voulais pas y aller sans moi…

— J'y ai bien réfléchi, Nil. Même si j'avais peur de ce qu'ils pourraient me dire, je savais que je n'avais personne d'autre vers qui me tourner. Alors une fois que je me suis décidée, j'ai préféré y aller immédiatement… avant que mes doutes me reprennent ; et même si tu n'étais pas avec moi.

— Et c'était quoi, tes doutes ?

— C'était exactement ce que les gendarmes m'ont renvoyé dans les dents : que ma démarche était ridicule, pour ne pas dire complètement conne.

— Quoi ? Ils t'ont dit ça ?

— Non, non. Ils ont fait honneur au devoir de réserve des militaires. Ils se sont donc abstenus de se payer ma tête trop ouvertement, mais c'était clair qu'ils me prenaient pour une cruche. Ils étaient trois, un qui parlait, deux qui hochaient la tête avec des sourires de jésuites, et le résumé de l'histoire c'est que mon frère est majeur, qu'il a le droit d'aller où bon lui semble, surtout s'il ne fait qu'entrer et sortir d'une maison qui lui appartient en utilisant une voiture qui lui appartient. Pas de violence, pas d'effraction, pas d'infraction, rien de répréhensible ni de suspect : ça ne les regarde donc pas. En gros, ils ne se bougeront que si Fred attaque une banque ou renverse une vieille avec la Mustang.

— Tu ne leur as pas dit qu'il n'a pas le permis.

— Non. Ni qu'il a volé une voiture à son patron. J'aimerais le retrouver, pas le faire coffrer.

— Attends, ils ne vont pas lancer le GIGN à ses trousses parce qu'il lui manque un petit carton rose. C'est juste que s'il leur fallait une infraction pour justifier leur intervention, tu pouvais leur donner ce début de piste. Et comme Mock roule dans une bagnole assez peu commune, ils auraient pu le signaler à d'autres brigades et ils l'auraient repéré assez vite, lors d'un contrôle banal.

— Ah, oui, c'est pas con. Je n'y ai pas pensé.

— D'un autre côté, même si on arrive à motiver les gendarmes d'ici, la chance que Mock se fasse contrôler est quand même faible : on ne voit pas des pelotons de gendarmerie à chaque carrefour.

— Oui. C'est vrai aussi.

— En gros, c'était bien une idée à la con.

— Merci ; ça fait plaisir. Mais je pense quand même qu'on aurait pu tenter le coup.

— Non, franchement, je crois que…. D'ailleurs, souviens-toi : Mock a toujours roulé sans permis et il n'a jamais été emmerdé.

— Oui, mais il y a vingt ans, les flics avaient d'autres raisons de le laisser tranquille.

— Mais ils en avaient aussi beaucoup pour l'aligner : sa Lada était une vraie bombe à roulettes ! C'était presque un permis de port d'arme qu'il lui aurait fallu pour sortir avec cet engin !

— Ouais, sans doute. Mais ce n'étaient pas les mêmes flics qu'aujourd'hui. Et ils avaient… comment dire… passé une espèce de contrat avec Richard. Fred ne risquait rien.

— Un contrat ? Quel genre de contrat ?

— Rien d'officiel, tu t'en doutes bien : c'était plutôt un contrat moral… même s'il était complètement immoral, en fait : Richard arrosait grassement les gendarmes et, en contrepartie, ils fermaient les yeux sur les conneries que pouvaient faire les pensionnaires de Ti-Gwern. On était quand même un peu repérés, au village.

— Je ne savais pas. Pour le contrat, je veux dire.

— Normal : ça se voulait discret. Et puis, toi, avec ton profil de gendre idéal, tu ne risquais pas de faire l'expérience de ce système.

— Et Mock l'a faite, lui, cette expérience ?

— Ouais. Plus souvent qu'à son tour. Les flics le ramenaient au bercail trois ou quatre fois par an – le retour sous escorte était prévu au contrat. Chaque fois, ils se faisaient payer un coup pour l'effort, touchaient leur enveloppe au tarif syndical, et obtenaient même parfois une petite prime pour les frais de déplacement.

— Donc chaque fois que j'ai vu des képis, c'était parce que l'un de nous avait fait une connerie ?

— Eh oui. Ça avait commencé avec Harpo. Tu ne te souviens pas de son exhibition ?

— Euh… non, je… Non. C'était quand ?

— En 94. Ah oui ! C'était en juin, tu ne devais pas être arrivé. Pour commémorer les cinq ans du massacre de la place Tian'anmen – et insister sur le fait que toutes les puissances occidentales avaient, selon lui, baissé leur froc devant les Chinois –, il s'était foutu complètement à poil au milieu de la place de la mairie. Il n'avait ni banderole ni slogan : il s'était juste fait peindre par Ruis trois grandes lettres sur les fesses : R, P et C, pour République populaire de Chine, avec la barre du P bien longue et bien placée dans la raie des fesses. Comme les gendarmes n'avaient pu obtenir un seul mot de sa part, et qu'il n'avait, par la force des choses, aucun papier d'identité sur lui, ils l'avaient reconduit *manu militari* à Ti-Gwern. Ils avaient eu une petite explication avec Richard. Et tout le monde en était ressorti satisfait. Sauf Harpo, évidemment, qui n'appréciait pas que l'argent soit, une fois encore, la clé de tout.

— Et on n'aurait pas pu tenter la même chose avec les flics actuels ?

— Je n'ai pas les moyens que Richard avait à l'époque. Et toi ?

— Ah, non ! Moi non plus. Ou alors il va falloir que j'égorge ma femme et mes trois enfants pour économiser la pension.

— Donc on ne peut rien faire. À part rentrer chez nous. Et attendre. »

Échec total : au final, notre courte discussion, malgré la digression au sujet des fesses d'Harpo et mes louables tentatives pour introduire une délicate note d'humour noir, nous a replongés dans cette douloureuse énigme : où donc est passé Mock ?

Dépité, je ressors la même arme qu'une heure plus tôt pour détourner les réflexions de Maud : une proposition de petit déjeuner. À choisir, j'aurais préféré un bistrot dans les rues piétonnes du centre de Quimperlé, mais je prends ce qui vient : une station d'autoroute.

Maud ne commande qu'un expresso. J'ai un soupçon de scrupule, mais je l'écarte rapidement et je prends, en plus d'un grand café, deux croissants et deux pains au chocolat. Eh ! J'ai couru, moi, ce matin ! Et si Maud change d'avis, elle n'aura qu'à tendre la main vers mon plateau. Ça s'appelle anticiper.

Nous nous plantons autour d'une table ronde surélevée. Pendant quelques secondes, nous restons à nous regarder, sans un mot, accoudés sur notre guéridon comme deux naufragés cramponnés à une bouée. J'imagine que ce sont toujours les mêmes questions, les mêmes angoisses, qui agitent l'esprit de Maud. Et je ne sais toujours pas quoi dire. Je suis vraiment à bout de ressources.

« Allez, mange, le café va refroidir », me lance-t-elle, avant de détourner les yeux vers l'extérieur. Je ne me fais pas prier et j'attaque l'un des croissants. Je le dévore en cinq bouchées, avant de jeter mon dévolu sur un pain au chocolat. Maud est plus mesurée : elle se contente, de temps à autre, d'avaler de minuscules gorgées de son expresso, du bout des lèvres, avant de reprendre son observation des gens qui circulent de l'autre côté de la vitre, qui entrent, qui sortent, qui règlent leur plein de carburant ou s'achètent un en-cas.

« Tu en veux un bout ? »

Alors que je m'apprête à faire un sort à ma troisième viennoiserie, je préfère m'assurer que Maud ne commence pas à regretter de n'avoir pris qu'un fond de gobelet noirâtre pour se combler l'estomac.

« Juste un petit bout alors, répond-elle, en arrachant la pointe du croissant que je lui tends.

— Prends-en autant que tu veux. J'irai en rechercher s'il le faut. »

Je le dépose devant elle. Elle me remercie d'un sourire. Je sens que le moment est venu de lancer une conversation, une vraie, pas un échange sur la bouffe, le mauvais temps ou les résultats sportifs du jour. Avant qu'elle détourne de nouveau les yeux pour repartir dans ses sombres réflexions, je lui lance :

« Tu ne m'as pas dit : tu fais quoi comme boulot, toi ? »

Elle me regarde comme si je venais de la demander en mariage.

« Tu es sérieux, Nil ?

— Non, pas ça ! J'ai déjà mon fils aîné qui me balance tout le temps cette expression ! Enfin… qui me la balançait avant qu'il décide de me faire la gueule à vie…

— Non, mais, franchement, tu me demandes quel est mon métier ?

— Oui, désolé, je n'ai pas trouvé mieux. Si tu veux, on parle de la météo et des cours du pétrole. Mais je trouve quand même ça… comment dire… moins personnel.
— Non, mais ce n'est pas ça. Simplement, ça m'étonne que tu ne saches pas ce que je fais.
— Écoute, Maud, ça fait dix-huit ans qu'on ne s'est pas vus – non, vas-y finis-le, j'ai encore le pain au chocolat – et la dernière fois, tu étais étudiante en histoire des civilisations. À l'époque, je n'avais aucune idée des débouchés que ça pouvait ouvrir et je reconnais que je n'en sais pas beaucoup plus à ce sujet aujourd'hui. D'où ma question : quel est ton métier ?
— Tu as un forfait Internet sur ton portable ?
— Oui, pourquoi ?
— Passe-le-moi, s'il te plaît.
— Je l'ai laissé dans la voiture.
— Va le chercher… s'il te plaît.
— Pourquoi tant de mystères ?
— C'est toi qui es un mystère pour moi, Nil. Un vrai mystère. Bon, passe-moi la clé, je vais le chercher pendant que tu finis ton gueuleton.
— Attends, c'est juste deux pains au ch…
— Passe-moi la clé, je te dis.
— OK ! OK ! Te fâche pas ! Mais tu promets que tu ne te tires pas avec ma bagnole ?
— J'avoue que ce serait tentant : après toutes les saloperies que tu m'as balancées tout à l'heure, un séjour de méditation à la Croissanterie de l'aire de Brocéliande te serait hautement salutaire.
— Je vois que la pâtisserie française a des vertus réconfortantes ! »

Elle attrape la clé sans un mot de plus et quitte la boutique. J'en profite pour aller me prendre un deuxième café ; sans quitter des yeux mon plateau resté sur la table. Il ne faudrait pas qu'un employé trop zélé se mette dans l'idée de le débarrasser avant que j'aie pu finir mon pain au chocolat. J'en mords une première bouchée au moment où Maud revient.

« Tu l'utilises comment, ton truc ? Il y a un code ou pas ?

— Oui, donne, je vais le faire.

— Tu n'as pas les mains un peu grasses ?

— T'inquiète : ça résiste à tout.

— Même au poids de mes fesses ? »

Je grimace un semblant de sourire et je reporte mon attention sur l'écran, sur lequel je commence à tapoter mon code. Maud doit remarquer mon subit changement d'humeur.

« Qu'est-ce que tu as ? Un problème ?

— Non, rien, rien : j'ai juste un message. Ça ne t'ennuie pas que je l'écoute ?

— Non, vas-y. »

En toute franchise, je n'ai pas vraiment envie de savoir de quoi il retourne : il y a quatre-vingt-dix-neuf chances sur cent que ce soit mon patron, ravi d'avoir eu une conversation avec Lison quelques minutes plus tôt et qui, après avoir apprécié la franchise avec laquelle je ne lui ai pas annoncé mon absence, souhaite me féliciter d'avoir abandonné mon poste pour aller batifoler en Bretagne avec une copine, tout en inventant une splendide excuse de niveau collège. Mais si je dis à Maud que je ne peux pas assumer cette engueulade, elle aussi va me prendre pour un collégien. Je me détourne pour qu'elle ne voie pas ma mine déconfite. Mais finalement, une fois passé le blabla de la petite dame du répondeur, c'est la voix de ma fille que j'entends. Je fais de nouveau un demi-tour sur moi-même pour me remettre face à Maud :

« C'est Selma.

— Selma ?

— Ma fille. »

Par contre, je ne lui raconte pas la suite du message ; simplement parce que je n'y comprends rien moi-même.

« Papa, je t'appelle parce que je voulais savoir si tu avais trouvé le cadeau que j'ai caché dans ton placard. J'avais écrit un petit papier pour que tu m'appelles et si tu m'as pas appelée, c'est que tu l'as pas trouvé, alors appelle-moi si tu le trouves. Ah oui, et en fait, le petit mot, c'est Thiago qui l'a écrit, parce que je sais pas écrire, hein. Bisou papa. »

Maud doit quand même discerner une petite ombre de perplexité sur mon visage.

« C'est grave, me demande-t-elle ?

— Non, non. C'est… Elle a laissé un truc chez moi, mais… je n'ai pas vraiment compris ce que c'était. Je verrai bien en rentrant. Bon, on y va ? J'aimerais arriver sur Paris avant les bouchons de sortie des bureaux. »

J'enfourne mon portable dans ma poche, le reste de pain au chocolat entre mes dents et je prends mon deuxième café dans la main gauche. Dès que nous sommes assis, mais avant que je mette le contact, Maud se tourne à moitié et se penche vers moi.

« Tu n'as rien oublié ? me demande-t-elle.

— Quoi ?

— Au départ, j'étais allée chercher ton portable pour répondre à ta question.

— Ma question ?

— À propos de mon métier.

— Ah, oui, c'est vrai, excuse-moi.

— Tu es sûr qu'il ne s'est rien passé de grave pour ta fille ?

— Non, non, vraiment, c'est juste une histoire de gamine. Tiens, le code est 2707. »

Elle attrape le téléphone que je viens de ressortir de ma poche. Elle le déverrouille et je la vois ensuite tapoter à gauche à droite, puis attendre, sans doute le temps qu'une page Internet s'affiche.

« Regarde. »

Sur l'écran qu'elle me met sous les yeux, un moteur de recherche énumère divers liens : la revue *Lire*, le site du Salon du Livre de Paris, et à chaque fois apparaît le même nom : Marie Desaulnes.

« Oui, d'accord. Et qui est Marie Desaulnes ? Tu travailles pour elle ? »

Maud ne me répond pas. Elle me fixe avec le même air ahuri que dix minutes plus tôt. Comme si en plus d'une demande en mariage, je venais d'ajouter aux nouvelles du jour l'annonce de ma prochaine opération de changement de sexe – histoire d'augmenter mes chances avec elle.

« Mais tu vis vraiment sur une autre planète, mon pauvre Nil ! Tu ne vois vraiment pas à quoi ressemble Marie Desaulnes ? Tu n'as jamais vu une émission de télé ou lu un article dans lequel apparaissaient ce nom et la trombine qui va avec ?

— Euh… non. J'aurais dû ?

— Non, non : ce n'est pas une obligation. Mais il faut vraiment le vouloir pour ne pas me connaître.

— Mais je te connais.

— Ben pas complètement, apparemment. Tiens, clique sur… ce lien. »

J'obéis. Et je vois apparaître le visage de Maud. En légende, sous la photo, ces mots : *Avec* Deux mètres vingt*, son dernier roman, Desaulnes prolonge sa dissection des blessures qui unissent hommes et femmes.*

« Le commentaire est plutôt con, mais la photo est assez réussie… en toute modestie. Tu vois qui est Marie Desaulnes, maintenant ?

— Ben… Euh… C'est toi ? C'est ton pseudo ?

— Bravo. Un peu long à la détente, mais assez précis dans tes réponses.

— Alors, ton métier… c'est écrivain ?

— Eh oui ! Les romans ne se font pas tout seuls.

— Et tu n'as pas un… vrai métier à côté ?

— Ah ! Merci ! J'adore cette notion de "vrai métier" : ça me met toujours en joie !

— Désolé, je voulais juste dire "un métier qui rapporte de l'argent". Je ne suis pas certain que les romans...

— T'en fais pas pour moi, j'arrive à me payer mes chaussures moi-même ; et je vis avec une femme qui, elle, a un "vrai métier".

— Ah ?

— Oui, Candice est architecte. Mais l'argent n'est pas le plus important. Ce qui compte quand on écrit, c'est le plaisir que ça procure ; le plaisir que je ressens pendant l'écriture et le plaisir que prennent les lecteurs de mes romans.

— Et tu en as… beaucoup ?

— Quoi ? Des romans ou des lecteurs ?

— Les deux.

— Des romans, j'en ai publié sept – les deux premiers n'ont pas marché, mais les cinq autres ont fait des carrières plutôt honorables, et deux d'entre eux ont été primés. Quant aux lecteurs, disons que je ne les ai pas tous comptés, mais que le nombre d'exemplaires vendus permet de penser qu'ils sont plutôt nombreux. Et pas seulement en France, puisqu'il y a des traductions.

— Ah ?

— En fait, je pense qu'une grosse partie des gens qui savent lire ont entendu parler de moi, à part les Inuits, les personnes en état de coma dépassé et un pharmacien exerçant dans un laboratoire américain à… comment tu m'as dit, déjà ?

— Val-de-Reuil.

— Val-de-Reuil ! Voilà ! Mais il n'y a peut-être pas la télé, à Val-de-Reuil ; ni de marchands de journaux. Sans parler d'une librairie qui vendrait mes bouquins… »

J'allume le moteur. Je pense que j'ai ma dose de sarcasmes. Je quitte ma place de parking et me dirige sans un mot vers la bretelle d'accès à la voie rapide. Une fois que je me suis inséré dans la circulation et que j'ai retrouvé ma vitesse de croisière, Maud reprend la parole :

« Je suis quand même étonnée que tu n'aies jamais entendu parler de mes romans. Même si j'ai un pseudo, tu aurais pu m'apercevoir, dans une revue, un journal, une émission…

— En fait, je ne m'intéresse vraiment pas à la littérature. Je lis surtout des revues professionnelles, parfois des bouquins d'histoire ou des pamphlets politiques, mais jamais de fiction. Et dans les journaux ou les hebdos, je saute toujours les pages qui parlent de romans.

— Pourtant, quand on était jeunes…

— Je faisais semblant. Juste pour me créer des occasions de parler avec toi. Et un peu pour te plaire ; pour te faire croire qu'on avait des goûts communs.

— Oh, merde ! C'est sordide.

— Merci, ça me fait du bien, tes mots tendres.

— Non, je ne voulais pas te blesser, mais je n'imaginais pas que… que tu puisses aller jusque-là.

— Et tu n'imagines sûrement pas quelle souffrance ça a été pour moi de me taper tous ces bouquins !

— Oh ! Je suis… je suis désolée.

— Que j'aie souffert ou que je ne lise pas ?

— Ben… un peu les deux.

— Oh, c'est pas si grave : je m'en suis remis. Et puis, maintenant que je sais que je connais une célébrissime romancière, je vais dévorer tout ton œuvre !

— Oh, tu sais, il y a tellement mieux à découvrir. Je t'enverrai une liste de romans qu'il faut absolument que tu lises. Promets-moi d'essayer, au moins, même si ce n'est que quatre ou cinq pages. De toute façon, ces bouquins-là, quand tu y mets un œil, tu te laisses emporter jusqu'au bout. Tu verras, j'arriverai à te réconcilier avec la littérature. »

Et pendant la demi-heure suivante, elle n'a pas cessé de m'expliquer pourquoi je devais lire tel auteur, quel éclairage sur la vie pourrait me fournir tel autre, quel exemple de concision et de force de langage représentait un troisième. Enfin, je dis que ça a duré une demi-heure, mais c'était peut-être une heure ; ou deux. C'était un tel bonheur d'entendre Maud parler avec fougue, avec joie. Je retrouvais la Maud que j'avais connue à douze ans… et que j'avais perdue à vingt-quatre. Finalement, la littérature, quoi que j'en dise, avait au moins cet avantage : lui sortir pendant quelques instants son frère de l'esprit et raviver en elle la passion qui, dans mon souvenir, était indissociable de sa personne.

Sans doute épuisée par tant de rhétorique – ainsi que par sa nuit très courte et toutes ses émotions depuis la veille –, elle a fini par s'endormir. La dernière heure du trajet s'est passée dans le silence complet – je n'ai pas mis de musique – et dans le bonheur de l'entendre respirer paisiblement tout près de moi.

J'ai attendu d'être à moins de quinze minutes de chez elle pour la réveiller. Elle a eu un peu de mal à émerger, mais maintenant que je m'approche de son quartier, elle a l'air d'avoir repris du poil de la bête. Je la regarde en biais, sans savoir si ce sera la dernière occasion que j'aurai, de toute ma vie, de poser les yeux sur son visage. Je m'engage dans sa rue.

« Tu veux t'arrêter boire un coup ? Faire un tour aux toilettes ?

— Non, je vais repartir tout de suite. Je ne voudrais pas être coincé dans les bouchons. Je préfère arriver tôt chez moi.

— OK, comme tu voudras. »

Je m'arrête juste à la hauteur de sa maison. Elle quitte son siège, je l'imite, je vais ouvrir le coffre pour qu'elle y prenne son sac. Nous échangeons deux bises.

« Merci, Nil. Sans toi, je n'aurais pas réussi à y aller.

— Je ne sais pas si tu dois vraiment me remercier. Notre voyage n'a finalement par servi à grand-chose.

— Détrompe-toi : pour moi, ça a été très utile ; ça m'a fait vraiment beaucoup de bien de te parler. Tu sais toujours te montrer aussi attent… Oh, zut, la liste !

— La liste ? Quelle liste ?

— La liste de Fred : celle que j'ai trouvée sur son bureau. »

Elle sort un petit papier de la poche de son *jean*.

« Tiens, prends-la. Rappelle-moi si tu vois des noms qui te disent quelque chose. »

Une voiture s'avance dans la rue, à petite vitesse, mais sans avoir l'air de vouloir s'arrêter.

« Allez, bon retour », me lance Maud. Comme elle s'éloigne vers le trottoir, je déplie la feuille qu'elle m'a remise. Je la parcours rapidement des yeux. Il y a une quinzaine de lignes, dont certaines ne comportent que des prénoms sans noms, voire des surnoms – je vois par exemple écrit « Harpo » – et huit ou neuf font figurer des numéros de téléphone.

« Vas-y, me lance Maud. Tu vas gêner. »

Je lui jette un regard : elle est devant sa porte, sa clé en main. Sur ma gauche, la voiture s'approche ; une autre la suit.

« Maud, pourquoi je ne suis pas sur cette liste ?

— Si, tout en bas », me répond-elle. Au même moment, la première voiture de la file, qui est à moins de vingt mètres, se met à klaxonner. Je lui lance un regard noir, tout en repliant mon papier. Je le garde au creux de ma main et retourne m'asseoir derrière mon volant. Maud me fait un dernier signe tout en poussant sa porte. Je redémarre au moment où le type qui me suit klaxonne une seconde fois.

Je déplie à nouveau la liste de Mock. Je vais directement à la fin et, à l'avant-dernière ligne, je lis « Nil », suivi du numéro de mon fixe. Une légère amertume me saisit à l'idée que Mock ait pu me reléguer si loin derrière les autres. Moi qui me croyais sinon son meilleur, du moins son plus vieil ami, il m'a placé entre deux parfaits inconnus : un certain Lionel Cerf, dont les coordonnées indiquent qu'il habite dans le Sud-Ouest ; et, à la toute dernière ligne, un type affublé d'un surnom qui m'est inconnu et après lequel ne figure pas un numéro de téléphone, mais uniquement un point d'interrogation : « Albédo ».

18

L'habitude parviendra sûrement à effacer l'exceptionnel. Car même si l'exceptionnel a l'avantage de la force, l'habitude a celui du nombre : combien de fois me suis-je garé à cet emplacement – le deuxième à gauche de l'entrée, selon l'ordre de préséance qui prévaut dans la boîte ? C'est ce phénomène d'accumulation qui fait que l'habitude finit toujours par reprendre le dessus. Et l'exceptionnel par se perdre dans ce tas informe d'images qu'on appelle la mémoire.

Je sors de ma voiture, claque et verrouille la porte avant de m'engager prudemment dans la traversée du parking désert sur le bitume duquel luisent de loin en loin quelques plaques verglacées. Quand je passe les portes coulissantes, le gardien de nuit me salue, depuis son local vitré sur le côté du hall. Je lui réponds d'un geste et d'un sourire automatiques. Je franchis la deuxième ouverture du sas, qui se referme aussitôt derrière moi, reconstituant cette frontière de verre qui me protège du monde extérieur et de toutes ses surprises. Je tourne à gauche, suis l'enfilade de couloirs bleu et mauve. Bureaux des cadres, secrétariat, service export, salles de conditionnement, labo de chimie analytique : deux rangées de vitres obscures m'escortent et je sens revenir un certain apaisement. Et je réalise subitement – en m'étonnant de n'y avoir jamais pensé avant aujourd'hui – que la vraie raison de mes horaires excessivement précoces, ce n'est pas qu'ils me permettent de travailler plus efficacement, mais c'est ce calme, tout simplement. En ayant l'impression d'être seul au monde, je me sens libre. Aurais-je dû essayer d'expliquer cela à Bélèm ? Je ne suis pas certain qu'elle aurait pu le comprendre. Et il est même probable qu'elle y aurait trouvé une raison de divorcer plus tôt.

Je m'arrête à la machine à café logée dans un renfoncement, juste avant la dernière bifurcation du couloir qui mène à mon bureau. Je positionne ma carte, appuie machinalement sur les boutons de sélection, récupère mon trousseau, attrape mon gobelet, et parcours les huit derniers mètres. Je pose mon café sur le haut du meuble d'archives qui joue les sentinelles dans ce bout de couloir, j'introduis ma clé dans la serrure, je pousse la porte, allume, reprends mon café, contourne les deux bureaux, jette le trousseau sur mon sous-main, pose mon gobelet à côté, le temps d'enlever manteau et écharpe pour les accrocher sur la patère. Le gobelet de nouveau lové contre ma paume, je me plante face à la vitre.

Au-delà de mon reflet, je porte le regard sur l'aire de déchargement, l'entrepôt des matières premières et la zone arborée qui ceint l'ensemble du site et que les quelques réverbères fixés sur les façades des bâtiments ne parviennent pas à complètement sortir de l'ombre. Mais ce matin, je ne me demande pas, comme d'habitude, si je vais pouvoir apercevoir la fuite d'un lapin ou la course d'un chat derrière un mulot ; je me surprends à m'interroger sur le nombre de fois où j'ai pu accomplir le même rituel matinal, aussi millimétré et immuable que les mouvements de l'oiseau mécanique d'une horloge suisse. À raison de deux cent vingt jours de travail par an depuis quinze ans – deux fois quinze : trente, donc deux cents fois quinze : trois mille, et vingt fois quinze : trois cents – cela doit faire dans les trois mille trois cents répétitions de ces gestes. Et à raison de cent millilitres dans chaque gobelet, j'ai dépassé, avec celui que je tiens en main, les trois cent trente litres de café avalé en regardant à travers cette fenêtre. Plus de trois fois la contenance du chauffe-eau de mon appartement.

Je me retourne, jette le gobelet dans la corbeille – trois mille trois cent unième panier réussi : applaudissements de la foule ! – et m'assois à mon bureau. Sur mon sous-main trône un dossier de validation d'équipement : c'est une nouvelle chromato en phase gazeuse qui vient d'être installée au labo d'analyse. L'ancienne fonctionne encore très bien et a été revalidée l'été dernier. Il n'y a donc pas d'urgence, pas d'enjeu. J'ouvre la pochette cartonnée et commence à lire le protocole. L'habitude. Allez, Sainte Habitude, patronne des pantouflards et des lâches, viens à mon secours ! Aide-moi à oublier la Bretagne, Ti-Gwern, l'*Hôtel de l'Isole*, la nuit passée avec Maud et tous ses gestes, ses larmes, ses aveux, et la chaleur de son corps lové contre le mien !

Je me relève brusquement : quel idiot je fais ! Il ne faut surtout pas oublier tout ça, bien au contraire : il faut que j'y réfléchisse, que j'en dégage tout ce qui pourra me permettre de construire une explication valable à l'intention de Lison. Ou même deux explications : une première pour lui faire comprendre que ce n'est pas par choix que j'ai improvisé cette virée bretonne ; et la deuxième pour la convaincre que mes mensonges n'étaient pas malveillants : là encore, je ne pouvais pas faire autrement… la situation était trop… enfin, je n'avais pas de… elle n'aurait pas pu… Et merde ! Pourquoi n'existe-t-il pas de protocole prédéfini pour s'expliquer avec une femme ?

Évidemment, je pourrais tout simplement lui raconter la vérité. C'est-à-dire une histoire totalement abracadabrante qui lui apportera la preuve ultime – dont elle n'a peut-être même plus besoin – de ma malhonnêteté intellectuelle.

Le décès de ma grand-mère, c'est simple, banal, ça fait une très bonne excuse pour sécher les cours. Mais lui expliquer que je suis parti avec une amie que j'ai rencontrée pour la première fois quand j'avais douze ans, que je n'ai pas vue depuis près de vingt ans parce qu'elle s'est fait violer dans un cabanon au bord d'une piscine tandis que je cuvais mon gin dans la chambre que j'occupais dans la maison dont le frère de mon amie, rencontré à douze ans également, un soir où il s'était introduit dans mon collège pour regarder le panorama nocturne de la ville depuis le toit du gymnase (vu que mon bahut était construit en hauteur), parce qu'au moment où il faisait le mur – pour entrer dans le collège, pas pour en sortir, puisqu'il n'était pas scolarisé là – je suis tombé sur lui, parce que je courais pour échapper à… Non, là je crois que je remonte un peu trop loin. Revenons à Ti-Gwern : pendant que mon amie que je n'ai pas vue depuis près de vingt ans – dix-huit, pour être précis – se faisait violer dans un cabanon, je dormais donc dans ma chambre, complètement bourré (est-ce vraiment utile d'apporter ce genre de détail ?) dans la maison dont le frère de mon amie était le gardien depuis quatre ans, suite à son embauche par un acteur célèbre – du moins, à l'époque – et alors qu'il revenait – mon ami, pas l'acteur – d'un énième voyage au… mince, il revenait d'où ? Est-ce vraiment si important ? De toute façon, Lison ne croira pas un traître mot de mon histoire ! Comment les romanciers font-ils donc pour rendre crédibles des situations ou des évènements complètement farfelus et entièrement sortis de leur imagination ? J'aurais dû le demander à Maud avant de la quitter. Ou plutôt à Marie Desaulnes, son double littéraire. Et d'ailleurs, pourquoi Marie Desaulnes ? C'est étrange qu'elle ait pris ce pseudo. Ce n'est pas seulement le sens qui en est obscur pour moi – d'où vient ce Marie ? Que viennent faire là ces aulnes ? –, mais c'est ce désir de changer de nom, de vouloir effacer sa propre identité. C'est d'autant plus étrange que Maud avait toujours réussi à échapper à la manie de son frère de rebaptiser tout le monde. Candice aussi, d'ailleurs. Pourquoi étaient-elles les seules à ne pas s'être vu attribuer de surnoms ? Et pourquoi Mock se plaisait-il à étiqueter ainsi chaque personne qui entrait dans sa vie ? Et pourquoi adoptions-nous tous immédiatement les sobriquets qu'il inventait ? Il ne nous l'imposait pas : ça se faisait tout seul. Peut-être parce qu'ils collaient si bien à chacun, que leur sens était si explicite qu'on ne pouvait qu'adhérer au choix de Mock. Ce n'est pas vraiment le cas de ce « Marie Desaulnes ». Pas explicite pour un sou. Pourtant, il semble que des milliers – ou peut-être des millions – de lecteurs ont adhéré à ce choix.

Je ressors de ma poche la liste que Maud m'a donnée. Ils sont tous là, ces surnoms. Mélangés à d'autres mots – des noms, des prénoms – qui ne me disent rien. Et rangés dans un ordre que je ne comprends pas. Je me rassieds à mon bureau. J'allume mon ordinateur. Il y a peu de chances qu'il me permette d'expliquer pourquoi Mock m'a relégué à l'avant-dernière ligne, mais je sens qu'il faut que je creuse quand même ce seul vestige qui reste de mon double voyage à Ti-Gwern. Je pourrais aussi bien en faire une petite boulette bien tassée et la lancer dans ma corbeille à papier ; mais je ne peux pas me résoudre à clore si trivialement l'étrange parenthèse que Mock et Maud viennent d'ouvrir dans ma vie.

Pendant que la machine mouline – article 1 de la Déclaration des droits et devoirs des entités électroniques : si un humain vous semble stressé et pressé de vous utiliser, offrez-lui un moment de détente et de méditation en vous lançant dans une mise à jour complète de votre système – je parcours de nouveau la liste des amis supposés de Mock. En y regardant de plus près, il s'avère que ce sont surtout les noms des premières lignes qui me sont inconnus. À l'autre extrémité de la feuille, on trouve Harpo, juste avant moi, puis, de bas en haut, apparaissent Pongo, Ruis, trois prénoms qui ne m'évoquent rien – dont un seul est associé à un nom de famille –, puis Damas, le mieux placé dans le classement, parmi les vrais habitués de Ti-Gwern. Pour autant, il est loin d'être le premier, puisque sept autres types figurent sur les lignes précédant la sienne. L'un d'eux est juste identifié sous l'appellation « grand blond », suivie de deux points d'interrogation.

En ce qui concerne les numéros de téléphone, il y a, là encore, beaucoup d'inconnues : pour le grand blond, aucun chiffre ne figure, comme c'est le cas pour trois autres personnes, dont le dernier de la liste, Albédo. Pour les autres, des points d'interrogation supplémentaires figurent à la toute fin de la ligne. Cela veut-il dire que Mock n'était pas sûr de ses informations ? Ou bien qu'il a téléphoné aux numéros mentionnés, mais n'a pas obtenu les renseignements qu'il désirait ? Mais quels renseignements désirait-il ? Et comment des types qu'il connaissait à peine pouvaient-ils l'aider, après tant d'années de silence ? Et pour quelle raison aurait-il eu besoin d'aide, subitement, lui qui s'était toujours targué de mener sa vie sans le soutien de personne ?

L'écran d'accueil s'affiche enfin devant moi. Je tape mon identifiant et mon mot de passe, puis vais directement sur le navigateur Internet. Et je reste bloqué, les deux mains au-dessus du clavier. Par qui dois-je commencer ? Et à quoi pourra me servir d'en savoir plus sur tous ces types ? À voir comment ont évolué mes vieux amis ? À avoir le plaisir d'en trouver un qui aurait mieux raté sa vie que moi ? À essayer de comprendre ce que Mock avait derrière la tête en rédigeant cette liste ? À savoir s'il a recontacté l'un ou l'autre après m'avoir faussé compagnie ? Mais pour cela, il me suffirait de les appeler tous, aussi bien ceux que je connais que les autres. Voir leur photo ou leur CV sur mon écran ne servira à rien qu'à me faire perdre du temps. Cela dit, le gaspiller comme ça ou en regardant les écureuils courir sur le parking…

Finalement, je me décide ; et dans la zone de recherche, je saisis simplement « Albédo ».

19

Si ma soirée est à la mesure de ma journée, il y a environ quatre-vingt-dix-neuf chances sur cent que je ne trouve pas le cadeau de Selma. Pourtant, je n'ai pas le choix : je dois le trouver. C'est déjà assez ennuyeux qu'elle ait été obligée de me relancer à propos de mes recherches ; je ne peux pas me permettre de la faire lambiner *ad vitam aeternam*. À en croire les intonations vibrantes de sa petite voix, le fait que je trouve ce paquet est d'une importance capitale pour elle. J'espère comprendre pourquoi une fois que je l'aurai entre les mains. Si j'arrive à le localiser.

À tout bien réfléchir, même si je me sens abonné à la poisse depuis ce matin, il existe un facteur qui peut m'être favorable dans la réalisation de ma quête : le temps. En effet, même si je viens de passer plus de six heures plongé dans un bouquin de Maud, il n'est que seize heures quarante. La soirée va donc être longue et me permettra même, s'il le faut, de démonter chaque meuble de mon appartement jusqu'à la dernière vis. Je prendrai juste quatre minutes pour m'agenouiller et prier afin que Bélèm n'apprenne jamais que j'étais de retour du bureau à dix heures du matin. Dans le cas contraire, ce n'est pas un avocat qu'elle m'enverra cette fois-ci, mais un tueur à gages.

Allez, au boulot : une chasse au trésor dans laquelle je suis certain d'être le seul gagnant, rien de mieux pour oublier une journée complète placée sous le signe de la honte.

Ça a commencé avec Lison, et dès neuf heures du matin – l'heure à laquelle elle commence le boulot chaque jour que Dieu fait.

« Tiens, tu es déjà là ? Je croyais que tu ne rentrerais que lundi, m'a-t-elle lancé à peine arrivée dans notre bureau commun.

— Les choses se sont arrangées plus rapidement que prévu.
— C'est dingue comme on a amélioré les méthodes de résurrection des grands-mères, ces dernières années !
— Lison ! Tu…
— Tu as vu le protocole que j'ai posé sur ton bureau ?
— Lison, je voulais…
— Emmanuel, je t'ai posé une question.
— Oui, je l'ai vu et j'ai commencé à le lire.
— En effet, je vois ça. Et je vois aussi que tu as progressé, par rapport à la semaine dernière : tu n'es pas resté bloqué sur la page de couverture. »

J'encaisse le sarcasme sans un mot. Elle s'assoit, ouvre un tiroir de son bureau et en sort une pile de chemises cartonnées qu'elle laisse tomber bruyamment sur son sous-main.

« Lison, je voulais vraiment m'excuser pour…
— Pas le temps, Emmanuel, désolée : trop de boulot !
— Lison, enfin, c'est ridicule, tu…
— Par pitié, Emmanuel, ne me donne pas de leçons de ridicule : je n'ai aucune envie de t'égaler dans ce domaine.
— Enfin, Lison, et la sollicitude dont tu parlais, elle est passée où ? Ce n'étaient que des mots ? Tu ne la sors que quand ça t'arrange ? Sache qu'un homme peut avoir besoin de la sollicitude d'une femme à d'autres moments que ceux qu'elle choisit ! »

Abandonnant ses dossiers, elle se carre dans son siège tout en dardant ses pupilles sur moi. Est-elle intriguée ou consternée ? Serait-il possible que j'aie marqué un point ? Ou bien prend-elle son élan avant de me porter le coup de grâce ?

« Joli ! finit-elle par me lancer. Très joli ! C'est ta nouvelle tactique ?
— Mais ce n'est pas une tactique. Qu'est-ce que tu… ?
— Après le mensonge, la culpabilisation. En gros, c'est moi la peau de vache parce que je n'ai pas apprécié que tu te moques de moi. C'est ça ?
— Pas du tout. Ce n'est pas du tout ce que je pense… »

Je ne m'attendais pas à ce qu'elle me laisse parler, et je me retrouve bouche ouverte, index tendu, en position pour riposter à toute nouvelle offensive de sa part... Offensive qui ne vient pas.

« C'est tout ce que tu as à dire ? » lâche-t-elle finalement, après avoir patienté une bonne demi-minute, toujours en retrait contre le dossier de son siège, ses yeux fixés dans les miens.

« Bon, puisqu'on s'est tout dit apparemment, je vais me remettre au boulot, conclut-elle sèchement. Et si ce n'est pas trop te demander, fais-en autant : on a un peu de retard à rattraper. »

Elle se redresse sur son fauteuil et se replonge dans la consultation des documents qui s'amoncèlent sur son bureau. Je reste figé, comme assommé par ce ton de maîtresse d'école vindicative avec lequel elle se permet de me donner des ordres. Suis-je vraiment un sale petit morveux qui ne mérite que ça ? Je me lève, sors du bureau et me dirige vers la machine à café. Ce n'est pas dans mes habitudes de boire le deuxième de la matinée dès neuf heures cinq, mais je crois qu'aujourd'hui, les habitudes vont en prendre un sale coup.

Au moment où j'appuie sur le bouton qui correspond à mon choix de boisson, j'entends une voix dans mon dos : la voix virile, chaude, assurée, inimitablement new-jersiaise de Dale. Dès que je me retourne, il me prend la main et la broie affectueusement, tout en posant l'autre, comme d'habitude, à quatre centimètres au-dessus de mon coude, me donnant une fois encore l'impression que ma veste porte une petite étiquette cousue sur la manche qui indique « Tenir ici et secouer fort ».

« Emmanuel, j'ai appris pour ta grand-mère, je suis sincèrement désolé. »

Il joue à fond son rôle de patron bienveillant : en plus de son ton caverneux, de sa poignée de main de cow-boy à col blanc, chaque trait de son visage proclame sa compassion. Est-ce que je lui dis tout de suite que c'était du pipeau ?

« Non, c'est moi, Dale, qui suis désolé. Je... j'ai...

— *Come on*, Emmanuel ! Tu n'as pas à t'en vouloir : Lison s'en sort très bien toute seule !

— Non, ce n'est pas ce que je voul…
— Tu es sûr que tu es prêt à reprendre ?
— Oui, je suis touj…
— J'ai des doutes : tu as vraiment une petite mine. Je crois qu'il vaut mieux que tu te sentes cent pour cent opérationnel avant de réattaquer. Tu devrais rentrer chez toi, te reposer et revenir lundi frais et dispos. Tu ne crois pas ? »

Ce que je crois, c'est qu'il n'y a pas deux réponses possibles à cette question. La voix ferme, les deux mains qui m'entravent, les deux yeux qui me sondent n'appellent rien d'autre qu'un oui… que je n'ai même pas besoin de prononcer pour que Dale l'entende.

« Ne bouge pas, je vais te chercher tes affaires et tu vas tranquillement rentrer chez toi. »

Il s'éloigne de quatre pas.

« Mélissa, tu peux aller prendre le manteau d'Emmanuel dans son bureau ? Merci. »

La jeune assistante qui passait par là et n'avait rien demandé à personne pivote sur elle-même comme un robot docile et reprend sans répliquer le couloir qu'elle vient de quitter.

Le temps qu'elle revienne, j'aurai tout le loisir d'expliquer à mon chef la vraie raison de mon absence. Je pourrais même lui ouvrir mon cœur et lui demander de me faire profiter de son merveilleux esprit d'analyse pour qu'il m'aide à comprendre ma situation actuelle. Gérer ses amitiés et ses amours ne doit pas être bien plus difficile que de faire tourner une petite filiale d'un labo international. Bien sûr, dans ce dernier cas, il y a des procédures comptables, des normes pharmaceutiques, des cahiers des charges clients, des lignes directrices édictées par la maison mère ; mais si les relations humaines ne disposent pas de ces règles écrites, il n'en reste pas moins qu'elles suivent elles aussi des recettes prédéfinies, tout aussi banales et éculées. Toutes les entreprises du secteur ont l'impression de recréer le paradis terrestre dès qu'elles mettent au point un nouveau procédé de fabrication ou qu'elles déploient un nouveau système d'information, mais elles ne font que réinventer ce que leurs concurrentes ont déjà fait ailleurs. Et de la même façon, les amants se voient comme les premiers et uniques Adam et Ève, alors qu'ils plagient les millions d'histoires d'amour de leurs prédécesseurs qui eux-mêmes ont perpétué pendant des générations cette intrigue d'une banalité affligeante. Quant aux amis, ces frères choisis, comment font-ils pour oublier que, tôt ou tard, chaque Abel finit par trouver son Caïn ?

Mélissa revient, me tend mon vêtement, reprend son chemin vers son objectif initial à l'autre bout du bâtiment. Dale attend que j'enfile mon manteau avant de poser sur mon épaule une main paternaliste.

« Repose-toi bien. Et dès lundi matin, *you'll be back on track* ! »

Je ne réponds pas, je me détourne vers la sortie, traverse le hall, quitte le bâtiment et achève ma fuite lamentable en m'écroulant sur le siège de ma voiture, que je démarre aussitôt.

20

Sept heures plus tard, me voici donc planté au milieu de mon salon, un exemplaire de *Deux mètres vingt* dans la main gauche et mon téléphone portable dans la droite. Je viens juste de raccrocher d'avec Selma. À qui j'ai expliqué que j'étais au bureau, que je ne pouvais pas chercher son cadeau, mais que j'avais essayé de le trouver pendant toute la soirée de la veille, sans succès.

« Tu es vraiment douée pour cacher les cadeaux, ma chérie ! »

Allez, hop, un peu de flagornerie à l'intention d'une petite fille de quatre ans, c'est assez joli, ça aussi, comme manœuvre !

« Mais il est pas vraiment caché, papa. Je t'ai dit qu'il était dans un placard ; il faut juste trouver le bon placard. Et dedans, il y a un paquet : eh ben, c'est mon cadeau. Quand tu rentres, tu recommences à chercher, hein ? Promis ? Et tu m'appelles pour me dire quand tu l'as trouvé ? D'accord ? Hein, papa, tu m'appelles ?

— Promis ma chérie, dès que je rentre, je cherche le cadeau et je t'appelle.

— Merci papa. Bisou.

— Bisou, ma grande. »

Et voilà ! Une autre raison de me sentir minable ! Mentir à ma propre fille ! Une pauvre petite de quatre ans qui voulait juste me faire un cadeau. Ça couronne vraiment joliment la journée, après la scène de Lison, mon pitoyable silence devant Dale et la honte écrasante qui m'a saisi en découvrant le tout dernier roman de Maud !

Comment avais-je pu lui demander, comme ça, du bout des lèvres, entre deux croissants, comme on parle du chien, quel était son métier ? Comment avais-je pu supposer que ce n'était pas l'écriture ? Qu'elle n'avait fait ça que comme un passe-temps, un divertissement de vacances, un peu plus complexe que les mots croisés, mais qui ne survivrait pas à l'accumulation des ans, comme c'est le cas de nombre de nos passions adolescentes ?

En la lisant, je découvrais – et sans me forcer, cette fois-ci – quel pouvoir d'évocation les mots pouvaient revêtir ; quel plaisir le rythme et l'élégance des phrases pouvaient procurer ; quels échos les joies et les douleurs des personnages pouvaient faire naître en moi. Tout cela aurait-il été possible avec un autre auteur ? Je le crois bien ; je me mis en tout cas à le croire lors de cette première rencontre avec les romans de Maud. Car une fois plongé dans son écriture, je l'oubliais complètement, elle. Je n'étais pas plus réceptif ou plus indulgent parce que je savais qu'elle était derrière ces pages. Car elle n'existait tout simplement plus : il n'y avait que les mots et moi ; la vie qui vibrait en eux et se propageait en moi. C'était sans doute là son vrai talent. Un talent que je n'avais jamais soupçonné.

Comment avais-je pu rester aussi aveugle ? Je me prétendais amoureux d'elle, alors que j'avais été incapable de comprendre ce qui l'animait. D'elle, je n'avais pas su capter les vraies lumières, le flamboiement de son imagination, la clarté de son langage, l'acuité de sa perception du monde : j'étais resté en surface, ne me prenant de passion que pour une enveloppe charnelle, l'eau claire d'un regard, le velours d'une cuisse, le galbe d'un sein, le cuivre de cheveux dans le parfum desquels je désirais plus que tout aller me perdre, alors qu'en dessous palpitaient mille idées étincelantes sur lesquelles je n'avais jamais pris le temps de me pencher !

Que faire maintenant ? Terminer les quarante pages qu'il me restait à lire avant le coup de fil de Selma ? Ou abandonner cette autoflagellation et trouver le paquet de ma fille et, par la même occasion, mon premier motif de satisfaction de toute cette foutue journée ?

J'abandonne le livre sur le canapé et me dirige vers la cuisine. Serait-ce dans ces placards-là que la petite aurait caché mon cadeau ? Je déplace les casseroles et les poêles, je m'agenouille pour inspecter les étagères les plus basses, puis je passe en revue les tiroirs, un par un, sans trop y croire. Je m'intéresse ensuite aux meubles hauts. Mais dès que j'ouvre le premier, je me dis que c'est idiot, qu'il faut que je concentre mes efforts sur les endroits accessibles pour Selma. J'abandonne la cuisine et vais fouiller la penderie de l'entrée.

Je fais glisser les cintres pour examiner l'espace que dissimulent habituellement mes manteaux et mes blousons ; je soulève chaque chaussure, au cas où le cadeau serait vraiment de taille réduite. Mais tous ces efforts sont vains.

Où chercher maintenant ? La salle de bains ? La chambre ? La chambre me paraît plus propice : une fois couchée là-bas, Selma avait tout le loisir de cacher quelque chose dans l'un des meubles. Depuis le salon, j'aurais été bien incapable d'entendre ses petits pas de souris sur le parquet.

J'arrive dans la pièce ; je commence par la commode, puis les deux tables de nuit avant de me tourner vers le grand placard mural. Quelqu'un sonne à la porte avant même que j'y pose la main.

Je quitte la chambre, reprends le couloir, arrive dans l'entrée, ouvre ; et découvre Lison.

« Emmanuel, qu'est-ce qu'il s'est réellement passé ? »

Face à mon absence de réponse, elle ajoute :

« Où étais-tu ? Et avec qui ? »

Puis, comme je ne réagis toujours pas, elle entre, me contourne et se plante à la limite du séjour, les deux poings sur les hanches. Je la suis des yeux, pivotant sur moi-même selon sa trajectoire, mais gardant la main posée sur la poignée de la porte.

« Qui est Mock ? Et Nil ? Et Albédo ? reprend-elle, d'un ton encore plus ferme.

— Tu veux boire quelque chose ? » finis-je par articuler. Et je referme la porte.

La tornade qui franchissait le seuil de mon appartement il y a sept secondes semble s'être subitement brisée sur un obstacle insurmontable : la bouche entrouverte, Lison darde sur moi des yeux larges comme des soucoupes.

« Tu veux boire quelque chose, suis-je obligé de répéter pour la sortir de sa catalepsie.

— Mais Emmanuel, tu te rends compte de quoi je parle ? Tu te rends compte que je me suis inquiétée pour toi, que je t'ai proposé mon aide, et que tout ce que tu as su faire en réponse, c'est jouer avec ma confiance et ma patience ? Alors, maintenant je veux savoir ce qui s'est réellement passé pendant ton absence. Et que tu me parles de Mock, Nil, Albédo et tous les autres.

— OK ! OK ! Ne t'énerve pas.

— Ça dépendra des efforts que tu feras pour te racheter.

— Bien, alors Mock est un ami que j'…

— Je sais qui est Mock ! Passe les présentations et viens-en aux faits !

— C'est toi qui m'as demandé… Mais d'où tu connais Mock ? »

Elle pousse un profond soupir, qui laisse entendre que j'ai encore du chemin à faire pour me racheter, et elle sort d'un geste brusque un bout de papier de sa poche.

« Je ne connais pas Mock : c'est simplement que tu as laissé ça sur ton bureau. Je voulais juste avancer le dossier de validation, mais quand j'ai vu cette liste de noms et de numéros, je n'ai pas pu m'empêcher de me faire des films : tes changements d'attitude, tes absences, tes mensonges et finalement cette liste avec plein de pseudos et quelques numéros de téléphone… Je me suis demandé dans quel trafic tu t'étais fourré. Surtout quand j'ai vu que toi aussi tu étais désigné par un faux nom : Nil.

— Oui, Nil, c'est moi : c'est Mock qui m'avait trouvé ce surnom quand on…

— Ça aussi, je le sais. Je veux juste que tu m'ex…

— Mais comment tu sais tout ça : le nom de Mock n'est pas sur la liste ; et à côté de Nil, il n'y a pas mon vrai nom. Comment tu as fait ?

— Il n’y a pas ton nom, mais il y a ton numéro. Je ne le connais pas par cœur, mais comme c’est le seul qui corresponde à Rouen, j’ai eu un doute et j’ai juste vérifié sur Internet.

— Et pour Mock ?

— J’ai appelé d’autres numéros de la liste.

— Quoi ? Tu as appelé des copains à moi pour…

— Des copains, c’est vite dit : apparemment, vous n’êtes pas vraiment intimes ! Quand je leur ai dit que j’étais une collègue d’un certain Emmanuel Vidon, ils ont tous réagi de la même façon : “Connais pas !”

— Mais ça fait près de vingt ans qu’on ne s’est pas vus !

— Ça veut bien dire que ce ne sont pas tes amis les plus proches.

— Oui, sans doute. Mais je ne peux pas croire qu’ils m’aient oublié. Tu as appelé lesquels ?

— Attends, je vais y venir. Mais je ne dis pas qu’ils t’ont oublié : c’est ton vrai nom qu’ils ne connaissaient pas : quand je leur ai parlé de “Nil”, ça a tout de suite fait *tilt*. Surtout pour lui, là, Pascal Rautureau. »

Elle s’approche et tend la liste sous mon nez en pointant le doigt vers l’une des lignes.

« Pongo pour les intimes.

— Oui, je sais, c’est écrit juste après.

— Il était plutôt sympa. On allait courir ensemble et on…

— Oui, tout ça je le sais aussi : épargne-moi les détails, Emmanuel. En fait, quand je lui ai dit que tu m’avais demandé de recontacter tous tes anciens amis…

— Je t’ai demandé quoi ?

— Mais rien ; c’est juste que j’avais peur qu’ils me rembarrent et je me suis donc fait passer pour ta secrétaire.

— Ma secrétaire ! Tu crois vraiment qu’un mec qui veut revoir ses vieux amis fait téléphoner sa secrétaire ?

— Mais Emmanuel, on s’en fout : c’était juste une technique d’approche. Et puis je ne crois pas que tu sois bien placé pour juger la crédibilité de mes inventions…

— Pourtant, tu m'as cru !
— Ne t'en vante pas : je commençais tout juste à me calmer.
— Bon, OK ! Et qu'est qu'il t'a raconté, Pongo ?
— Des tas de choses ! Il m'a tout déballé sur votre jeunesse, vos séjours en Bretagne, vos soirées, vos films, vos entraînements... et il a continué en m'expliquant qu'il trouvait ça assez étonnant que tu le recontactes justement maintenant.
— Pourquoi ?
— Parce qu'un autre de ses vieux amis l'avait déjà rappelé il y a quelques mois. Le fameux Mock...
— Quoi ? Pongo a revu Mock ?
— Oui. C'était l'été dernier. Monsieur Rautureau...
— Pongo.
— Pongo, si tu veux, ne se souvenait pas exactement de la date.
— Et qu'est-ce qu'ils se sont dit ? Ils se sont revus d'autres fois ensuite ?
— Non, en fait, ils ne se sont rencontrés qu'une fois. Et c'était un peu bizarre, selon monsieur Rautureau. Ce Mock l'avait appelé un soir, chez lui, pour lui demander de l'accompagner en Bretagne dans le but de répandre dans un jardin les cendres d'un ami commun. Apparemment, c'était un acteur connu, mais je n'ai pas réussi à savoir qui c'était exactement. Emmanuel ? Ça va ?
— Oui, oui, ça... ça va. C'est rien. Continue, s'il te plaît...
— Ils sont arrivés là-bas, ils se sont baladés sur la plage, avec l'urne qui contenait les cendres. Ensuite, ils sont allés dans la maison qui avait appartenu à cet acteur. Ils ont pris un café, ils n'ont pas beaucoup parlé. Et puis en milieu d'après-midi, Mock a annoncé qu'il allait allumer la chaudière, parce que même en juin, les soirées peuvent être fraîches. C'est ce qu'il a dit, en tout cas ; et ce sont les dernières paroles que monsieur Rautureau a entendues de sa bouche : il n'est jamais revenu de la chaufferie. Monsieur Rautureau l'a attendu assez longtemps, mais au bout d'un moment, comme Mock ne revenait pas et qu'il faisait déjà nuit noire, il a décidé de partir : il n'envisageait pas de dormir dans cette vieille baraque.

— Et il est parti comment ?

— À pied. C'était lui qui conduisait en arrivant, mais au moment de repartir, pas moyen de trouver les clés de la voiture.

— Ce mec est taré.

— D'être parti à pied ?

— Non, pas Pongo : Mock ! Mock, bien sûr ! Il a fait exactement le même cinéma avec moi ! »

Et c'est à mon tour de raconter : le rendez-vous au garage d'Aubervilliers, la voiture que Mock y avait louée, la route jusqu'en Bretagne, la plage, la maison en piteux état... Je ne sais pas pourquoi, mais je garde quelques détails pour moi : l'émotion au bord de la piscine à l'abandon, les longues minutes passées devant le piano, à débusquer les souvenirs tapis entre les touches ; et le stylo de Maud retrouvé dans le *pool house*. Cela n'a pas vraiment de rapport avec ce qui nous occupe : l'esprit dérangé de Mock.

« Lors de mon deuxième voyage, c'est avec sa sœur que je suis retourné là-bas. Elle non plus, je ne l'avais pas revue depuis des années, mais elle semblait tellement désemparée de ne pas savoir où il était que je n'ai pas pu faire autrement que de lui venir en aide. Et c'est là que je t'ai menti. Mais ce n'est pas du tout pour les raisons que tu as imaginées : c'est juste que... que c'était tellement tiré par les cheveux, cette histoire, que j'ai eu peur que tu ne me croies pas.

— En gros, tu m'as menti pour que je ne me mette pas à penser que tu me mentais. Tu es vraiment compliqué, comme garçon.

Oh ! Attends ! Ce n'est rien à côté de Mock ! »

Deuxième voyage, deuxième compte-rendu. Et pour appuyer mon affirmation au sujet de Mock, j'en arrive rapidement à la découverte du contenu de l'urne.

« Trimballer un vase funéraire partout où l'on va, ça peut laisser supposer qu'on n'a pas la lumière à tous les étages, mais y planquer toutes ses affaires personnelles – clés, portefeuille, portable – avant de se tirer en Ford Mustang, c'est la preuve définitive d'un pétage de plombs total.

— Ça colle au personnage, en tout cas, commente Lison.

— Je vois que tu l'as bien cerné.

— Avec ce que m'ont expliqué tes autres amis, j'ai pu m'en faire une image assez précise.

— Pourquoi tu dis *mes* amis ? Tu en as appelé d'autres ?

— Oui, deux autres. Tiens, celui-là et celui-là. »

Je suis son doigt sur la liste de Mock et lis deux noms et deux prénoms dont je n'ai pas gardé un souvenir très précis. Mais la première ligne s'achève sur la mention « Harpo » entre parenthèses ; et la seconde indique « Damas ».

« À chaque fois, la même histoire, exactement, continue Lison : la même invitation par téléphone, la même urne, le même trajet et la même disparition de Mock. Et tous les deux ont dû repartir sans la voiture qu'ils avaient conduite jusque-là : l'un à pied, comme monsieur Rautureau, et l'autre en taxi.

— Et c'était quand, tout ça ?

— Euh… j'ai noté les dates, là, à côté de chaque nom. Tu vois, lui, ça fait un peu moins d'un an et lui c'était au mois d'octobre précédent. Vraiment bizarre, non ?

— Ouais. C'est Mock, quoi. En tout cas, il réapparaissait à chaque fois, puisque c'est seulement après avoir fait le voyage avec moi qu'il n'a plus donné signe de vie et que sa sœur a commencé à s'inquiéter.

— C'est peut-être pas si étonnant.

— Quoi ?

— Qu'il ait disparu après t'avoir emmené là-bas.

— Pourquoi ?

— Parce que tu étais le dernier de la liste.

— Non, il en reste un : « Albédo ».

— Oui, mais il n'y a pas de numéro en face de ce nom. Tu es le dernier qu'il pouvait appeler.

— Et alors ? Ça n'explique pas pourquoi il s'est volatilisé.

— Ben si : après t'avoir revu, il ne lui restait plus personne à recontacter. Alors il pouvait disparaître. Vraiment.

— *Disparaître vraiment* ? C'est-à-dire ?

— Mourir, quoi. Tu le connais mieux que moi, mais pourquoi rappeler tous ses vieux amis les uns après les autres, sinon pour avoir une dernière occasion de les revoir avant de mourir ?

— Merde ! Alors Mock est…

— Peut-être pas. Peut-être est-ce une maladie qui ne lui laisse aucun espoir, mais quand même un peu de temps. Il faudrait juste le retrouver avant… la fin.

— *Juste le retrouver*, oui. C'est simple à dire… mais où aller ?

— Le premier endroit à visiter, c'est cette maison en Bretagne.

— Écoute, Lison, j'en viens et je peux te jurer qu'il n'y est pas.

— Il n'y était pas quand toi tu y étais, mais il a peut-être simplement attendu que tu partes pour reprendre possession des lieux.

— Mais on l'aurait découvert, Maud et moi, en y retournant.

— Il vous a peut-être entendu arriver. Ou alors il s'était absenté et il a vu ta voiture en revenant. Il était peut-être parti chercher la dernière personne mentionnée sur la liste, celle qu'il a désignée par le nom « Albédo ».

— Mais il n'y a aucun numéro en face de ce nom, tu l'as dit toi-même.

— Mock a peut-être continué ses recherches après… et il a noté le numéro ailleurs.

— Mais personne ne s'appelait Albédo parmi nos amis de l'époque !

— Il l'a peut-être rencontré après…

— Écoute Lison, tu ne peux pas prononcer au moins une phrase dans laquelle il n'y a pas le mot "peut être" ?

— J'essaie de t'aider, Emmanuel.

— M'aider à quoi ? Je n'ai pas besoin d'aide !

— Mais tu t'es vu ? Depuis ton premier voyage en Bretagne, tu n'es plus le même, tu es distrait, tendu…

— Et le fait d'y retourner arrangerait les choses ?

— Non, mais comprendre ce que Mock te voulait et ce qu'il est devenu te soulagerait certainement. Et cette fois, tu remarqueras que je n'ai pas dit "peut-être"…

— Oui, bien sûr. Mais tout ce que tu viens de dire reste une supposition. Comment tu peux savoir ce qui peut me soulager ou pas ?

— Au moins, je me pose des questions… et je cherche des réponses.

— Mais je sais le faire, moi aussi.

— Pas quand elles te concernent, apparemment. Mais je ne vais pas t'embêter plus longtemps. Puisque le sort de ton ami ne t'intéresse pas, je vais te laisser profiter de ton week-end. Repose-toi bien et à lundi…

— Bon, OK, OK ! J'y vais ! Je vais encore me taper cinq cents bornes pour aller admirer une piscine vide, voir qu'il n'y a personne à moins de trois kilomètres de son plongeoir et repartir comme un con…

— Si tu veux, je t'accompagne.

— Pardon ?

— Je t'accompagne, je viens avec toi. On pourra se relayer au volant. Et on sera plus efficaces à deux pour chercher.

— Mais Lison… en quoi les histoires de mes vieux amis te concernent ?

— Tu voulais savoir si j'étais capable de donner un sens concret au mot "sollicitude", eh bien voilà l'occasion. Même si je dois avouer que j'agis aussi dans mon propre intérêt : je déteste tellement les dossiers de validation que j'aimerais bien que tu te remettes au boulot rapidement pour t'occuper de celui que tu m'as laissé ce matin. »

Elle quitte son siège. J'imite son mouvement. Nous restons face à face trois secondes ; jusqu'au moment où j'annonce dans un grommellement que je vais préparer un sac de voyage. Et je m'éclipse vers ma chambre.

« On fera un crochet par chez moi pour que je laisse ma voiture, me lance Lison depuis le hall. Et j'en profiterai pour prendre aussi quelques affaires.

— OK, si tu veux. Apparemment, je n'ai pas le droit de refuser ta compagnie.

— Essaie un peu et je raconte tout à Dale », me menace-t-elle au moment où je la rejoins devant la porte d'entrée.

J'ouvre la penderie, récupère mon manteau et l'enfile. Je reprends mon sac posé au sol, ouvre la porte, laisse passer Lison, éteins, sors à mon tour et m'apprête à refermer quand ma quête avortée du cadeau de Selma me revient en mémoire.

« Attends une minute », préviens-je Lison, tout en essayant de passer en revue mentalement les cachettes que je n'ai pas encore explorées. Je m'étais arrêté à la chambre ; mais avant de l'atteindre, je passe devant les deux portes coulissantes du placard du couloir ; celui qui comporte les étagères spéciales « Selma-Thiago ». Comment n'y ai-je pas pensé plus tôt ? À peine ai-je commencé à fouiller que je découvre, derrière les livres et les jouets des enfants, un paquet à peu près rectangulaire couvert de papier cadeau aux motifs de pères Noël, de rennes, de traîneaux et de beaux sapins verts.

« J'allais oublier ça, me sens-je obligé de justifier auprès de Lison.

— C'est pour qui, si ce n'est pas indiscret ?

— Pour moi… Je t'expliquerai. »

21

En réalité, je n'ai rien expliqué ; mais c'est uniquement – et très objectivement – la faute de Lison. À peine installée dans ma voiture, elle a commencé à m'interroger sur la vie à Ti-Gwern et tous les personnages qui avaient animé la propriété quelque deux décennies plus tôt. Elle voulait absolument tout savoir : les habitudes, les goûts, les travers des uns et des autres… et surtout ceux de Mock. Cet homme dont tout le monde lui parlait depuis le matin lui semblait un vrai mystère… qu'il fallait percer à tout prix.

Je fus donc obligé de lui raconter comment je l'avais rencontré. Ou plutôt comment lui m'avait débusqué dans la sinistre pension où je venais de débuter ma classe de quatrième. C'était vers la fin octobre ; comme tous les soirs depuis la rentrée, je m'étais esquivé de la cour du collège après le dîner pour aller chercher du réconfort auprès de l'un de mes frères aînés, tous deux lycéens. Comme le lycée et le collège étaient séparés par la chapelle de l'institution, il m'était facile, à la faveur de l'obscurité, de contourner les contreforts du chœur et de venir m'asseoir à la limite entre leur préau et le champ de poussière qui s'étendait dans l'axe de la chapelle et comportait quelques poteaux métalliques susceptibles de justifier son appellation de « terrain de sport ». L'un de mes frères – le plus souvent François, son jumeau préférant le doux son du flipper à mes jérémiades – se plaçait de l'autre côté, un livre ou une clope en main et m'écoutait me lamenter pendant quinze ou vingt minutes. Je ne sais s'il s'ennuyait ou se sentait utile ; en tout cas, pour moi, c'était une éclaircie vitale dans ma vie de bagnard. Oui, je sais, à douze ans, on exagère souvent un peu.

Ce fameux soir, mon retour dans ma cour fut perturbé par une rencontre inattendue : avançant à pas de loup dans l'obscurité le long de la chapelle, je m'étais heurté à un corps, jaillissant de derrière l'un des arcs-boutants. Sous l'effet de la surprise et de la douleur, j'eus un mouvement de recul, puis me figeai. Je réalisai alors que l'obstacle était beaucoup plus grand que moi et qu'il dégageait une odeur pestilentielle où se mêlaient vapeurs d'alcool et arômes herbacés qui m'étaient inconnus à l'époque. Je compris également rapidement qu'il n'était pas seul.

« Tu peux pas faire attention, connard ? » furent les seuls mots que je lui laissai prononcer : puisant ma force dans mon affolement, j'administrai à mon assaillant une violente poussée dans l'abdomen, dans le but de lui faire perdre, sinon l'équilibre, du moins le souffle. J'espérais me donner ainsi le temps de prendre la fuite.

Un mélange de jurons et de menaces avinés résonna assez vite dans mon dos tandis que je fonçais sans but précis à travers le terrain de sport. Les voix se rapprochaient ; j'accélérai le rythme. J'atteignis l'angle du gymnase ; je contournai le bâtiment, conscient que cette décision, comme celle de me mettre à courir, ne servait à rien : je retardais la vengeance de mes adversaires de quelques dizaines de secondes tout au plus. Une lumière aveuglante m'arrêta net. Les graviers crissèrent derrière moi : mes poursuivants avaient dû, eux aussi, comprendre immédiatement qui se cachait derrière cette lampe torche agressive.

Finalement, n'aurait-il pas mieux valu que je me fasse tabasser par deux lycéens ramollis par l'alcool et la fumette, plutôt que de me faire choper, dans ce lieu interdit, par la terreur de tout le bahut, le frère Mercado en personne, le surgé le plus vicieux du monde, dont la lampe servait tout autant à appréhender les fumeurs égarés dans le parc qu'à meurtrir les phalanges des élèves dont la tête ne lui revenait pas, et à qui les plus imaginatifs avaient attribué le surnom de Banane, en référence à la forme du sourire extralarge qu'il affichait quand il s'adonnait à ce petit jeu sadique ? Il me faudrait endurer l'interrogatoire qu'il se plairait à m'infliger, puis l'explication devant mes parents, puis les heures de colle, voire un week-end complet de consignation, simplement parce que je n'avais pas voulu me laisser pocher les yeux par deux soûlographes ! Un nouveau crissement dans les graviers m'indiqua que les types en question avaient eux aussi réfléchi aux conséquences possibles de ce face-à-face nocturne avec Banane et qu'ils préféraient s'accorder un délai pour s'entretenir plus en détail avec lui. En fuyant, ils savaient sans doute aussi bien que moi que cette manœuvre ne leur épargnerait pas le retour de bâton – il était de notoriété publique que la mémoire du vieux salaud n'avait d'égale que sa perversité –, mais ils devaient sûrement avoir envie d'effacer certaines traces odorantes avant que Banane ou le dirlo viennent les renifler de trop près. Traîner entre le gymnase et le parc à la nuit tombée était un crime bien anodin par rapport à la consommation de substances illicites dans l'enceinte de l'établissement.

J'étais plongé dans toutes ces réflexions quand la lampe s'éteignit. Nous restâmes quelques instants dans l'obscurité, mon futur bourreau et moi-même, à nous faire face sans nous voir. Je n'osais pas bouger. J'attendais les ordres.

« T'as eu chaud, hein ? »

Aussi estomaqué que soulagé, je ne sus quoi répondre. La voix qui avait prononcé ces quelques mots n'était pas celle de Banane. Il me sembla même qu'elle devait appartenir à un garçon pas beaucoup plus âgé que moi.

« Qu'est-ce que tu leur as fait pour qu'ils te coursent comme ça ? continua-t-il, face à mon silence.

— Euh… je… rien. J'ai rien fait.

— T'as dû un peu les emmerder, non ?

— Non. J'vous jure, j'ai rien fait.

— Tu peux me dire *tu*, tu sais, monsieur "rien". Tu peux même m'appeler Frédéric, si tu veux. Ou même Fred.

— OK. D'accord, Fred. Moi, c'est…

— Je m'en fous de ton nom : je l'aurai oublié dans trois minutes. Tu seras "Monsieur Rien". Ça te va ? C'est court, sobre, ça sonne bien. De toute façon, si je te demande ce que t'en penses, tu me répondras "rien", non ? »

Je n'avais pas bien compris le déroulement de son explication et si je fus capable de la rapporter en détail devant Lison, c'est uniquement parce que nous en avions reparlé souvent par la suite, Mock et moi.

En fait, ce que j'avais surtout compris le soir où je le découvris pour la première fois derrière le gymnase de mon collège, c'était qu'il avait décidé de me baptiser d'un nom idiot et qu'il n'accepterait pas que je le contredise. Je n'aimais pas vraiment ça ; et je n'aimais pas non plus qu'il m'ait rabroué au moment où j'allais lui indiquer mon prénom. À tel point que j'en oubliai qu'il m'avait sauvé la vie et décidai de laisser là cet arrogant. Je m'apprêtais donc à faire demi-tour, drapé dans ma fierté bafouée, et à retourner à mon triste sort de collégien, quand il reprit la parole.

« T'es déjà monté sur le toit du gymnase, Monsieur Rien ?

— Non.

— En fait, ça m'étonne pas trop. Je pense pas que t'aies déjà fait quoi que ce soit d'interdit ici. Sinon, tu t'appellerais pas Monsieur Rien, hein ?

— Oh, hé, arrête avec ça. Je m'appelle Emmanuel et je…

— OK, Emmanuel Rien, si tu supportes pas ce que je raconte, tire-toi. J'irai tout seul sur le toit. »

Il a tourné les talons, a rallumé sa torche et s'est dirigé vers l'échelle métallique qui montait contre le haut mur de béton. Arrivé au pied du bâtiment, il a éteint de nouveau sa lampe et j'ai entendu ses mains et ses semelles faire sonner faiblement les barreaux métalliques. Il suivait un rythme régulier et plutôt rapide. Je me suis mis à courir dans sa direction. Mock venait d'entrer dans ma vie.

« Mais qu'est-ce qu'il faisait dans ton collège ? Il venait d'où ? Et pourquoi voulait-il monter sur le toit du gymnase ? Et comment tu as rencontré sa sœur ensuite ?

— Euh… écoute Lison, je crois… je crois que ça fait beaucoup de questions d'un coup pour mon petit cerveau.

— Oui, excuse-moi, mais c'est un personnage tellement intrigant. Et je pense que plus j'en saurai sur lui, plus je pourrai réfléchir à la meilleure façon de le retrouver.

— Oh, tu sais, même moi qui le connais depuis trente ans, je n'ai toujours pas compris comment il fonctionnait. Alors s'il faut mettre au point une technique de recherche, mieux vaut se baser sur du concret que d'essayer d'imaginer ce qui a pu lui passer par la tête.

— Et qu'est-ce qu'on a de concret ?

— On a que la maison est vide, qu'il y a laissé une urne avec son téléphone et ses papiers, et qu'il est parti en Ford Mustang tout en abandonnant une banale Renault dans la cour.

— Ça peut déjà faire une piste… en attendant que tu termines de me dresser le portrait de ton copain.

— Qu'est-ce qui peut faire une piste ? L'urne ou la voiture ?

— La voiture. Celle avec laquelle il est parti.

— Et comment tu comptes t'y prendre ?

— Eh bien, le plus simple est sans doute d'interroger le voisinage.

— Oui, sauf que là, il n'y a pas de voisinage : Ti-Gwern est perdu au milieu des bois.

— J'imagine que si Mock est monté dans une Mustang, ce n'est pas pour aller cueillir des champignons au bout du chemin. Il faut faire le tour de tous les villages environnants ; peut-être même dans un rayon de vingt ou trente kilomètres. On doit sûrement se faire remarquer au volant d'un engin pareil, non ?

— Oh, oui ! Ce n'est pas la bagnole la plus discrète qui soit. »

Je lui ai donc décrit en détail la voiture de Richard – qui appartenait désormais à Mock : caisse basse, capot allongé, calandre inclinée vers l'avant, noire avec une tige chromée tout autour, habitacle bas de plafond, toit et lunette arrière fortement pentus, aboutissant sur un coffre plus haut que profond, comme tronqué, et arborant, sur sa surface verticale, six feux rouges rectangulaires et liserés de chrome – trois à gauche et trois à droite.

« Quelle mémoire ! s'est alors exclamée Lison, sans que je puisse discerner si son intonation contenait ou non une petite dose d'ironie.

— Richard en était tellement fier que j'ai eu de nombreuses occasions de l'observer, ai-je répliqué, les lèvres pincées. Mais le plus important, c'est la robe de la bête : rouge avec une bande blanche de peut-être quarante centimètres de large, qui court d'un bout à l'autre de la voiture, sur le capot, le toit et le coffre, avant de redescendre à l'arrière jusqu'à la plaque d'immatriculation et au bas de caisse.

— C'est précis.

— Oui, parce que c'est important : c'est un détail que l'on peut repérer même si l'on voit la voiture au dernier moment, alors qu'elle s'éloigne déjà. »

Lison convint que tous ces éléments pourraient avoir leur importance et nous passâmes alors quelques dizaines de kilomètres à établir un questionnaire pour obtenir le maximum d'informations auprès des personnes qui pourraient attester avoir aperçu un bolide américain rouge et blanc. Avez-vous vu le conducteur ? Était-il seul ? S'est-il arrêté quelque part ? Chez quelqu'un ? Dans un magasin particulier ? Est-il sorti de la voiture ? Vous a-t-il parlé ? A-t-il dit où il allait ? S'il est entré dans un commerce, a-t-il acheté quelque chose de spécial, qu'on utilise uniquement dans certaines situations : du matériel de navigation, une carte routière étrangère, des bottes, des palmes, une selle de cheval, un parachute ?

« Emmanuel !

— D'accord, oublions la selle et le parachute. Mais gardons la question sur ses achats – très important, les achats ! – Et intéressons-nous aussi à sa bouffe : que des plats tout prêts, à réchauffer, ou bien des aliments de base, nécessitant d'être cuisinés, ou alors plutôt des sandwiches ou les ingrédients pour en faire. Et en quelle quantité, aussi.

— Oui, si tu veux. Encore faut-il que l'on trouve quelqu'un qui lui ait vendu quelque chose… et qui s'en souvienne. On ne va quand même pas au milieu du désert, où les commerçants ne voient qu'un seul client par mois. »

Tant bien que mal, j'ai réussi à répliquer à chaque objection de Lison, au point qu'en arrivant à l'hôtel à Quimperlé, je me sentais plein d'énergie et impatient d'être au samedi matin pour attaquer notre petite enquête.

Cette humeur presque joyeuse ne me quitta pas jusqu'au moment où, après avoir rangé mes affaires dans ma chambre, je me décidai à ouvrir le cadeau de Selma.

De toute évidence, elle avait œuvré seule ou peut-être avec l'aide de l'un ou l'autre de ses frères. En tout cas, Bélèm n'avait clairement pas mis la main à la confection de cet emballage aux contours et aux plissés qui n'étaient pas sans rappeler la période cubiste de Pablo Picasso. Les dimensions du cadeau étaient tout aussi surprenantes. Les présents de Selma – vide-poche en boîte de camembert ou presse-papier en pur caillou, confectionnés avec sa maîtresse de maternelle à l'occasion de la fête des Pères – étaient habituellement beaucoup moins volumineux. Et la fête des Pères n'est pas le vingt-sept février.

Une fois délicatement déchiqueté, le superbe papier à dominante de rouge et de vert révéla une boîte à chaussures – correspondant de toute évidence à la pointure de Bélèm. Je soulevai le couvercle et découvris un lion en peluche orange avec une crinière bleu ciel. Le doudou de Selma. Un ruban vert avait été passé autour de l'une de ses pattes et un petit papier, plié en quatre, y était attaché, avec quelques grammes de ruban adhésif. Je défis l'assemblage et dépliai la feuille.

Papa, avait écrit Thiago sous la dictée de sa sœur, *je voulai te faire se cadeau avec mon Lilou dedan, parce que sait lui que j'aime le plus au monde et toit aussi (et maman aussi). Si je te le donne sait pour que tu me le rapporte. Parce que je l'aime tellement et tu m'aimes tellement que tu sera obligé de me le rapporté vite pour que je sois pas tristre. Mais comme sait ton cadeaux, tu sera obligé aussi de resté avec lui et donc tu restera à la maison et tu sera avec moi et rafa et thiago et aussi avec maman. Et comme sa, on serat bien. Bisoux papa. Et Thiago aussi te fais des bisoux.*

Qu'est-ce que je pouvais faire ? Que ma fille soit « tristre » était vraiment la dernière chose au monde que je pouvais désirer. Mais de là à accéder à son souhait… Je n'étais pas certain que sa mère avait exactement les mêmes plans à mon sujet. Je comprenais que la petite ait envie de voir ses parents de nouveau réunis, mais comment lui faire comprendre que notre séparation était inévitable… et irréversible. Nous le lui avions déjà si longuement expliqué, dès le début – et alors qu'elle n'avait même pas encore deux ans quand nous avions entamé la procédure. Nous avions tout fait pour enrober l'évènement dans les mots les plus apaisants, tout en mettant en avant tous les avantages de ce divorce, surtout la fin des engueulades de ses parents et de la mauvaise ambiance globale qui en découlait dans notre foyer. Il avait semblé que Selma et Thiago comprenaient – à la différence de Rafael, leur aîné, douze ans déjà à l'époque, qui s'était braqué contre moi dès le début et avait juré de ne plus jamais me revoir. Mais comprendre n'est pas accepter ; surtout quand la raison et le cœur ne chantent pas la même rengaine ; et surtout quand on a deux, trois ou même quatre ans.

Écartelé entre l'attendrissement provoqué par le message de Selma et le désespoir de ne pouvoir faire autrement que de la décevoir, je pris mon téléphone pour l'appeler. Même s'il me serait à jamais impossible d'exaucer son vœu, je devais au moins lui signaler, comme elle me l'avait demandé, que j'avais ouvert son cadeau. Je recherchai dans le répertoire de mon portable le numéro de celui de Bélèm – recherche assez rapide, puisque mon ex figure encore à la première ligne de la liste de mes contacts. Son visage apparut, minuscule petite icône au milieu de l'écran. Mais je n'avais pas besoin de la voir en plus grand pour me souvenir où et quand cette photo avait été prise. Cela faisait six ans que je l'avais enregistrée dans mon téléphone et que je l'avais associée à son numéro ; et depuis, je ne l'avais pas remplacée. Le bonheur proclamé par ce sourire et ce regard lumineux acheva de me filer le bourdon. J'appuyai sur le bouton d'appel en essayant de me convaincre que mes états d'âme n'avaient rien à faire là et que tout ce qui comptait était de faire plaisir à Selma en l'appelant comme convenu ; et en simulant un ton enjoué de père ému par le geste de sa fille.

C'est une voix d'homme qui me répondit.

Je raccrochai aussitôt.

22

Il est treize heures trente, je crève la dalle et nous n'avons absolument pas le moindre semblant d'ombre d'embryon de début de piste. Nous avons fait le marché, la poste et tous les commerces du village : rien. Nous avons fait du porte-à-porte dans tous les hameaux bordant la route qui va de Ti-Gwern au bourg : rien. Nous avons fait quelques étapes en forêt, dès que nous apercevions des promeneurs – plutôt rares en cette saison – et là encore : rien. Personne n'a vu une « voiture sportive américaine » rouge et blanc au cours des deux dernières semaines. J'avais même téléchargé sur mon portable des images d'un modèle identique, trouvées sur un site de négoce de vieilles bagnoles yankees des années soixante, dûment restaurées. Mais à chaque fois, les regards qui se posaient sur l'écran de mon téléphone laissaient transparaître la même perplexité.

« Et tu as regardé dans les trois garages ? me demande Lison après m'avoir entendu conclure qu'il n'y a rien d'autre à faire que retourner à Rouen.

— Pardon ?

— Tu m'as raconté que tu avais fouillé dans le garage habituel de la Mustang, argumente-t-elle, mais est-ce que ton ami ne l'aurait pas simplement déplacée dans le box voisin ? »

Je ne sais pas quoi répondre, tellement il me paraît si stupidement simple que ce soit réellement la solution de notre énigme ; et si simplement stupide de ne pas l'avoir envisagé plus tôt. Avec Maud, nous n'avons ouvert que le garage de la Lada, puis celui de la Mustang, que nous avons trouvé vide ; mais il en reste un troisième.

« Bon, on y va ou pas ? me relance Lison.

— Oui, je crois qu'on va quand même devoir y aller. »

Quand Lison m'avait convaincu de repartir en quête de Mock, son idée première était de fouiller une fois de plus la maison de Richard. Mais à force de discuter, j'avais fini par la convaincre que ce serait peine perdue. D'autant plus que la stratégie qu'elle avait mise en point pour notre petite enquête de voisinage lui était rapidement apparue comme beaucoup plus excitante. Mais la vie étant pleine de revirements, nous voilà donc finalement devant la haute grille de Ti-Gwern. Je descends ouvrir. Quand je me rassois à côté de Lison, elle commente sa découverte avec enthousiasme : « Et tu voulais m'interdire de voir ça ! C'est exactement comme je l'imaginais. À la fois minable et grandiose, pitoyable et impressionnant, émouvant et effrayant. Calme, luxe, volupté… et mystère. »

Une fois garés à côté de la Renault « empruntée » par Mock – et payée par sa sœur –, nous quittons ma voiture et nous nous avançons d'un même pas décidé vers les garages. Maud a laissé la clé sur la porte du milieu. Je sais qu'elle peut actionner indifféremment les trois serrures. Je me dirige vers le box de gauche, le seul que nous n'avons pas inspecté, Maud et moi. Je l'ouvre avec une certaine excitation, tout en essayant de me convaincre qu'il ne faut pas m'emballer. Dès que j'ai écarté de quelques décimètres le premier battant, je réalise que j'ai eu raison de ne pas concevoir trop d'espoirs : la lumière grise qui pénètre dans le local me révèle la même tondeuse que celle sur laquelle j'ai vu tant de fois Mock sillonner les pelouses du parc ; et de chaque côté, les outils, les bidons et les pots, les jardinières inutiles et les rouleaux de fil de fer et de grillage s'entassent comme ils s'entassaient déjà il y a vingt ans. Ils ont juste gagné la protection duveteuse d'un épais drap de poussière et de toiles d'araignées. L'idée de Lison aurait pu être une bonne idée ; si Mock n'avait pas eu depuis toujours un penchant marqué pour tout ce qui n'a rien de commun avec les bonnes idées.

Comme je ravale ma déception, je sens la main de Lison se poser sur mon épaule gauche.

« On trouvera sûrement une autre piste », tente-t-elle de me réconforter. Je m'écarte, commence à revenir vers la voiture.

« Tu me fais visiter ? lance Lison dans mon dos. Ce serait dommage d'être venus jusqu'ici sans jeter un coup d'œil à l'intérieur.

— Écoute Lison, j'ai vraiment regardé partout : il n'y a rien à espérer d'une énième fouille de cette maison.

— Mais je n'ai pas l'intention de fouiller. Je veux juste me faire une idée du décor de tes souvenirs. Simple curiosité. »

Ça ou planter du maïs, au point où l'on en est… Je bifurque au dernier moment et commence à gravir les marches du perron. Je sais ce qu'il y a derrière – derrière la porte, derrière la maison, mais également derrière le silence qui s'est abattu sur ce décor il y a dix-huit ans. Je n'ai donc aucune appréhension à avoir : tourner cette poignée, pousser cette porte ne m'apporteront aucune surprise. Et pourtant, j'hésite. Comme si je savais que je m'apprête à passer ce seuil pour la toute dernière fois.

Je ne reviendrai plus jamais ici ; c'est une certitude. Jusqu'à présent, même si je n'ai jamais rien fait pour revoir Ti-Gwern, je pouvais au moins concevoir l'espoir de fouler à nouveau sa cour gravillonnée, ses marches de pierre, le marbre de son hall, le parquet de son salon, les dalles de sa terrasse, sa pelouse, ses chemins en sous-bois. De la même façon, je pouvais imaginer que Maud ne m'avait pas oublié ; et que les rêves que j'avais conçus en vivant près d'elle n'étaient morts que par négligence, pas par fatalité. Mais la fatalité m'a rattrapé désormais. Entre Maud et moi, plus aucun rêve n'est possible ; et entre cette maison et moi, la dernière rencontre est maintenant imminente. Car si Mock avait réellement voulu redonner vie à ce lieu – même au prix d'un pathétique dépoussiérage de relations moribondes –, il ne m'aurait pas planté devant la cheminée il y a deux semaines. Et je ne serais pas en train de le chercher comme un détective du dimanche, accompagné d'un docteur Watson à queue de cheval et *sneakers* roses.

Je suis déjà dans le hall ; à trop réfléchir, je n'ai finalement pas suffisamment surveillé mes gestes. Lison referme derrière nous.

« À droite, c'était le domaine de Richard, m'entends-je lui annoncer, d'une voix sans chaleur. Il y a un bureau-bibliothèque et une chambre avec sa salle de bains cinq étoiles. En face, c'est le salon, à gauche la cuisine, les toilettes, une arrière-cuisine et l'accès à la cave. Les deux volées d'escalier desservent les seize chambres et leurs salles de bains ainsi qu'un grenier.

— Je peux faire un tour ?

— Fais comme chez toi. Et n'oublie pas la piécette pour le guide en sortant. »

Tandis que Lison se dirige vers l'aile droite de la maison, j'entre de nouveau dans le salon. Tout est exactement comme je l'ai laissé : le piano ouvert, les cendres dans la cheminée, l'urne sur la table basse, avec son couvercle et les clés de la voiture posés à côté. En contournant les deux canapés, je vais jusqu'à la porte-fenêtre la plus proche, celle qui donne directement sur la piscine. Plus loin, sur la gauche, le *pool house* semble un lieu bien anodin. C'est pourtant bien ici que Maud a été violée. C'est ici que la joyeuse troupe de Ti-Gwern s'est irrémédiablement désagrégée.

« C'est idiot d'avoir pris des chambres à l'hôtel », lance Lison en arrivant dans mon dos.

Je ne l'avais pas entendu approcher, avec les petites tennis légères qu'elle porte aux pieds.

« Une grande maison comme ça sans personne pour l'occuper, c'est un vrai gâchis, ajoute-t-elle.

— Tu es une adepte des trains fantômes et des châteaux hantés ?

— Pourquoi ?

— Dormir dans une baraque abandonnée toute pourrie a vraiment l'air d'être ton plus gros fantasme.

— Non, rassure-toi, j'ai bien d'autres fantasmes. Et elle n'est pas toute pourrie, cette baraque : tout est propre, nickel. C'est d'ailleurs étonnant, vu l'état du jardin et des dépendances, qu'elle soit aussi bien entretenue à l'intérieur. Celui qui y habite aurait sûrement préféré vivre en appartement.

— Mais personne n'y habite depuis des années.

— Mais non, c'est pas possible : dehors tout est laissé à l'abandon, mais dans la maison, il n'y a rien qui cloche : les robinets, les interrupteurs, les ampoules, les chauffages, l'électroménager : tout fonctionne. Et il n'y a pas un gramme de poussière sur les meubles, pas de papier peint décollé, pas de plafond qui s'écroule, pas de parquet qui se gondole, et on a même fait du feu dans la cheminée du salon il n'y a pas si longtemps.

— Le feu, c'est moi.

— Ah, OK ! Mais ne me dis pas que tu as aussi fait le ménage partout.

— Non, j'avoue.

— Alors franchement, si personne ne vit là, c'est que cette maison est possédée. Et par un démon qui tient à son confort, soit dit en passant. »

Je ne peux qu'acquiescer aux constatations de Lison ; et me rendre compte que je n'ai vraiment pas son sens de l'observation ; et me dire qu'il faudrait que je propose à Dale de l'augmenter sérieusement ; voire de lui attribuer mon poste et de me reclasser au service courrier ; mais juste pour coller les timbres : je devrais encore être capable de les mettre à l'endroit.

« Dis, Emmanuel, tu crois qu'il nous jettera dans les feux de l'enfer si on tape dans ses réserves ?

— Qui ? De quoi tu parles ?

— Le démon qui vit ici : il nous en voudra, tu crois, si on se fait un petit en-cas en se servant dans ses placards ? Je commence à avoir une petite faim, moi ; pas toi ?

— Moi, j'ai plutôt une grosse faim. Allons voir ce qui reste depuis mon dernier passage. »

Dans le frigo, je me souviens avoir laissé fromage râpé, crème fraîche, jambon, pâté, saucisson. Je crains par contre que leur aspect ne nous coupe l'appétit. Je suis Lison jusqu'à la cuisine. En examinant le contenu du frigo, je trouve confirmation de mes doutes ; par contre, sur une étagère de la porte, quatre œufs nous tendent les bras : ils ont sans doute un peu plus de chances d'être encore comestibles.

« Bon, il y a au moins ça, je vais faire un feu, on se fait une omelette rapide et on mange dans le salon, ça te va ?

— Et dans le congèl', tu ne crois pas qu'on pourrait trouver de quoi compléter notre omelette ? » réplique Lison, tout en ouvrant déjà la porte inférieure du meuble réfrigéré.

Nous découvrons dans un tiroir quelques pizzas industrielles et des légumes en sachets aussi peu attrayants ; dans un autre, des darnes de saumon, des steaks hachés plus vrais que nature et quelques plats tout prêts aux appellations aussi poétiques qu'invraisemblables ; enfin, un troisième compartiment nous révèle deux sacs de cèpes qui, eux, ont l'air de ne pas venir de plus loin que le bout du bois de Ti-Gwern. Incorporés dans notre omelette, ils devraient pouvoir nous consoler en partie de l'échec de notre enquête du matin.

« Bon, toi tu fais le feu et moi je fais le repas, décide Lison. Ça te va ?

— Mais tu ne sais pas où…

— T'en fais pas : je trouverai. Je ne pense pas que cette cuisine soit organisée bien différemment de la mienne. Et si je ne m'en sors vraiment pas, j'invoquerai les esprits qui hantent ces murs pour qu'ils me viennent en aide. »

Face à de tels arguments, je ne peux que me ranger à la répartition des tâches définie par Lison. Je quitte donc la pièce, sans oublier de lui promettre d'aller chercher un bon petit rouge dans la cave de Richard.

Nous nous retrouvons quinze ou vingt minutes plus tard, assis chacun sur l'un des canapés répartis devant la cheminée, un feu ronflant nous caressant les joues, un verre de cahors rutilant nous excitant par avance les papilles et une assiette fumante et odorante nous réchauffant les mains avant de faire de même aux creux de nos estomacs.

« Bon appétit, Emmanuel.

— Bon appétit, Lison. Tu m'as l'air aussi douée dans une cuisine que dans un bureau.

— Je me débrouille. Mais, pour ta complète information, sache que je ne suis pas à marier.

— Eh, ne te méprends pas sur mes intentions : un homme peut faire un compliment à une femme sans avoir obligatoirement envie de lui passer la bague au doigt… ou de coucher avec elle. »

Elle lève les yeux au ciel… mais sans pouvoir retenir un sourire ; puis reporte son attention sur le contenu de son assiette. Nous attaquons tous les deux notre festin d'un coup de fourchette joliment synchronisé. Nous dégustons notre omelette et notre vin en silence pendant quelques minutes. Puis Lison reprend la parole.

« Il était seul pour entretenir tout ça, ton ami Mock ?

— Il vivait là à l'année, tu sais. Il avait donc tout le temps. Il a juste eu besoin au début d'apprendre à organiser son travail en fonction des saisons ou des disponibilités des artisans qu'il faisait venir pour les gros travaux. Lui qui avait toujours vécu sans règles, il s'était mis à planifier, à anticiper.

— Et pour le côté technique ? Il s'y est mis sans problème ? Il avait de l'expérience ?

— Un peu : pendant ses voyages, il avait fait des petits boulots qui lui avaient permis d'acquérir quelques bases. Et après, il s'est adapté à ce qu'on lui demandait. Il possédait de toute façon une capacité exceptionnelle à intégrer et à appliquer de nouvelles connaissances. Et il savait aussi très bien faire croire qu'il les maîtrisait depuis longtemps. Excuse-moi deux secondes. »

Je me lève brusquement pour extraire de la poche de mon *jean* mon téléphone, qui vient de se mettre à vibrer. C'est peut-être l'une des personnes que l'on a rencontrées dans la matinée : j'ai distribué largement mon numéro au cas où quelqu'un aurait subitement une information qui lui reviendrait en mémoire. Mais ce n'est pas un informateur inconnu : c'est Bélèm. Pourquoi ressent-elle subitement le besoin de me parler ? Le jeune homme qui m'a répondu hier soir au téléphone ne lui suffit pas ? Mais peut-être son vrai talent n'est-il pas de savoir faire la conversation...

« Oui, Bélèm ? Que se passe-t-il ?

— Tu m'as appelée ?

— Non. Je crois bien que c'est toi qui es en train de m'appeler.

— Non, mais hier soir : je viens de voir que ton numéro apparaissait dans mon journal d'appels, hier vers vingt-deux heures. C'est bizarre, je n'ai pas entendu la sonnerie et tu n'as pas laissé de message.

— Oh, j'ai dû appuyer sur les touches par erreur. On fait tous des erreurs.

— Je dois interpréter ça comment ?

— Oh, il n'y a aucune interprétation à chercher. Je disais ça comme ça.

— Bon, arrête Emmanuel. Qu'est-ce que tu as ? Qu'est-ce qui t'est arrivé ?

— Rien. De mon côté, rien de neuf.

— Et ce "de mon côté", je dois aussi éviter de l'interpréter ?

— Bélèm, si tu tiens vraiment à tout interpréter, ne te gêne pas… mais sans moi. De toute façon, je pense que tu trouveras bien une oreille attentive… de ton côté.

— Une oreille attentive ? Mais de quoi tu parles ? Tu ne crois pas que les enfants en ont déjà eu leur part, de nos chamailleries ?

— Justement, je ne pensais pas aux enfants.

— Tu pensais à qui, alors ? Je te suis de moins en moins.

— Bon, OK, j'arrête mes insinuations. D'ailleurs, ça ne me regarde pas : tu fais bien ce que tu veux de ta vie… et moi de la mienne.

— Ça y est, j'ai compris : tu as une copine et tu essaies de déculpabiliser en te mettant en tête que j'ai un mec. C'est ça ?

— Pas vraiment, non. Mais ce que tu viens de faire, ça ne s'appelle pas un transfert ?

— Un transfert ?

— Oui. Parce que moi, je n'ai pas de copine. Par contre, le type qui m'a répondu hier soir vers vingt-deux heures quand j'ai essayé de te joindre, il m'avait l'air bien réel, lui.

— Le type, mais quel type ?

— Celui que tu emploies pour répondre à tes appels. Je suppose qu'il ne te sert qu'à ça.

— Mais tu devrais consulter, mon pauvre ! Il n'y a aucun type à la maison. Il y a deux enfants, un ado et moi.

— Ah, OK, j'ai dû rêver en entendant sa voix. Ou alors il est bien caché. Au fond de ton lit, peut-être ?

— Bon, allez, salut. Tu me les brises. »

Et elle raccroche. Heureusement que je m'étais peu à peu éloigné de Lison pour finir par quitter le salon et aller m'enfermer dans la bibliothèque. Je ne sais plus trop ce que j'ai dit comme inepties, mais elle aussi aurait pu se mettre à interpréter mes paroles de façon un peu erronée. Si ça chauffe du côté de Bélèm, mieux vaut ménager une ligne coupe-feu pour préserver les autres issues. Et avec tout ça, j'ai oublié de passer le message pour Selma ! Mais est-ce vraiment urgent de lui annoncer qu'elle pourra récupérer son lion en peluche, mais certainement pas son père ?

« Emmanuel ? »

La voix de Lison me parvient depuis le hall. J'ouvre la porte pour me montrer.

« Je suis là. Je cherchais un bouquin.

— Ah. J'ai cru que tu avais un souci. Et tu cherches quoi ? s'enquiert-elle en me rejoignant dans la pièce.

— Un roman de Marie Desaulnes. C'est le pseudonyme de Maud. Elle m'a dit qu'ils étaient tous là. Ah, oui, au fait : c'était elle au téléphone : je lui avais demandé quel livre lire en premier et elle me rappelait pour me le dire.

— C'était Maud ? Ah bon… Et quel titre t'a-t-elle conseillé ?

— Euh… j'ai oublié. Quel étourdi je fais ! Mais ça me reviendra en voyant les jaquettes.

— Ça va être dur : soit ils ne sont pas rangés comme les autres, soit elle s'est trompée en disant qu'ils se trouvaient là.

— Ah bon ?

— Oui, tout est classé par ordre alphabétique et là, dans le rayonnage où on trouve Daeninckx, Darrieussecq, Desproges, Djian, il n'y a pas un seul bouquin qui porte le nom de Marie Desaulnes.

— Ah ? C'est bizarre, quand même. Pourquoi elle m'aurait menti ?

— Je ne pense pas qu'elle t'ait menti. C'est plutôt quelqu'un qui les a embarqués : regarde tout l'espace sur cette étagère, entre Agnès Desarthe et Virginie Despentes. Il y avait clairement plusieurs bouquins à cet endroit, et quelqu'un s'est servi.

— Mais qui ?

— Ton copain Mock, je pense. Qui d'autre ça pourrait être ? Le fantôme de ton acteur passionné de Mustang rouges ?

— Tiens, toi aussi, tu te mets à l'humour noir ?

— Il faut une carte du club pour y être autorisé ?

— Non. Mais je ne vois pas pourquoi Mock aurait pris tous les romans de sa sœur : il les détestait. Il s'était forcé à lire les deux premiers, pour se faire une idée, et le compte-rendu qu'il en avait fait à Maud était sans pitié et sans équivoque. D'après elle, il trouvait ça nombriliste, mou, sans envergure.

— Sans envergure ?

— Ça veut dire nul, en langage Mock.

— Ah ! OK. Mais peut-être qu'il a eu un scrupule de dernière minute ; l'envie de poser un œil nouveau sur l'écriture de sa sœur, pour lui donner un avis plus positif avant de s'en aller.

— Alors il se serait juste retiré dans un coin perdu pour s'enfiler tous les romans de Maud avant de mourir ? Étonnant… mais plausible. Reste à savoir où peut être ce coin perdu. Ici, ça correspondait pas mal, tout de même.

— Vu le nombre de visites, il devait savoir qu'il ne serait pas vraiment tranquille. Et, sinon, il lui restait combien de livres de Maud à lire ?

— Cinq. Mais il a aussi emporté les deux qu'il a déjà lus.

— Il doit donc savoir qu'il lui reste suffisamment de temps pour lire ceux qu'il ne connaît pas et relire les deux premiers : ce qui nous fait autant de temps pour le retrouver.

— Optimiste jusqu'au bout des ongles, toi, à ce que je vois !

— Je dois prendre ça comme un reproche ?

— Non, bien au contraire : ça fait du bien, par moments, une petite touche d'espoir. »

23

Il restait quelques braises. Je n'ai eu qu'à glisser dans l'âtre trois feuilles de journal froissées, un peu de carton, quelques brindilles sèches et deux bûches pour faire repartir le feu. Même si la chaudière relancée par Mock il y a deux semaines a définitivement chassé de la maison le froid cassant qui nous avait accueillis, une source de chaleur supplémentaire n'est pas désagréable au réveil. Il ne me reste qu'à faire du café et voir dans les réserves ce qui est encore mangeable, et Lison aura un petit déjeuner plus royal encore que si elle avait dormi à l'hôtel.

En passant près d'elle, je peux vérifier qu'elle est toujours aussi profondément assoupie. J'avais bien senti qu'elle ne réagissait pas tandis que je m'activais à ranimer le feu – le plus discrètement possible, quand même –, mais j'en obtiens confirmation en m'inclinant vers elle pour l'observer dans la luminosité chiche qui nous parvient de la terrasse. Blottie sous l'une des couvertures que j'avais laissées lors de mon premier voyage, elle arbore un visage paisible, innocent, comme celui d'une enfant confiante. Je souris en pensant qu'elle trouvait idiot, vu le nombre de lits disponibles ici, d'avoir pris un hôtel. Et finalement, elle a passé la nuit sur un canapé, oubliant les seize matelas moelleux qui auraient pu nous accueillir à l'étage et les deux chambres confortables qui nous attendaient à Quimperlé, avec toutes nos affaires – y compris un lion orange et bleu.

Pris de scrupules en imaginant que Lison pourrait se réveiller et s'étonner de me trouver penché au-dessus d'elle, je m'écarte et m'éloigne vers le hall. Ce ne serait pas la première surprise qu'elle connaîtrait ici, mais il y aurait de grandes chances que ce soit la moins agréable. Cela étant, si l'on veut savoir qui a commencé à surprendre l'autre, je peux sans erreur désigner Lison elle-même : ayant en tête l'image lisse et inaltérable d'une jeune *executive woman* déterminée, laborieuse, rigoureuse, voire pointilleuse – presque autant que moi – et aussi peu portée à l'extravagance qu'un banquier suisse, j'ai été un peu décontenancé de la découvrir capable de partir sans préavis vers une destination imprécise, à la recherche d'un type dont elle n'avait jamais entendu parler, en compagnie d'un autre type qui, même en étant son supérieur hiérarchique depuis trois ans, ne lui était pas beaucoup plus familier. De même, je n'aurais pas imaginé qu'elle puisse se montrer si pleine d'humour et si décontractée, à la fois dans ses paroles et dans sa tenue, simple et confortable – *jean* à fleurs, tennis roses, gros pull bariolé –, mais surtout aux antipodes des tailleurs-pantalons anthracite, des chemisiers blancs ou des jupes bleu marine que je l'ai toujours vue porter.

Par la suite, je reconnais que c'est plutôt moi qui lui ai révélé des pans de ma vie et de ma personnalité qu'elle ne soupçonnait certainement pas. Je parle évidemment de mes souvenirs d'enfance déballés dans la voiture, mais également du déroulement complet de notre soirée, après notre dégustation d'omelette aux cèpes copieusement arrosée de cahors. Je tiens juste à préciser que c'est elle qui a insisté pour que j'aille chercher une deuxième bouteille. Même si c'est surtout moi qui me suis chargé de la vider.

Est-ce le vin ? Est-ce le feu ? Est-ce la luminosité ouatée de la pièce ? Ou bien le cheminement lent et tendre que nous parcourions ensemble entre images dépoussiérées, mélodies ressuscitées au piano, anecdotes exhumées d'entre ces murs et confidences extirpées du plus profond de mon esprit ? Quoi qu'il en soit, je suis conscient de n'avoir pas montré l'image habituelle du pharmacien responsable assurance qualité, aussi aride qu'une fiche de non-conformité et plus triste encore qu'un article du code de la santé publique.

Nous avions commencé par reprendre le déroulement de la vie à Ti-Gwern il y a vingt ans. Et pour ne rien oublier, Lison avait proposé de procéder avec méthode – je la retrouvais bien là –, en passant en revue les différentes parties de la propriété – à l'exception des garages, sans intérêt, et des deux pièces réservées à Richard, inaccessibles.

C'est par le grenier que nous commençâmes notre visite – visite toute virtuelle, cela va sans dire, puisque quitter nos canapés était tout bonnement impensable, après nous être habitués au moelleux des coussins, à la douce proximité du feu et au poids du cahors qui s'accumulait dans nos muscles (poids étonnamment élevé pour des bouteilles d'une si petite contenance).

Je lui parlai de Ruis – « Maxime Peyrignac ? » me demanda-t-elle de confirmer, après avoir tiré de son *jean* la liste de Mock. Je confirmai et lui expliquai la méthode de celui que Mock avait choisi de comparer à Jacob van Ruisdael : sa façon de « s'imprégner de son sujet », comme il disait, en scrutant chaque geste, chaque attitude de la personne qu'il avait élue comme modèle de sa prochaine œuvre ; puis ces longs jours pendant lesquels il cherchait non pas l'inspiration – « La recherche de l'inspiration est l'excuse de ceux qui n'ont pas le courage de se mettre au travail », disait-il –, et encore moins la technique qu'il allait employer – elle était établie et ne variait jamais d'un portrait à l'autre. Non, ce qu'il cherchait, c'était à atteindre l'état dans lequel il serait capable de peindre : un mélange de faim, de colère animale, de désespoir qui semblait, plus que ses mains elles-mêmes, être seul capable de faire glisser ses pinceaux sur le lin vierge.

« On ira voir demain, si tu veux. Richard avait accroché tous nos portraits dans le couloir de l'étage, mais j'ai vu qu'ils avaient été transférés au grenier. Tu as dû repérer l'échelle de meunier, là-haut...

— Oui, je suis même montée voir. Il y a effectivement un tas de toiles, mais elles sont toutes à l'envers et je n'ai pas osé y toucher.

— Oh, je pense qu'on peut en faire ce qu'on veut : Richard n'est plus là pour nous l'interdire, Mock, on ne sait pas, et Ruis, encore moins.

— On pourrait l'appeler. Pas maintenant, mais demain. Il y a aussi son numéro sur la liste. »

C'est à ce moment-là qu'elle a changé de canapé, pour s'asseoir à côté de moi, dos à la porte du hall. Mais c'était juste pour me montrer la liste.

« Il y a même deux numéros : un fixe et un portable, a-t-elle insisté. Je n'ai pas essayé de le joindre, puisque les deux premières personnes que j'ai contactées m'avaient déjà donné assez de renseignements pour commencer à comprendre ce qui t'arrivait, mais il y a des chances que les deux numéros marchent encore, comme pour les autres.

— Oui, sans doute », ai-je répondu sans conviction. Je ne savais pas vraiment si j'avais envie de parler à Ruis. Et parler de quoi ? De la disparition de Mock ? De la mise au rebut de ses toiles ? De notre départ précipité de cette maison, dix-huit ans plus tôt ? Du viol de Maud ? De notre impuissance, à l'un comme à l'autre, à empêcher que tout cela se produise ?

Pour couper court à ces questions, je me suis resservi un verre de rouge et j'ai enchaîné sur la visite – virtuelle, toujours virtuelle – du premier étage. Pas grand-chose à en dire : des chambres à coucher, sous toutes les latitudes, ça sert plus ou moins toujours aux mêmes activités : dormir et faire l'amour. Et éventuellement consacrer ses nuits à l'interprétation des silences de l'écrivain qui occupe la pièce d'à côté.

Jugeant que ce sujet-là n'avait pas beaucoup d'intérêt, j'ai préféré m'orienter vers le cas de Pongo et Perdita. Et je me suis retrouvé, assis sur un canapé douillet à moins de quinze centimètres d'une jeune femme plutôt jolie, mais qui n'était autre que mon adjointe, avec un énième verre de vin à la main, en train de lui exposer non pas une nouvelle contrainte technique ou réglementaire à intégrer dans les procédures du labo, mais rien moins que les détails de la sexualité enflammée et plutôt bruyante de deux personnes qu'elle n'avait jamais rencontrées et que j'avais moi-même totalement perdues de vue. J'en arrivai presque à me demander si c'était bien moi qui parlais ; et à rêver que ce ne soit pas elle qui m'écoute. Mais elle rit, commenta, me poussa à en rajouter ; et m'aida peu à peu à me sentir moins mal à l'aise.

J'en vins même à lui expliquer que les deux tourtereaux – qui n'avaient gagné leurs surnoms de dalmatiens libidineux que lors de leur premier séjour à Ti-Gwern – s'étaient rencontrés au cours d'une manifestation contre un projet d'autoroute en Auvergne. Elle arrivait de Paris, où elle suivait des études de droit, et lui de Toulouse, où il venait de commencer une thèse en chimie organique portant sur des produits phytosanitaires de synthèse, à la fois efficaces et respectueux de l'environnement. Sujet sisyphéen pour lequel – s'il n'a pas jeté l'éponge depuis longtemps – il a dû consommer plus de ressources naturelles que ce qu'il aurait pu éventuellement sauver grâce à ses découvertes.

À l'occasion de cette manifestation écologiste, les deux futurs amants tapageurs se retrouvèrent enchaînés, avec quelques autres opposants, à une pelle mécanique, innocemment laissée pour la nuit par les ouvriers travaillant sur le chantier. Ils n'étaient pas côte à côte et ne s'étaient même pas vus, lorsqu'une solide escouade de gendarmes vint leur suggérer d'aller jouer plus loin. La nuit tombait, la pluie aussi, les militaires sentaient monter en eux l'irrépressible envie d'aller se caler au coin du feu avec un bon journal. Ils sortirent les pinces coupe-boulons et les matraques et commencèrent à tailler dans le vif. Pongo fut séparé sans trop de tendresse de ses deux voisins et partit en vol plané dans la boue ; Perdita connut le même sort de manière à peu près concomitante et s'aplatit sur lui, en lui appliquant les deux genoux au niveau des vertèbres lombaires. Il se retourna pour éjecter son agresseur et lui sauta à son tour sur le râble pour lui apprendre les bonnes manières. Au lieu du casque à visière et du gilet pare-balles qu'il s'attendait à trouver face à lui, il découvrit un regard affolé noyé de mèches boueuses et sentit les deux mains qu'il tenait se serrer en tremblant dans les siennes. Malgré la visibilité chaotique que produisaient les fumigènes, les feux de Bengale et les projecteurs éblouissants de la police, il comprit qu'il venait de tomber amoureux.

Il plaqua son corps contre celui de sa partenaire de jeu, et l'entraîna dans une roulade qui leur permit de s'écarter de deux ou trois mètres de la cohue. Il la força alors à se relever vivement et se mit à courir en la traînant à sa suite ; leurs mains restaient agrippées l'une à l'autre.

Tandis que la troupe de manifestants refluait dans l'axe de la future autoroute, Pongo avait choisi de fuir par le côté, sortant du flux de fumée et de lumière dans lequel se concentrait toute l'agitation. Ils contournèrent d'autres engins, escaladèrent un talus qu'ils dévalèrent ensuite comme deux boules de pétanque. Ils découvrirent alors, dans ce coin sombre et écarté, un petit groupement de cabanes de chantier. Pongo fit sauter la serrure de l'une d'elles à coups de pied. Ils entrèrent, calèrent la porte endommagée, quittèrent leurs vêtements boueux et, tandis que la nuit continuait de se nourrir de haine et de violence à moins de trois cents mètres, ils firent l'amour à même le sol.

Le jour n'était pas encore levé quand les premiers ouvriers arrivèrent sur le champ de bataille. Blasés, ils reprirent leurs montures d'acier, relancèrent les diesels, repartirent à l'assaut de la terre épaisse, effacèrent en un rien de temps la colère et la douleur, comme on supprime à la gomme un détail inutile sur un croquis au fusain. Du revers de la main, on balaye les miettes grises avant de reprendre le tracé convenable.

En s'éveillant, Pongo et Perdita ne furent pas plus impressionnés par le bruit des machines que par les cris humains : ils refirent l'amour – ou peut-être re-re-re-firent – et attendirent ensuite, allongés sur des petits tas de gilets jaunes et de parkas grises, roulés l'un contre l'autre dans une couverture rêche. La pluie allait peut-être finir par noyer le chantier, noyer toute la terre et emporter leur petite cabane en tôle vers le point culminant du monde, là où plus rien n'existait, plus rien ne vous atteignait sinon l'ombre des oliviers et le vent délicat des ailes des colombes qui viennent par moments y chercher du repos.

Mais ce ne fut pas un oiseau blanc qui finit par pousser la porte que leurs chaussures pleines de glaise avaient maintenue close toute la nuit : ce fut un type casqué, engoncé dans un anorak triste et un gilet fluo. Il entra, essuyant de la main la pluie qui trempait son visage. Il ouvrit un placard ; et il les vit, allongés à ses pieds ; deux petits regards pâles dépassant d'une couverture. Il les considéra quelques secondes, sans dire un mot. Puis il prit un pantalon gris sur une étagère, un pull bleu sur une autre, avant d'attraper un casque et une paire de chaussures dans deux casiers voisins. Il retourna à la porte, sur le seuil de laquelle attendait un autre type, le dos tourné, enveloppé du nuage d'une cigarette.

« Tiens, va te changer dans l'Algeco du coin. Il y a douche, toilettes, tout ce qu'il faut, pour quand t'auras fini. Je te retrouve au pied de l'escalier pour t'emmener voir Roger, qui t'expliquera ton taf. À plus. »

Il referma la porte, ramassa les deux paires de chaussures crottées, les regarda sous toutes les coutures et les reposa. Il fit de même avec les vêtements qui traînaient à côté. Toujours sans un mot, il fouilla de nouveau dans les différents rangements ; il en sortit deux équipements complets, identiques à ceux qu'il venait de donner à son nouveau collègue. Il en fit deux petits tas sur une table longue et étroite disposée sous la fenêtre, avant de se tourner à nouveau vers les deux amoureux allongés à ses pieds.

« Je termine à quinze heures. Rendez-vous au pied de l'escalier. Je vous montrerai les douches. Si je suis en retard et qu'on vous pose des questions, dites que vous attendez Frédéric Owczarek, ou Fred, le responsable habillage. Enfin, toi, tu pourras le dire. Toi par contre, tu la boucles, tu planques tes cheveux et tu relèves ton col pour qu'on voie pas ta jolie frimousse. Des filles, sur le chantier, il n'y en a que sur les posters accrochés dans les vestiaires. Si tu veux pas finir punaisée sur un mur, fais-toi discrète. »

Il gagna la porte. Avant de sortir, il se tourna de nouveau vers eux :

« Autre détail : attendez d'être rentrés chez vous pour baiser. La cabane de chantier tremble tellement que j'ai cru qu'un sanglier s'était coincé en dessous. Et puis, aérez en partant : on dirait que c'est carrément deux portées de marcassins qui ont passé la nuit là-dedans. »

Une fois abordé le cas presque pathologique de nos insatiables dalmatiens, ceux des autres pensionnaires de Ti-Gwern étaient sans doute un peu plus fades, mais ils eurent quand même droit, eux aussi, à leur petite notice biographique de ma part. Et quand on arriva à évoquer Candice, je ne résistai pas à l'envie de faire entendre à Lison les mélodies qui nous avaient fascinés et nous avaient réunis autour de la blonde guitariste, que ce soit sur la terrasse au bord de la piscine ou dans cette grande pièce quand la saison froide voyait nos bataillons se réduire jusqu'à ne laisser que la petite troupe des fidèles parmi les fidèles.

Oui, je sais, le gars qui sort sa guitare ou ouvre son piano devant une fille alanguie – ou complètement pompette, ça dépend si vous êtes poète ou pas – sur un canapé, sous un éclairage intimiste, et avec bouteille de vin et cheminée crépitante dans le cadre, ça fleure bon la petite comédie romantique hollywoodienne calibrée pour les fêtes de fin d'année. Sauf que là, je voulais juste lui faire découvrir ce que donne un petit Led Zeppelin au piano. Vraiment rien de plus. Et si j'ai attaqué par *Since I've Been Lovin' You*, c'est que j'avais encore en mémoire la version bouleversante que Candice nous en donnait. Par contre, les accords m'étaient sortis de la tête depuis bien longtemps. Heureusement, sur le pupitre devant moi, plusieurs partitions s'entassaient, prêtes à me venir en aide. La première était *Kathy's Song* – trop classique, je voulais offrir mieux à Lison. Suivaient du Leonard Cohen, du Joni Mitchell, quelques morceaux des Beatles et un ou deux des Who ; et puis ce « *blues* anglais », comme le présentait Jimmy Page *himself*.

« Excuse-moi, mais qui est Jimmy Page ? avait aussitôt réagi Lison.

— Le guitariste de Led Zeppelin ! Un monument du rock !

— Désolée, c'est pas ma génération.

— Mais c'est intemporel ! Écoute… »

J'avais posé délicatement les quatre premières notes, un peu traînantes, mais accrocheuses, qui précèdent l'accord d'entrée, un *do* mineur. Puis j'avais laissé mes doigts reprendre leurs marques, blanches ou noires, à temps et contretemps, dans une progression que seul le *blues* sait bâtir, en mêlant tendresse et amertume, impatience, désir et colère courageusement contenue. C'est là que Candice aurait dû arriver. Car sans elle, je ne pouvais pas grand-chose. Quand nous reprenions cet air en duo, j'avais toujours l'impression que c'était elle qui me portait, alors que j'aurais dû, en tant qu'instrumentiste, être là pour soutenir sa voix. Mais le monde tel qu'on le connaissait ne se ressemblait plus quand Candice nous prenait dans son chant.

Évidemment, en son absence, l'effet ne pouvait être le même ; et tâtonnant et trébuchant et m'arrêtant pour tourner les pages, je ne pouvais donner à Lison qu'un aperçu assez lointain de ce à quoi ressemblait l'émotion des soirées que nous passions à Ti-Gwern, du temps où Mock en était l'intendant, le chambellan et l'échanson.

« C'est très beau », me dit-elle pourtant quand j'eus fini de déshonorer Jimmy Page. Je ne sus pas si elle ironisait ou si, parlant en toute franchise, elle n'avait pas raté tout simplement la moitié de ma prestation du fait d'une imprégnation alcoolique excessive. J'aurais franchement préféré cette dernière solution.

« Tu me joues autre chose ? » enchaîna-t-elle, alors que je remettais en place les partitions et m'apprêtais à faire de même avec le couvercle du clavier. Pris au dépourvu par sa demande, je posai le regard sur la première feuille qui me faisait face, *Kathy's Song*. Pourquoi pas ? Ce ne sera que la trois-cent-cinquantième fois que je jouerai ce morceau.

Je repassai rapidement en revue les portées et c'est alors que me revint à l'esprit la difficulté que j'avais eue à reconstituer le refrain de cette chanson, le soir où j'avais attendu Mock, parti préparer du café cinq heures plus tôt. Et si j'avais eu tant de mal, c'était justement parce que je n'avais pas la partition sous les yeux. Quand donc était-elle arrivée là ? Et qui l'y avait posée ?

24

Occupé à compter les cuillérées de café moulu, je ne réalise pas tout de suite que mon téléphone sonne. Et je mets encore quelques secondes supplémentaires pour me souvenir que je l'ai laissé sur la table basse du salon. J'abandonne tout et quitte la cuisine en courant. Mais c'est trop tard : quand j'arrive dans le séjour, Lison a décroché. Ce n'est pas exactement le réveil en douceur que j'avais prévu pour elle. Mais elle n'a pas l'air spécialement bouleversée d'avoir été sortie du sommeil par une sonnerie un peu brutale – c'est juste un morceau de Deep Purple, intitulé *Never Before*, qui débute gentiment par quelques touches discrètes de batterie. Rien de bien méchant. Sauf quand on est profondément assoupi.

L'oreille collée au téléphone, elle hoche la tête en murmurant quelques « oui » de temps à autre, à l'attention d'une personne qui semble avoir beaucoup à lui dire. Je me demande bien qui peut lui tenir la jambe comme ça de si bon matin. Je ne tarde pas à le savoir, puisque Lison finit par me tendre l'appareil. J'ai à peine le temps de me présenter qu'une mémé survoltée me sature le tympan de sa voix rauque :

« Comme je disais à votre dame, j'ai parlé hier soir à mon fils de la voiture que vous m'avez montrée. Il est moniteur au club de kayak et je me souvenais qu'il m'avait dit qu'il avait vu une voiture en faisant une descente il y a quelques jours. J'étais pas sûre que c'était la même, alors c'est pour ça que je vous en ai pas parlé. Vous savez, des accidents, malheureusement, par ici, y en a souvent. Et pas que des touristes. Même des jeunes du coin. Y pensent qu'y connaissent tous les virages, qu'y sont tout seuls sur la route et boum, deux morts. Regardez mon fils, son meilleur copain s'est tué sur la route de Moëlan y a trois ans. Ben sa copine, qu'elle le connaissait depuis qu'ils étaient tout mômes, et même qu'ils allaient se marier l'été d'après, ben même qu'elle était complètement effondrée après qu'il se soye tué, elle a pas été bien plus prudente et elle s'est tuée à son tour deux ans plus tard. Bon, y avait du brouillard et un type lui a coupé la route, mais c'est quand même un peu fort, tout de même ! Des fois, quand j'entends la sirène des pompiers, je me dis que cette fois-ci, c'est peut-être bien pour mon Franck. Vous savez, avec tous les trajets qu'il fait pour emmener les gosses sur le départ ou pour les ram…

— Et la voiture ?

— Ah ! Oui ! Oui, oui, oui : la voiture. Ben c'est Franck qui m'en a parlé, y a peut-être dix jours, ou peut-être plus… ou peut-être moins, allez savoir. Il était remonté ! Comprenez-le : lui, ce qu'il aime, c'est la nature et puis faire découvrir son pays aux étrangers qui viennent. Et la rivière, c'est toute sa vie. Alors les déchets, les vieux frigos, les carcasses rouillées, ça lui arrache le cœur à chaque fois. Et à chaque fois, il me dit : c'est encore un truc qui va…

— Mais la voiture, c'est la même ou pas ?

— Ben, je voulais vérifier, avant de vous rappeler, quand même. Parce qu'il m'avait juste parlé de la voiture, mais il m'avait pas dit comment elle était, vous comprenez. Mais comme vous m'avez montré les photos, j'ai pu lui demander si elle était pareille, rouge avec une bande blanche.

— Et alors ?

— Ben elle est pareil : rouge avec une bande blanche.

— Et elle est où ?

— Vers l'abbaye, à peu près. Vous voyez l'abbaye ?

— Oui, oui, je vois très bien : ça fait des années que je viens ici. Et votre fils, il ne vous a rien dit d'autre. Il n'a rien remarqué dans la voiture ? Des objets ou même… s'il y avait quelqu'un ?

— Oh, non, vous savez, il est passé vite et il a juste vu le toit qui dépassait.

— Qui dépassait de quoi ?

— Ben, de la rivière. Il descendait la Laïta, comme il fait souvent, et il a vu juste le dessus de la voiture, tout rouge, avec une bande blanche. Monsieur ? Vous êtes toujours là ?

— Oui, oui. Je suis là. Merci, madame. C'est… c'est très gentil d'avoir rappelé. Et… votre fils pourrait me montrer l'endroit exact ?

— Oh oui, sûrement. Faut juste voir avec lui à quel moment est la marée haute. Parce que, pour le kayak, il descend toujours la rivière quand la marée est basse, parce que c'est moins dangereux à l'embouchure, et après, il revient quand la marée remonte. Comme ça, il va plus vite, puisque la marée le pousse. Mais le problème, qu'y m'a dit, c'est que le jour où il a vu la voiture, il ne l'a vue qu'à l'aller : au retour, comme le niveau avait monté, elle ne se voyait plus, vous comprenez.

— Oui, oui, je comprends. Vous pouvez juste lui demander de me rappeler pour qu'on voie à quel moment on peut y aller ?

— Oui, oui. Je lui dirai. Bonne journée, monsieur.

— Bonne journée, madame. Et encore merci. »

Je raccroche et m'écroule sur le canapé. Lison, restée debout devant moi pendant toute la durée de l'appel, me suit dans mon mouvement et pose sa main sur la mienne dès qu'elle se trouve à mon niveau.

« Je ne comprends plus rien !

— Pourquoi ? Ce n'est pas sa voiture ?

— Si, si, c'est bien la Mustang. Mais pourquoi l'a-t-il flanquée au fond de l'eau ?

— Au fond de l'eau ?

— Oui, un type l'a vue en descendant en kayak la rivière qui passe pas loin et qui va jusqu'à la mer. Nous qui pensions que Mock s'était tiré loin d'ici dans un bolide américain pour bouquiner et méditer, il faut qu'on revoie notre scénario. S'il est vraiment parti, c'est à pied, en train, en vélo… pas en Mustang. Et s'il n'est pas parti, c'est qu'il est… qu'il est encore là.

— Encore là ? Mais tu as tout fouillé !

— Oui, mais je ne vois pas d'autre solution. Regarde, même ces partitions… »

Elle reste sur le canapé alors que je me lève pour me rapprocher du piano.

« Qu'est-ce qu'elles ont, ces partitions ?

— Le soir où je me suis retrouvé seul ici, j'ai joué sur ce piano. Et je suis certain qu'il n'y avait pas de partitions. Et maintenant elles y sont, et la première correspond au morceau sur lequel j'ai le plus peiné ce soir-là. Ce n'est pas un hasard : c'est parce que Mock m'a entendu jouer. En plus, le lendemain matin, quand je me suis réveillé sur le canapé où tu as dormi, certains volets étaient ouverts et la lumière était éteinte, alors que ce n'était pas le cas la veille au soir. Il n'y a donc aucun doute possible : Mock était planqué dans la maison. Et il est donc tout à fait possible qu'il le soit encore. Sortir la Mustang du garage et la balancer à la flotte a juste servi à nous faire croire le contraire.

— Mais pourquoi jouer à cache-cache comme ça ?

— Parce que ce type est fou ! Allez, Mock, sors de ta planque, tu es grillé ! »

Après ce cri rageur, je reste immobile, les bras ballants, les poings serrés, le regard pointé vers la porte principale du salon. Lison, toujours assise sur le canapé, tourne la tête en tous sens, se préparant à voir surgir de n'importe où l'homme autour duquel toutes nos conversations se concentrent depuis la veille. Mais nous avons beau tendre l'oreille, pas un mouvement ne se fait entendre.

« Quel con !

— Il n'est peut-être pas dans la maison proprement dite.

— Où veux-tu qu'il soit ?

— Dans un des garages, au sous-sol, au…

— Mais nous avons regardé partout ! Ce con me fait tourner en bourrique depuis deux semaines. Si je le retrouve, je le…

— Emmanuel, réponds-moi franchement : est-ce vraiment si important que ça de le retrouver ? Il a voulu t'entraîner dans un jeu idiot ; mais tu ne crois pas que tu as d'autres chats à fouetter ?

Si encore c'était un véritable ami, très proche. Mais ça fait vingt ans que tu ne l'as pas vu.

— Quatorze.

— Oui, quatorze, si tu veux, mais on s'en f…

— Non, c'est important : si je l'ai vu il y a quatorze ans, c'est parce qu'il était témoin à mon mariage, et c'est donc qu'il comptait pour moi. Et puis, il faut être précis : quatorze et vingt, ce n'est pas la même chose.

— Oui, chef. Mais on n'est pas au boulot et j'essayais simplement de t'expliquer qu'il vaut peut-être mieux te tourner vers ton avenir, tes enfants notamment, plutôt que de te laisser emmerder par un type complètement loufdingue subitement surgi du passé.

— Tu as peut-être raison.

— Sinon, c'est un détail, mais si tu veux vraiment être précis, fais attention à employer les mots adaptés : si le cours d'eau où se trouve la voiture va jusqu'à la mer, c'est un fleuve, pas une rivière. »

Je ne peux pas m'empêcher de sourire. Je commence à penser que Lison a tout à fait raison : pourquoi se raccrocher à une amitié en ruine alors qu'il y a autour de moi tant de personnes avec lesquelles construire l'avenir. Des personnes équilibrées, agréables, attentives, généreuses. Des personnes comme Lison, en fait.

25

Nous sommes au bord de la Laïta, ce fleuve côtier qui court vers l'Atlantique. Lison se tient tout contre moi, à droite, accrochée à mon bras. Sur ma gauche, il y a deux gendarmes, deux pompiers et Franck Jaouen, le moniteur de kayak qui a aperçu le toit affleurant d'une voiture, à cet endroit, il y a dix ou douze jours. À l'heure qu'il est, comme la marée est basse, je la distingue tout aussi nettement moi-même ; et je n'ai vraiment aucun doute sur le fait qu'il s'agisse de la Mustang de Richard : deux portions de tôle rouge, séparées par une bande blanche, se présentent à nous, parallèles à la berge. Et juste à côté, quelques remous en surface sont les seules traces qui restent des deux pompiers plongeurs qui viennent de s'enfoncer dans l'eau. Trois de leurs collègues les attendent, répartis dans deux canots pneumatiques qu'ils maintiennent stationnaires.

Tout s'est passé très vite entre le premier coup de fil du matin et notre arrivée ici. Alors que j'étais prêt à me laisser convaincre par Lison de tout laisser tomber et de rentrer à Rouen, le kayakiste a rappelé. Nous étions dans la cuisine : s'il fallait arrêter de s'en faire, autant commencer en s'octroyant un bon petit déjeuner. En l'occurrence, nous n'eûmes droit qu'à une tasse de café et un bol de *corn flakes* – mais quand on veut aller de l'avant, même les *corn flakes* ont un goût de liberté. Évidemment, à force de me ressasser ce genre de phrases, j'ai fini par comprendre que j'étais en pleine méthode Coué. Mais je n'ai pas eu le temps de m'en désoler : Franck Jaouen avait été recontacté par sa mère ; et il avait aussitôt composé mon numéro.

Il se révéla beaucoup moins bavard qu'elle : en à peine trois minutes, rendez-vous fut pris devant la mairie – dont je connaissais déjà tous les détails architecturaux pour l'avoir étudiée de haut en bas pendant dix heures pleines le jour où j'avais attendu Maud, à l'arrêt du car, après mon éviction brutale de la maison de Richard.

Pendant le trajet qui nous conduisit de la place de la mairie jusqu'à l'endroit où il avait aperçu la voiture, Jaouen tenta de se justifier sur le fait qu'il n'avait pas signalé cette découverte plus tôt. Auprès de qui aurait-il dû le faire ? Le propriétaire de la voiture ? Il était incapable de savoir qui ça pouvait être. Une casse auto ? Il n'était pas certain qu'ils aient les moyens d'extraire l'engin du fleuve ; et la question de savoir qui paierait pour l'opération avait aussi travaillé le kayakiste. Restaient les gendarmes. Mais ils avaient d'autres chats à fouetter : des épaves abandonnées, on en trouve partout et ça crée surtout des frais et des emmerdements ; alors que les voitures qui roulent, ça remplit les caisses de l'État sans trop se fatiguer…

Jaouen se rendit compte de son erreur d'interprétation quand il m'accompagna à la gendarmerie juste après notre coup d'œil sur le fleuve – qui n'avait pas donné grand-chose : la marée était haute, et à part des remous anormaux qui délimitaient une zone à peu près rectangulaire, on n'avait rien pu distinguer qui prouvait la présence d'un véhicule sous la surface. Il raconta son histoire et je resservis celle que Maud avait tenté de faire valoir une semaine plus tôt. Je ne sais pas si le gendarme qui m'écouta était le même, mais il ne réagit pas avec moi comme il l'avait fait avec elle. Il avertit immédiatement son supérieur, qui fit appeler sans attendre les pompiers plongeurs de Quimper. Un homme qui part se balader dans son coupé américain sans prévenir sa sœur, ça n'était pas vraiment une affaire passionnante pour la maréchaussée. Mais si ledit coupé avait été localisé au beau milieu d'un fleuve, l'anecdote prenait une tout autre tournure. Et devenait subitement beaucoup plus intéressante. Était-ce naïveté de ma part, ou une façon de refuser l'inacceptable ? Quoi qu'il en soit, je ne compris pas en quoi ce que Jaouen et moi avions raconté était plus convaincant que la demande de Maud.

C'est uniquement maintenant, en voyant l'un des plongeurs reparaître que je commence à envisager la situation avec un peu plus de précision… et d'inquiétude. Car l'autre est resté près de la voiture, tandis que le premier à être ressorti se dirige vers les canots. L'un de ses collègues restés au sec se penche vers lui. Ils échangent quelques paroles, puis celui qui se tient dans le canot se tourne vers un autre, resté à l'arrière. Après l'avoir écouté, celui-ci porte à hauteur de son visage un transmetteur et aussitôt, sur ma gauche, un autre homme casqué fait de même. Il écoute sans rien dire les informations qui lui parviennent de l'embarcation. Puis, dès qu'il interrompt la conversation, il se penche vers son voisin, un gendarme ; leur échange est bref. Le gendarme, un gradé qui m'avait été présenté comme le capitaine Müller, se tourne alors vers moi et commence à s'approcher, à pas prudents, étant données la déclivité et l'humidité de la berge. Avant même qu'il ouvre la bouche, je sais que Mock est dans la voiture.

« Monsieur Vidon…

— J'ai compris. Vous allez le sortir maintenant ?

— Non, nous…

— Pourquoi ?

— Nous devons attendre l'identité judiciaire. Comment vous dire... ?

— Allez-y, je suis prêt à tout.

— Disons que l'eau, surtout l'eau froide, ralentit la… l'évolution du corps. Par contre, dès qu'il est ramené à l'air, des altérations très rapides peuvent se produire. Pour mettre toutes les chances de notre côté, nous devons pouvoir recueillir le maximum d'éléments dans les premières minutes de la remontée du corps.

— Toutes les chances ? Les chances de quoi ?

— Les chances d'identification et de détermination des circonstances du décès.

— Je ne comprends pas.

— Qu'est-ce que vous ne comprenez pas ?

— Pourquoi parlez-vous d'identification ? Je sais qui est dans la voiture, et vous le savez aussi bien que moi.

— Écoutez, monsieur Vidon, même s'il est très probable que la voiture soit exactement celle que vous avez signalée, nous ne pouvons avoir de certitude concernant l'identité de la personne qui s'y trouve actuellement…

— Qui voulez-vous que ce soit ?

— Impossible de le dire, tant que nous ne savons pas ce qui s'est passé. Ça peut tout aussi bien être votre ami qu'une de ses relations à qui il aurait prêté la voiture ou même un voleur qui l'aurait prise dans sa propriété.

— Dans ce cas, où est Mock ? Frédéric, je veux dire ?

— Ce ne sont que des suppositions, monsieur Vidon. Et il en va de même pour les causes du décès. Seuls le travail du médecin légiste et certaines autres constatations pourront nous aider à savoir s'il s'agit d'une banale sortie de route ou si le décès est d'origine criminelle.

— Criminelle ? Mais personne ne pouvait avoir envie de tuer Mock !

— On ne peut rien exclure, monsieur Vidon. Cela étant – et si les premières constatations nous permettent de confirmer qu'il s'agit bien de votre ami Frédéric… Frédéric comment, déjà ?

— Frédéric Owczarek.

— Comment l'écrivez-vous ?

— O-W-C-Z-A-R-E-K. »

Il note consciencieusement dans un petit carnet qu'il vient de sortir d'une poche de son uniforme, avant de reprendre la parole, sans détacher pour autant son regard, assez perplexe, des huit lettres qu'il vient de tracer :

« Et ça se prononce Ofch…

— Of-tcha-rek ! C'est polonais.

— Ah ! D'accord. Bien. Comme je vous disais, enchaîne-t-il en relevant les yeux vers moi, si nous pouvons acquérir la conviction, sur la base des premières constatations, qu'il s'agit bien de votre ami, il nous faudra prévenir ses proches… Pourriez-vous nous y aider ?

— Vous voulez que je prévienne… ?

— Non, juste me donner les noms et les coordonnées de ses parents, d'éventuels frères et sœurs ; d'une épouse, le cas échéant…

— Son père est mort, sa mère est gâteuse et il n'est pas marié ; du moins, pas à ma connaissance. Il n'a pas d'autre famille que sa sœur... et sa belle-sœur.

— La sœur de sa femme ? Vous disiez qu'il n'ét…

— Non, la femme de sa sœur.

— Ah ! Eh bien… euh… bon. Et… pouvez-vous me fournir ses coordonnées ? Celles de sa sœur, j'entends ?

— Oui, tenez, voilà son numéro de portable. Elle s'appelle Maud, Maud Owczarek. »

Il prend le temps de recopier avec application les chiffres que je lui montre sur l'écran de mon téléphone.

« Merci. Auriez-vous aussi une adresse ? Il est préférable de se rendre sur place.

— C'est à Malakoff… en banlieue parisienne. Ça fait une trotte.

— Ce n'est pas un problème. Nous contacterons une autre brigade, à proximité, et ils se chargeront d'annoncer le décès.

— Bien. »

J'affiche tous les renseignements associés à Maud dans mon portable. Il les ajoute dans son calepin à la suite du numéro.

« Merci, monsieur Vidon. Je vous tiendrai informé de la suite. Vous restez à proximité, de toute façon ?

— Oui, je suis installé à l'hôtel de l'Isole à Quimperlé.

— Très bien. Et mademoiselle ? demande-t-il à brûle-pourpoint, en désignant Lison de son stylo, mais en gardant le regard braqué sur moi.

— Ah ? Euh… c'est une collègue… elle repart dans l'après-midi…

— Pour où ?

— Rouen. Pourquoi ?

— Avons-nous vos coordonnées également, mademoiselle ?

— Non, on ne m'a rien demandé…

— Il serait souhaitable que vous nous les communiquiez. Surtout si vous quittez la région. Ce n'est que de la routine administrative, rassurez-vous. »

Nous restons silencieux, Lison et moi. Si elle pense la même chose que moi, les dernières paroles du capitaine n'ont pas dû vraiment la rassurer. Leur tournure laissait plutôt entendre qu'après s'être totalement désintéressés de la disparition de Mock et de sa voiture, les gendarmes prenaient désormais l'évènement tellement à cœur qu'ils considéraient chaque détail comme un indice et chaque personne comme un suspect. Mais suspect de quoi ? Si Mock avait raté un virage, qui, sinon lui-même, pouvait en être tenu responsable ?

« Votre numéro, s'il vous plaît, mademoiselle ? » reprend Müller, l'air un peu agacé par notre manque de réaction. Lison se ressaisit et lui dicte les dix chiffres attendus.

« Bien, continue le capitaine, je vais donc rester ici avec mes hommes dans l'attente du légiste. Si vous désirez que nous vous raccompagnions…

— Non, merci, ça ira. »

Nous nous détournons d'un geste synchrone, Lison et moi, et dès que nous commençons à remonter vers le bois qui couvre la pente, elle s'approche de moi et me prend la main. Nous continuons, côte à côte, paumes collées, doigts unis, sans un mot.

Dans mon esprit, tout se mélange, mais surtout des prénoms de femmes. Il est si étrange que je vive ce moment avec Lison. Elle n'est qu'une collègue, comme je l'ai si sèchement annoncé au capitaine Müller. Aurait-elle imaginé, durant l'entretien d'embauche que je lui ai fait passer il y a près de quatre ans, qu'elle marcherait un jour, en me tenant la main pour me réconforter, dans un bois de Bretagne en bordure duquel la mort avait donné rendez-vous à mon meilleur ami – mon plus ancien ami ?

Bien sûr, je pense aussi à Maud : à une semaine près, c'est elle qui aurait été là, qui aurait vécu cette brutale découverte ; et alors, ç'aurait été à moi de lui prendre la main et de la soutenir. Et je n'aurais pas eu à me poser cette question cruelle : comment réagira-t-elle au moment de l'annonce ?

En arrivant sur le chemin qui nous permettra de rejoindre la route où est garée ma voiture, je me prends aussi à penser à Bélèm. Avec tout ce que nous nous étions promis, le meilleur et le pire, pourquoi ne sommes-nous pas l'un avec l'autre, dans ce moment déroutant, sinistre sans être vraiment douloureux, plus incompréhensible qu'émouvant ? Je ne sais pas d'où me vient cette conviction, mais je sens, au fond de moi, que ce serait auprès d'elle que je pourrais trouver l'aide la plus utile pour me sortir de cette énigme macabre. Aussitôt que cette pensée me vient, je me sens mal à l'aise vis-à-vis de Lison. Elle qui n'a pas hésité une seconde à me venir en aide dans ma quête de Mock ; elle qui est restée jusqu'à cet instant et qui va sans doute encore me consacrer sans regret quelques heures et qui va, dès demain, assumer de nouveau mon absence au bureau. Pourtant, même si ce sont les doigts de Lison qui s'entremêlent aux miens, Bélèm continue de m'occuper l'esprit : outre son absence, je ressens vis-à-vis d'elle une forme de culpabilité. Pourquoi l'ai-je emmerdée, hier soir, avec mes questions, mes soupçons, mes allusions lourdingues ? Mais si elle a un mec, qu'elle en profite ! De quel droit lui interdirais-je de connaître le bonheur, de partager des moments de tendresse, de vivre, en somme, alors que cette vie qui lui est offerte peut prendre fin à tout moment, dans un fleuve, sur une piste d'atterrissage, dans une chambre d'hôpital ou dans la rue, n'importe où, parce qu'une voiture loupe un virage, qu'un avion est pris pour cible par des fous, que le crabe nous broie dans ses pinces ou que le muscle courageux qui est caché dans notre torse décide de tirer le rideau ? Et si je ne voulais pas que ce soit un autre qui le lui donne, ce bonheur, je n'avais qu'à m'y prendre autrement quand j'en avais la possibilité. Il est trop tard maintenant ; j'ai gâché toutes les années que nous avons passées ensemble. Mais pourquoi ? Qu'est-ce qu'il aurait fallu pour que nous puissions vivre heureux ? Peut-être, tout simplement, que je sache vivre.

26

Nous sommes devant la gare, debout l'un face à l'autre à côté de ma voiture, et je tiens le sac de Lison dans la main. Elle fixe sur moi des yeux pleins de tendresse et de compassion. Je crois que nous sommes tout aussi conscients l'un que l'autre de l'étrangeté de la situation. Mais je ne sais pas comment en sortir. Il ne nous reste qu'un peu moins de dix minutes avant le départ de son train : il va bien falloir nous dire au revoir – et je sais que ce ne sera pas sur le marchepied de son wagon.

« Je n'aime pas regarder les gens que je quitte au travers d'une vitre ; sans rien pouvoir leur dire », m'a-t-elle déjà prévenu.

Je crois de toute façon que je trouverais ça bizarre, moi aussi, de suivre des yeux son visage emporté par le train, en restant planté sur le bord des voies. Faudrait-il agiter la main ? Sortir le mouchoir ? Articuler un dernier mot muet ? Mais lequel ? Nous nous séparerons donc sur ce parking.

« Bon, j'y vais. »

Elle tend le bras vers son sac, mais je ne la laisse pas le prendre.

« Attends. »

Je passe la main sous le revers de mon manteau et je sors de la poche intérieure droite une enveloppe que je lui tends. Je n'ajoute rien, mais à en croire l'air interloqué de Lison lorsqu'elle lit le nom du destinataire, je pense qu'elle a deviné d'elle-même la teneur de mon courrier. J'imagine également qu'en voyant l'en-tête de l'hôtel de l'Isole sur l'enveloppe, elle sait que les mots qui s'y trouvent viennent tout juste d'être écrits, comme une conclusion des évènements que avons vécus depuis quarante-huit heures. Nous avons en effet rejoint nos chambres dès le début d'après-midi, pour nous rafraîchir et nous reposer un peu, et nous y sommes restés jusqu'aux environs de quinze heures. Cela m'a laissé deux heures pour écrire ces huit lignes déjà longuement cogitées.

Lison saisit l'enveloppe sans plus de paroles que moi : elle se contente de retirer la bande protectrice du rabat arrière, avant de le coller et de sceller ce courrier, sans avoir jeté un œil à l'intérieur. Elle me prend son sac des mains et glisse la lettre dans une poche latérale.

« Au revoir, Emmanuel. »

Après s'être montrée si déterminée pour m'épauler suite à la découverte du corps de Mock, elle semble arrivée au bout de ses réserves d'énergie : ses yeux s'embuent, sa voix tremble. Pour cacher cette faiblesse, pourtant compréhensible, elle avance vivement son visage vers le mien. Mais les bises que nous échangeons, voulues comme amicales et réconfortantes, s'avèrent finalement maladroites : Lison commence par tendre la joue gauche et moi la droite, nos nez se touchent presque, se croisent et se recroisent, puis nos visages finissent quand même par se rencontrer, d'un côté, puis de l'autre ; mais alors que je me serais contenté des deux premières bises – nombre réglementaire à Paris et Rouen, et dont j'ai fait mon habitude –, Lison montre le besoin d'en faire deux autres – coutume sans doute courante dans le coin où elle habite, mais que je ne connaissais pas ; et qui ajoute quelques secondes de confusion au ballet ridicule de nos deux crânes… qui s'achève dans un éclat de rire. Comme deux enfants, sur ce parking gris, sous ce ciel gris, devant ce bâtiment ferroviaire gris et malgré l'humeur noire qui nous habite depuis l'inspection de la voiture de Mock par les pompiers, nous nous laissons aller à une bonne et belle minute de fou rire. Et je réalise que ce son clair et chaleureux que Lison m'offre en cet instant, je ne l'avais jamais entendu.

« Allez, dépêche-toi, tu vas rater ton train, finis-je par conclure, en essuyant les larmes de cette joie insolite qui me baignent les yeux. Et le prochain est demain matin. Tu imagines la tête de Dale si nous sommes deux à manquer à l'appel ?

— Oui ; et c’est bien pour lui, enfin pour la boîte, que je rentre. Je préfèrerais franchement rester près de toi : les prochains jours vont être durs.

— Oui, mais ça ira. Je pense que j’étais déjà prêt à ça. En tout cas, merci pour tout : pour avoir été là, pour prendre en charge le boulot. Je m’en veux de t’abandonner comme ça, avec tout ce...

— Arrête : ça ne sert à rien de culpabiliser ; et en plus, tu n’y peux rien. Je reconnais qu’il y a trois jours je t’aurais étranglé, mais maintenant que je sais ce qui s’est passé – et après la découverte de ce matin – je comprends que tu ne puisses pas revenir au boulot. De toute façon, ta place est ici : sans connaître la sœur de ton ami, je suppose qu’elle aura besoin d’être soutenue. »

Un dernier sourire bienveillant clôt ses paroles, puis elle se détourne, s’éloigne et disparaît dans la gare. Je contemple le bâtiment pendant une ou deux minutes avant de me décider à me rasseoir derrière mon volant. Je reste encore quelques instants en état d’inertie totale, la main sur la clé de contact, incapable de la tourner, incapable même de savoir si je dois la tourner, quitter cet endroit désolé ou au contraire me laisser dessécher dans cette voiture, sur cette place, sous ce ciel mort.

Un sursaut soudain me fait bouger les doigts. Pendant que le moteur préchauffe, j’attache ma ceinture. J’ai toujours une chambre qui m’attend à l’hôtel de l’Isole – et c’est d’ailleurs là que j’ai dit au capitaine Müller qu’il pourrait me trouver –, mais je n’ai aucune envie d’aller m’y enfermer de nouveau. Je démarre, quitte le parking et je prends la direction du sud pour rejoindre Ti-Gwern.

Ce trajet me semble si dénué de sens qu’il en devient presque irréel. Que vais-je donc chercher dans cette maison ? Quelle utilité cela peut-il avoir d’y passer la soirée, ou même une seule heure ? Personne ne m’y attend ; personne ne m’y rejoindra ; ni Mock, ni Maud. En traversant la forêt et les longues étendues des champs nus et figés par l’hiver où le bruit de mon moteur semble être la seule trace de vie, je me demande pourquoi y retourner maintenant revêt subitement une telle importance. Dix-huit ans sans mettre les pieds ici n'ont pas changé le cours de mon existence. Et quatorze ans sans aucune nouvelle de Mock, mon cher témoin de mariage, ne m'ont pas empêché de mener cette union vers un resplendissant fiasco. Pourquoi devrait-il me manquer, désormais ? Pendant cette longue séparation, il a dû en avoir, des occasions de rater des virages sur des routes de campagne qui longeaient des rivières. Et je ne m'en suis pas soucié. Qu'est-ce qu'un ami mort aurait de plus qu'un ami lointain ? Tiendrait-il sa valeur de tout ce qu'il emporte avec lui : nos souvenirs communs ; un possible retour ; la chance de pouvoir imaginer, quand notre vie patine, que quelqu'un quelque part, et même sans qu'on le sache, pense peut-être à nous ? Serait-ce cela l'ami : celui qui apporte au fond de nos impasses placardées de grands « non » la lumière d'un « peut-être » ?

J'arrive à la grille de Ti-Gwern avec une dernière question en tête, mais si amère qu'elle efface toutes les autres : n'aurait-il pas fallu que je réfléchisse à la valeur de cette amitié qui me liait à Mock avant que la Laïta ne l'engloutisse ? Et pour quelle raison ne l'ai-je pas fait ? Le temps qui passe, le travail, les enfants, les vacances, les mondanités, les sorties, les loisirs, les jours qui filent, se suivent, s'effacent, s'oublient ; puis la fierté qui nous murmure : « C'est à lui de rappeler ! » ? Puis les mois qui défilent, s'accumulent, nous encombrent et les scrupules qui susurrent : « Il faudrait que j'appelle… » ? Et enfin les années qui s'empilent, nous écrasent, nous étouffent et les remords qui accusent : « C'est trop tard pour appeler » ? Les raisons sont multiples ; et aussi dénuées de sens les unes que les autres.

J'ouvre le portail. La Renault est toujours là et la façade est toujours aussi décrépite. Je me remets au volant et j'avance sur les graviers. Je me gare près de la voiture payée par Maud pour effacer la colère du patron de Mock. Je quitte mon siège et je m'avance vers le perron d'un pas étonnamment léger. Je ne savais pas ce que je venais chercher dans cette maison. Je supposais quand même que ce n'était pas des réponses à mes multiples questions. Mais je sens maintenant que ce que je risque d'y trouver, ce sera peut-être la force de ne plus m'en poser ; et d'enterrer avec elles ces conjectures, ces rêves, ces regrets, ces envies impuissantes qui m'ont sans cesse freiné tout au long de mon existence. Je crois bien que depuis aujourd'hui, je suis entré dans la vraie vie. Et en claquant la porte de Ti-Gwern derrière moi, j'aimerais que Mock soit là ; juste pour lui dire merci.

Poussé par la force de ce mot qui ne peut pas s'exprimer, je suis pris d'une frénésie de rangement : j'ouvre tous les volets du salon, je plie les couvertures, les remets à leur place dans la chambre de Richard ; j'en profite pour laisser aussi entrer la lumière dans cette pièce qui n'a pas dû en bénéficier bien souvent depuis quelques années. Dans mon élan, je fais le tour de toute la maison, ouvrant tous les volets : dans la bibliothèque, dans les seize chambres de l'étage, dans l'arrière-cuisine. Je me mets ensuite en tête de vider les cendres de la cheminée, puis d'y rallumer un feu avant de passer à la cuisine pour évacuer les aliments moisis du frigo, en nettoyer les claies, refaire une liste de produits de base pour tenir les quelques jours que j'envisage de rester ici, en attendant que le capitaine Müller me signale que je ne lui sers plus à rien. À moins que ce soit Maud que j'attende ? Je m'arrête un instant, alors que je commençais à rincer la verseuse de la cafetière. Oui, c'est peut-être bien Maud que j'attends. Mais je me sens prêt à la recevoir, à l'aider. Je me sens vraiment devenu un autre homme.

Vers vingt heures, je décide de retourner sur Quimperlé pour dîner et récupérer mes affaires. Je mets le cap sans hésitation vers une zone commerciale, le long de la voie rapide, où je sais pouvoir trouver un McDo. Ce que je vais avaler n'a pas d'importance : je veux juste me caler l'estomac, pas me ravir les papilles ; et je veux surtout un repas rapide, sans plaisir, sans risque de faire remonter ces souvenirs qui coulent parfois dans des verres trop rutilants ou sous des épices trop parfumées. Un repas machinal, sans personne qui s'inquiète de vous, sans serveur qui vous scrute, vous interroge, sans cette attente entre deux plats, susceptible de laisser trop de place aux questionnements inutiles. Les questionnements, ils font maintenant partie de mon passé ; ils ont cédé la place aux actions.

Mon Royal Cheese, ma vaste portion de frites, mon Coca et le petit brownie cartonné que j'ajoute à la fin remplissent parfaitement leur mission. Douze minutes montre en main après mon entrée dans le royaume stéréotypé de Ronald, j'en ressors gavé et sans états d'âme.

Je repasse rapidement à l'hôtel. Je récupère mon sac et je règle ma chambre avant de reprendre la route de Ti-Gwern. Le temps que je fasse mon petit tour en ville, mon feu s'est éteint. Je le relance, puis je referme les volets du salon. Je ne crains pas de visite de voleurs – d'ailleurs, je n'ai pas fermé la porte à clé, tout comme lors de la précédente nuit que j'ai passée ici. C'est juste pour essayer de conserver un peu mieux la chaleur.

À l'autre bout de la pièce, dans un vieux meuble breton, je trouve une bouteille d'armagnac. Beau contraste avec le goût du hamburger industriel. Mais pourquoi pas ? Cette journée n'est pas à une surprise près. Je me remplis copieusement un large verre aux rondeurs aguichantes et je m'installe devant le piano. Voyons voir si je suis encore capable de jouer des airs plus entraînants que des balades de Paul Simon ou des *blues* de Led Zeppelin. Je me dégourdis les doigts sur *With a Little Help from My Friends*, au rythme de la version originale des Beatles, avant de passer sur deux titres des Stones : un *Under My Thumb* un peu bancal, puis un *The Last Time* plutôt réussi, le tout accompagné de quelques bonnes lampées d'Armagnac – et sans trop de fausses notes, je tiens à le souligner. Alors que j'attaque la cinquième mesure de *Lady Madonna*, mon téléphone se met à sonner. J'abandonne le clavier, décroche : c'est Lison.

« Je voulais savoir comment tu allais, se justifie-t-elle après avoir répondu à ma première question sur le déroulement de son voyage.

— Je vais bien. Étonnamment bien. Ça peut paraître paradoxal, mais je me sens mieux maintenant que je sais ce qui est arrivé à

Mock. L'inquiétude et la colère qui me taraudaient pendant que je le cherchais ont disparu.

— Tant mieux. J'avais peur de te trouver abattu.

— Non, ne t'en fais pas : je me suis installé dans la maison de Richard, je sirote un armagnac du feu de Dieu et je joue du piano avec une belle flambée à l'autre bout de la pièce.

— Et tu vas encore passer une nuit sur les canapés ? s'étonne-t-elle, comme le ferait une mère dont le petit aurait oublié son bonnet et son écharpe alors qu'il gèle dehors.

— Tu as l'air d'y avoir très bien dormi, toi.

— Oui, mais je suis plus petite que toi : je n'ai pas la tête et les pieds qui dépassent.

— C'est vrai. Et c'est assez important. Mais rassure-toi, je vais m'installer dans ma chambre… enfin, celle que j'occupais il y a vingt ans.

— Nostalgie ?

— Non, habitude. Enfin, si on peut parler d'habitude pour un comportement qu'on a abandonné pendant si longtemps. En fait, j'aurais trouvé plus pratique de coucher au rez-de-chaussée, mais comme il n'y a pas de lit dans la chambre de Richard…

— C'est là qu'il est mort ?

— Oui. D'après ce que Maud m'a raconté, c'est là qu'il est mort et que Mock l'a veillé jusqu'au dernier instant. Mais pourquoi tu me demandes ça ?

— C'est pour ça qu'il n'y a plus de lit : c'est parce qu'il y est mort.

— Ah ? Et qui l'a embarqué, alors, ce lit ? Une admiratrice ? Un musée des vieilles gloires du cinéma ? C'est quand même malsain de prendre une relique pareille, non ?

— Mais non, personne ne l'a embarqué, au contraire. Tu as remarqué le rond noir dans les graviers devant la maison ?

— Oui. Je ne pensais pas que tu l'avais vu.

— Emmanuel ! Tu m'as embauchée et formée pour que je repère le moindre détail. Tu l'as déjà oublié ?

— Non, non : je me réjouis chaque jour que Dieu fait de l'efficacité de ton œil d'inquisitrice de première classe. Mais explique le lien entre le rond noir et le lit de Richard.

— Il a été brûlé, ce lit. Sur les graviers. Je ne sais pas si c'est Mock ou les enfants de Richard qui ont décidé ça, mais c'est une coutume très ancienne – j'avais lu quelque chose là-dessus, il y a longtemps.

— Pfiou ! Quelle culture !

— Moque-toi !

— Non, non, je suis impressionné ! Jeune, jolie, efficace, cultivée…

— Emmanuel, si tu voulais me draguer, c'était cet après-midi qu'il fallait le faire, quand j'étais encore à proximité.

— Excuse-moi, j'avais autre chose en tête, à ce moment-là.

— Oui, désolée : c'était une mauvaise blague.

— C'est rien. Mais continue d'étaler ta vaste culture : je n'ai toujours pas compris la raison pour laquelle le lit a été réduit en cendres.

— Je sens un peu d'ironie dans ta voix. Je me trompe ?

— Non. Toujours aussi perspicace !

— Merci. En fait, si j'étais vraiment cultivée, je serais capable de t'expliquer exactement d'où ça vient, cette coutume, mais je ne sais même plus si ce sont les Hébreux, les Chinois, les Indiens ou les Vikings qui faisaient ça. Et j'ai aussi un petit doute sur le sens symbolique de ce geste. Je ne me souviens plus si cela correspond à une volonté de se débarrasser du meuble qui a supporté l'agonie du défunt, pour supprimer toute trace d'un moment douloureux ou pour éviter que quiconque dorme dans ce lit marqué par le malheur ; ou bien – autre interprétation possible – la destruction du lit est un moyen d'empêcher que ce meuble, s'il avait appartenu à un roi ou un haut dignitaire soit occupé par des personnes qui n'en seraient pas dignes. Mais pour connaître la vraie raison du rond noir dans les graviers, il faudrait pouvoir savoir ce qui s'est passé dans la tête de Mock ou des enfants de Richard au moment où ils ont brûlé ce lit.

— Je crois qu'on ne le saura jamais. Son fils et sa fille n'ont très certainement rien à voir là-dedans. Ce n'est pas un hasard si c'est Mock que Richard a voulu avoir près de lui pour l'accompagner dans ses derniers jours : il n'a jamais entretenu de bonnes relations avec ses enfants. Alors si quelqu'un a brûlé ce lit, ça ne peut être que Mock. Même si je n'aurais jamais imaginé qu'il soit superstitieux ou qu'il vénère tellement Richard qu'il lui applique un rite réservé aux rois.

— On est parfois surpris de découvrir qui sont vraiment ceux qu'on pensait être nos amis.

— Oui. Comme on peut être surpris par ceux qu'on n'imaginait pas dans ce rôle-là. »

27

Après avoir raccroché, j'ai fini mon verre en pianotant encore quelques minutes. J'ai vérifié que le feu n'était plus trop actif, j'ai placé le pare-feu devant la cheminée et je suis monté. Il m'a fallu trouver des draps, mais l'un des placards du couloir en était plein. Je me suis confectionné un petit nid douillet dans la chambre que j'occupai déjà il y a vingt ans, puis j'ai sorti mes affaires de mon sac de voyage et je les ai réparties sur le bureau – totalement exempt de la moindre trace de poussière comme Lison me l'avait fait remarquer. Parmi tout mon barda, il y avait évidemment le lion en peluche de Selma. Mon objectif initial, en vidant mon sac, était de trouver ma trousse de toilette pour me brosser les dents, mais une fois le cadeau de Selma entre les mains, j'ai oublié cette résolution : je me suis assis sur le bord du lit et, les yeux fixes, j'ai examiné pendant un long moment le petit animal orange et bleu.

Quand il avait été posé dans le berceau de ma fille, à la maternité, il était aussi grand qu'elle, et bien joufflu, et tout pimpant. Maintenant, il suffit d'une seule main à Selma pour l'attraper au moment d'aller se coucher ; et les années – ces quatre années trop rapides qui ont vu ma fille s'épanouir… et mon mariage péricliter – ne l'ont pas épargné, lui non plus : en plusieurs endroits, le tissu qui le recouvre est tout râpé, tandis que la bourre qui le remplit, autrefois moelleuse et uniformément répartie, forme des petits amas durs et discontinus. Les peluches vieillissent aussi. Et même si aujourd'hui il est tout pour Selma, son ami, son repère, son centre du monde, elle finira par le flanquer au fond d'un placard, ce pauvre Lilou. Dans moins de dix ans, les falbalas, le rouge à lèvres, les bijoux, les sorties avec les copines et les regards des garçons auront détrôné le petit lion orange et bleu. Et quand

Selma quittera la maison, elle se posera peut-être la question – si elle ne l'a pas fait avant – de savoir si elle embarque dans ses bagages ce vieux machin flapi ou si elle le balance avec tout un tas de reliques de son enfance, gardées par habitude et désormais définitivement inutiles. C'est le déroulement normal d'une vie de petite fille, de fille, d'adolescente, puis de jeune femme. Une vie qui avance, se décharge à chaque pas des fardeaux inutiles et cueille aux arbres qui la frôlent les fruits qui, au contraire, lui deviennent nécessaires ; ou lui font simplement envie. Fruits parfois plus acides que ce que leurs robes chatoyantes laissent croire ; fruits souvent difficiles à atteindre, mais d'autant plus sucrés qu'ils ont mûri tournés vers le soleil.

Combien de ces fruits la verrai-je goûter ? De combien d'heures pourrai-je bénéficier pour lui apprendre à les choisir ? Et lui serai-je d'une quelconque utilité dans ses choix, maintenant que nos vies sinuent loin l'une de l'autre et ne connaissent plus que de trop rares carrefours ?

J'ai remis le petit lion dans mon sac, j'ai attrapé ma brosse à dents et mon dentifrice et j'ai gagné la salle de bains la plus proche. L'eau était froide, presque douloureuse. Je me suis activé à frotter chaque dent comme si j'allais la présenter à un concours de beauté, je me suis rincé la bouche, je me suis débarbouillé longuement – et toujours à l'eau froide – et j'ai rejoint ma chambre. Je me suis glissé sous les draps, j'ai éteint ma lampe de chevet et je me suis endormi en pensant encore à Selma. De toutes les femmes qui comptent pour moi – au nombre desquelles Maud et Lison sont venues s'ajouter à mon ex et ma fille depuis seulement quelques jours –, il serait amusant que ce soit la plus petite qui ait la plus grande influence sur la suite de ma vie. Mais mon amusement tombe en miettes quand me revient en mémoire la voix masculine que j'ai entendue lors de ma dernière tentative pour joindre Bélèm sur son portable. Comment avais-je pu l'écarter de mon esprit ? Désormais, quoi que Selma désire, quoi qu'elle manigance pour m'influencer, elle ne verra plus jamais sa mère et son père ensemble. Comment ne peut-elle pas l'avoir compris ?

Bélèm lui aurait-elle caché l'homme qu'elle a trouvé pour me remplacer ? Ou l'aurait-elle déniché après que Selma ait décidé de me faire son cadeau ?

C'est la dernière idée qui m'a traversé l'esprit avant de sombrer dans le sommeil, et je crois que c'est elle qui a orienté mes rêves, désordonnés et dérangeants, et mettant en scène aussi bien Mock dans son rôle de jardinier que mes enfants, que je voyais cavaler sur les pelouses de Ti-Gwern, ou encore Maud, arpentant la piscine d'une brasse régulière pendant une durée qui me sembla, à l'aune de mon rêve, correspondre à plusieurs heures. Elle avait commencé au petit matin, ne s'était pas interrompue au moment du repas, et elle nageait encore tandis que le soleil commençait à décliner derrière les rangées d'aulnes qui encadraient Ti-Gwern. À la fois inquiet et agacé, j'ai essayé je ne sais combien de fois de la convaincre de sortir, lui expliquant qu'elle allait s'épuiser, que la nuit allait venir, que nous allions tous rentrer et que je ne supporterais pas de la savoir seule dehors, et engagée dans un effort si démesuré. Mais elle ne m'entendait pas, ou ne voulait pas m'entendre, ni même me voir : elle maintenait son regard fixé droit devant elle, visant le bord opposé du bassin ; et dès qu'elle l'atteignait, elle se retournait d'une torsion vive du buste et repartait dans l'autre sens avec la même troublante régularité. N'y tenant plus et pressé par les autres – Ruis, Pongo, Perdita, Harpo, Damas et même Candice, tous riant, chantant, m'interpelant et se montrant indifférents au sort de la nageuse –, je fis une dernière tentative : quand Maud s'approcha de nouveau du bord, je tendis la main vers elle et essayai de l'immobiliser en glissant mes doigts derrière sa nuque. Mais mon geste, trop lent ou pas assez précis, ne parvint qu'à effleurer ses longs cheveux ; et elle repartit et je restai seul, à genoux au bord de l'eau, tandis que nos amis, massés dans l'encadrement d'une porte-fenêtre, continuaient de m'exhorter de les rejoindre pour m'amuser, boire, manger, jouer du piano. Abattu autant par mon impuissance à faire entendre raison à Maud que par le mépris que tous les autres montraient à son égard, je me recroquevillai sur moi-même, plongeant mon visage dans mes mains. Quand je me redressai, le silence s'était fait : plus de chants, plus d'appels, plus aucun clapotis à la surface de l'eau. Et à quelques mètres seulement de mon regard baissé, les visages de tous mes amis, y compris celui de Maud, m'apparurent, inertes et boursouflés, à travers le pare-brise d'une voiture rouge et blanc immergée dans la piscine.

Je me réveille en sursaut. Il y a de la lumière dans ma chambre ; et Maud est là.

« Salut, Emmanuel. Désolée…

— Euh… salut Maud. Salut Candice. »

Je l'aperçois au moment où je me redresse dans mon lit en me frottant vigoureusement les yeux. Et je vois plus clairement le visage de Maud : pâle comme un linge, à part le nez et les paupières rougies.

« Désolée de te réveiller, continue-t-elle. Je… je ne savais pas quoi faire. Je crois que… que j'ai besoin d'être entourée. »

Candice, qui était restée sur le seuil, s'avance vers elle et l'enveloppe de ses bras. Je repousse mes couvertures et m'assieds sur le bord du matelas.

« On est quel jour ? Il est quelle heure ?

— On est lundi, répond Maud. Il est pas loin de deux heures et demie. Du matin.

— Et vous êtes arrivées quand ?

— Il y a une demi-heure. On est allées directement à l'hôtel où les gendarmes nous ont dit que tu logeais, mais comme tu n'y étais pas, j'ai pensé qu'on te trouverait ici. Un instant, j'ai eu peur que tu aies fait une connerie, toi aussi.

— Moi aussi ? Pourquoi moi aussi ?

— Comme Fred. Tu es au courant, quand même ? Les gendarmes m'ont dit que tu étais là au moment où ils ont… trouvé la voiture… dans la rivière.

— Oui, oui, bien sûr. »

J'attrape mon pantalon et mon pull, posés sur le dossier de la chaise, et je commence à les enfiler tout en continuant de questionner Maud :

« Mais pourquoi tu dis qu'il a fait une connerie ? »

Elle ne répond pas, retourne son visage vers le creux de l'épaule de Candice.

« On t'attend en bas », m'indique cette dernière. Et protégeant toujours Maud de ses bras, elle l'entraîne vers le couloir.

Je termine de m'habiller, je mets mes chaussures et quitte la chambre à mon tour. Je trouve Candice et Maud dans la cuisine. Le café en train de passer emplit la pièce de son parfum. Trois tasses ont été sorties. Maud, assise à la table, en tient une entre ses mains. Candice est debout derrière elle, les deux mains sur ses épaules. Je m'assieds de l'autre côté de la table.

« Ils t'ont… ils t'ont dit quoi ?

— Qu'ils l'ont sorti dans l'après-midi. Que c'est toi qui leur as signalé l'endroit, grâce à un mec qui fait du canoë dans le coin. Ils m'ont demandé de passer demain, en fin de journée, ou mardi matin. Je suis venue tout de suite ; je ne pouvais pas attendre.

— Je comprends.

— Merci Nil. Merci d'avoir continué à chercher.

— Je ne pouvais pas… faire comme s'il ne s'était rien passé. Et puis… il faut aussi que je te dise… c'est… c'est moi qui conduisais quand Mock est venu ici avec la Renault qui est garée devant. Je suis désolé de t'avoir caché ça, Maud, vraiment désolé. Je ne sais pas pourquoi, d'ailleurs. Je crois que je ne tourne pas très rond en ce moment. »

Candice s'éloigne vers la cafetière puis revient vers la table et remplit les trois tasses tandis que Maud me répond :

« Ce n'est rien, Nil. Rien du tout. Tu ne pouvais pas deviner que ça se finirait comme ça. Et puis, de toute façon, je savais déjà que tu étais venu avec Fred.

— Comment ça ? C'est lui qui t'en a parlé ? Pourquoi ne me l'as-tu pas dit ?

— Non, il ne m'a pas parlé de son projet de revenir ici, malheureusement. Et je n'étais donc évidemment pas au courant qu'il t'avait choisi pour l'accompagner. C'est simplement que j'ai vu les partitions, sur le piano. Il n'y a que toi qui en jouais, Nil. Il n'y a que toi qui pouvais les avoir sorties. En les voyant, je me suis juste dit que vous aviez passé une soirée entre copains, à vous rappeler les bons moments en buvant des coups. Je ne savais pas qu'après ton départ… »

Sa voix s'étrangle. Elle incline le visage. Candice s'assoit à côté d'elle, l'enveloppe de nouveau de son bras. Je prends une gorgée de café, incapable de savoir quoi dire, quel geste avoir. Je me sens démesurément inutile face à ces deux femmes, unies dans une peine que je ne parviens pas à partager entièrement, et appuyées l'une à l'autre, tête contre tête, main dans la main, regards repliés vers le cœur de ce tableau de douleur que leurs deux corps composent et dont une table de cuisine me sépare. Ce n'est qu'une ou deux longues minutes plus tard que Maud parvient à reprendre, extrayant enfin son regard de l'ombre qu'elle et Candice projettent sur le plateau carrelé.

« Ce qu'il faut que tu saches, Nil, c'est que personne ne comptait plus que toi à ses yeux. C'est parce que tu étais son meilleur ami, malgré tout, qu'il t'a choisi pour être à ses côtés dans ses derniers moments.

— Mais… comment pouvait-il savoir que… qu'il allait… avoir cet accident ?

— Ce n'était pas un accident, Nil. »

Elle ferme les yeux un court instant, juste le temps d'une profonde inspiration. Puis elle relève les paupières pour planter de nouveau son regard dans le mien.

« Fred s'est suicidé, Nil. Il s'est mis volontairement à l'eau. Il n'a pas dévalé la pente depuis la route : aucun arbre n'a été arraché, la voiture n'a subi aucun choc. Il est descendu calmement par le chemin de terre qui permet d'approcher la berge ; et une fois au bout… il a continué. »

28

Dale m'appelle vers neuf heures ; ou neuf heures cinq, peut-être, le temps que Lison lui remette mon courrier, qu'il l'ouvre et qu'il en parcoure les huit pauvres lignes que j'y ai écrites.

« Qu'est-ce que c'est que cette lettre, Emmanuel ? »

Sorti brutalement du sommeil par la superbe sonnerie de mon portable, je suis trop dans les vapes pour répondre.

« *Holy crap* ! À quoi ça rime ? continue Dale. Je veux bien comprendre que tu traverses une mauvaise passe – Lison m'a expliqué ce qui t'arrive en ce moment – mais de là à vouloir tout abandonner ! C'est de la folie ! Prends quelques jours pour réfléchir et te reposer : Lison peut très bien se débrouiller toute seule : elle est vraiment très douée… »

Je l'imagine, debout face à lui – il y a peu de chances qu'il lui ait proposé un siège – attendant qu'il lui rende l'un des deux exemplaires de ma lettre de démission après y avoir inscrit « Remis en mains propres le 2 mars 2015 » et avoir signé. Et je ne suis pas certain qu'elle apprécie les compliments de son patron.

« … mais nous ne pouvons pas faire tourner le service sans toi, Emmanuel : tu es un pilier de la boîte ; tu t'es toujours montré exceptionnellement… »

Et c'est à mon tour de recevoir un flot d'éloges. Je le laisse parler. En fait, je me rends compte, maintenant que je suis un peu plus éveillé, que je n'ai pas prononcé un seul mot depuis que j'ai pris la communication. Si Selma avait été là et qu'elle avait décroché à ma place, ce serait elle qui découvrirait actuellement la liste interminable des qualités professionnelles de son père ; mais Dale, de son côté, ne verrait pas la différence. Et de toute façon, cirage de pompes ou pas, ce qu'il peut penser de moi ne changera rien à ma résolution.

« Écoute, Dale, finis-je par lui répliquer, sans m'inquiéter de savoir si je le coupe en plein milieu d'une phrase : ma décision est prise ; et ce n'est pas un coup de tête : j'ai bien réfléchi, je ne peux pas continuer comme ça. Ça fait quinze ans que je…

— Va te faire foutre ! »

Et il raccroche. Je regarde mon portable pendant quelques secondes, un peu estomaqué. Puis je me ressaisis, je le repose sur la table de nuit, j'attrape mon *jean* et mon pull, puis un caleçon et une chemise propres, ainsi que mes affaires de toilette et une serviette de bain. Je quitte la chambre et je vais tout au bout du couloir, vers la salle de bains qu'utilisaient Pongo et Perdita… et pas uniquement pour se laver. À une telle distance, Candice et Maud ne devraient pas être gênées par le bruit de la douche. En espérant que le coup de fil de Dale ne les a pas déjà réveillées.

Quand j'ouvre le robinet, c'est une eau jaunâtre qui sort. Après près de vingt ans sans avoir été utilisées, il n'est finalement pas étonnant que les tuyauteries libèrent ce genre de jus infâme. Pourtant, il ne me semble pas avoir constaté le même phénomène en remplissant la cafetière, en nettoyant la vaisselle ou en me débarbouillant dans la salle de bains la plus proche de l'escalier. Je ne me pose pas plus de questions : l'eau retrouve une coloration plus acceptable et elle a atteint la température qui me convient. Je me glisse sous le jet, je le laisse me fouetter pour raviver mes sens, puis je me savonne vigoureusement et en quatrième vitesse. Je me rince, je sors de la douche et je me sèche tout aussi rapidement – malgré toute la bonne volonté de la chaudière allumée par Mock, la chaleur à l'étage n'est pas excessive – et je m'habille sans perdre de temps.

De retour dans ma chambre pour ranger mon linge sale, je remarque que mon portable clignote sur la table de nuit, signalant un message. Est-ce Dale qui m'a rappelé ? Cette fois, si Maud et Candice n'ont pas été réveillées, ce serait bien un miracle. J'attrape l'appareil et compose le numéro de ma messagerie tout en quittant la pièce. Comme j'arrive en haut de l'escalier, le message commence… et je reconnais immédiatement la voix de Lison ; je l'écoute tout en descendant pour rejoindre la cuisine :

« Emmanuel, je suis désolée que Dale ait pris les choses comme ça. Ce type est vraiment un mufle. Enfin, c'est sûr que ça a dû lui faire un choc. Moi, j'ai eu le temps de me préparer. J'avais compris dès que tu m'as donné l'enveloppe. Je voulais juste te dire que ça va me manquer de ne plus travailler avec toi. Parce que j'imagine que tu vas t'arranger pour ne pas faire ton préavis. Et surtout, ne te force pas à revenir juste pour moi. Je m'en sortirai très bien… sauf si je démissionne aussi parce que Dale m'insupporte trop. Sinon, je voulais te rappeler que c'est toujours moi qui ai la liste des amis de Mock. Peut-être que sa sœur voudra la récupérer. Elle veut peut-être les prévenir. Au moins ceux qu'il a revus récemment. Il aurait peut-être souhaité qu'ils soient là pour son enterrement. »

Je n'y avais pas pensé. Mais je ne prends pas le temps de le dire à Lison : comme j'arrive dans la cuisine, j'y découvre avec surprise Maud, assise seule devant la table carrelée. Au moment où elle me dit : « Salut Nil », la voix de Lison glisse dans mon autre oreille : « Au revoir, Emmanuel… et bon courage. Je t'embrasse. »

Je raccroche tout en bafouillant une réponse confuse à l'attention de Maud.

« Qui était-ce ? me demande-t-elle alors, sans paraître s'offusquer du borborygme que je viens de lui adresser.

— Une collègue, Lison : elle était là avec moi ce week-end ; elle m'a vraiment beaucoup aidé pour essayer de retrouver ton frère.

— Je ne pensais pas qu'autant de monde s'était mobilisé pour lui. Tu la remercieras de ma part.

— Je n'y manquerai pas. De toute façon, il faut que je la rappelle. Candice n'est pas là ?

— Elle est partie au village, chercher des croissants. Moi, j'avais juste pour mission de préparer le café. J'ai accompli ma tâche, je n'ai plus qu'à attendre. »

Je prends trois tasses propres dans le placard au-dessus de l'évier. J'en remplis deux. J'en tends une à Maud.

« Tu as réussi à dormir quand même ?

— Oui. J'ai fini par tomber d'épuisement, répond-elle dans un sourire fragile. Et je crois que j'ai dormi comme une masse, sans même rêver… jusqu'à ce que ton téléphone sonne… et re-sonne… et re-sonne.

— Désolé. Problèmes de boulot. Mais tout est réglé, maintenant.

— Vraiment ?

— Oui, pourquoi ?

— Il faut quand même que tu rappelles ta collègue.

— Ah ? Oui. Mais ça n'est pas pour le boulot : ça concerne la liste d'amis que tu avais trouvée chez Mock.

— C'est elle qui l'a ?

— Oui. Je l'avais oublié sur mon bureau ; elle l'a vue, elle a appelé trois types de la liste pour comprendre ce qui m'arrivait et elle l'a gardé ensuite.

— Qui a-t-elle appelé ?

— Euh… Pongo, je crois. Et Harpo. Et après, je ne sais plus si c'est Ruis ou Damas.

— Et qu'ont-ils raconté ? Fred les avait-il appelés aussi ?

— Oui. Et ils ont tous raconté la même histoire : ils sont venus ici, à la demande de Mock qui prétendait vouloir répandre les cendres de Richard dans le jardin, et à peine arrivés, ils se sont retrouvés seuls : plus de Mock. Exactement ce qui m'est arrivé.

— Alors là… mais pourquoi tout ce cinéma ? Mon frère a toujours été compliqué, mais là, il a atteint des sommets.

— Tu disais qu'il voulait vivre un dernier instant avec son meilleur ami…

— Oui, mais je parlais de toi ; je ne savais pas que…

— Il faut croire qu'il avait plusieurs "meilleurs amis".

— Je reste quand même persuadée que c'est toi qu'il préférait : il t'avait quand même mis à la fin de la liste. Et c'est après être venu ici avec toi qu'il a choisi de disparaître définitivement. »

Je bois plusieurs gorgées de café en réfléchissant aux paroles de Maud. Ce n'est qu'une interprétation. Et on n'aura jamais la possibilité de savoir si elle est juste. Et je ne suis pas vraiment à la fin : après moi, il y a ce type surnommé Albédo. Même si Mock n'a écrit aucun numéro de téléphone sur cette dernière ligne, peut-être l'a-t-il quand même contacté ? Peut-être sont-ils venus ensemble ici, entre le moment où je suis parti et le moment où Mock est tombé dans la rivière ? Dans ce cas, selon le raisonnement de Maud, ce serait cet Albédo son meilleur ami. Mais qui est-il ?

Je n'ai pas le temps d'approfondir ma réflexion, ni même de l'évoquer devant Maud : Candice vient d'arriver avec ses croissants.

Nous les mangeons en silence. Enfin, c'est surtout moi qui mange, tandis que Candice picore et que Maud sirote lentement son café. Parler de cet inconnu qui porterait le surnom d'Albédo me paraît de plus en plus incongru. Pas seulement à cause du manque d'appétit des deux femmes assises face à moi ; mais parce qu'il me semble, depuis qu'elles sont toutes les deux dans la même pièce, que l'atmosphère s'est brutalement refroidie. Où sont donc passées la tendresse et la complicité qui les liaient et se révélaient dans chacun de leurs gestes lorsqu'elles sont arrivées, cette nuit ? J'ai du mal à me l'expliquer. Et exprimer mon étonnement me paraîtrait tout aussi déplacé que de poser la question qui me trottait dans la tête lorsque Candice est rentrée du village. Finalement, je reprends un troisième croissant.

29

Candice et Maud sont parties marcher en forêt. Pour ma part, j'ai préféré décliner la proposition. J'ai réussi à me justifier en prétextant la nécessité impérative de réapprovisionner le garde-manger : ne sachant combien de jours il va nous falloir attendre pour avoir des nouvelles de l'hôpital ou des gendarmes, nous devons quand même prévoir un minimum de réserves ; personnellement, j'ai besoin d'un peu plus de calories que mes deux colocataires ; disons autant qu'elles deux réunies.

En réalité, ma véritable motivation était de les laisser seule à seule : Candice repart en début d'après-midi pour Malakoff, où elle a confié ses deux garçons aux bons soins de sa mère : si les dernières heures qu'elle passera auprès de Maud pouvaient permettre de dissiper la tension que j'ai sentie entre elles, ce serait une bonne chose. Je ne sais pas pourquoi, mais être témoin de ce malaise me remue plus que de savoir qu'on a repêché Mock au fond d'un fleuve. Peut-être cela me rappelle-t-il des épisodes récents de ma propre vie ?

En quittant Ti-Gwern, je réfléchis rapidement pour savoir quelle option serait la meilleure : mettre le cap vers Quimperlé, c'est assurément me permettre d'avoir plus de choix pour mes achats ; mais me contenter des quelques commerces du village, c'est plus sûrement encore gagner du temps. Ça me semble plus important : je ne dois pas risquer que Candice parte avant mon retour et que Maud se retrouve seule dans cette grande bâtisse marquée par la douleur. Arrivé sur la départementale, je prends donc à gauche vers le village.

En attendant Franck Jaouen devant la mairie hier matin, j'avais pu constater que les commerces, déjà peu nombreux il y a vingt ans, s'étaient encore raréfiés. À part deux banques et une agence immobilière, je n'avais pu repérer qu'un boucher-traiteur, une charcuterie et deux boulangeries ; sans oublier la quincaillerie où Mock s'approvisionnait en outils et en « drogues » diverses pour ses plantes et où je l'avais accompagné plus d'une fois, mais qui ne me serait pas vraiment utile pour mes emplettes du jour. Mais peu importe ce choix limité : même si l'on ne mange que de l'andouille de Guémené et du *kouign amann* pendant trois jours, on devrait réussir à ne pas se laisser mourir de faim – je crois en effet savoir que l'apport calorique de ces spécialités bretonnes est loin d'être négligeable ; mais pour redonner de l'énergie – et peut-être le sourire – à une femme en deuil, ça peut justement s'avérer très efficace.

Je me gare sur la place ; je commence par la boucherie – qui me permet de trouver beaucoup plus que de l'andouille, puisque je prends à peu près une portion de chaque plat du rayon traiteur –, puis je passe à la boulangerie la plus proche, dans laquelle je prends plaisir à choisir des variétés de pains spéciaux plus tentantes les unes que les autres. Je parviens également à m'y procurer quelques ingrédients pour nos prochains petits déjeuners : café, miel, confitures artisanales, sans oublier une petite pile de tablettes de chocolat – au lait avec des noisettes –, base indispensable de toute trousse de secours psychologique, et deux bouteilles de cidre, qui pourront aussi apporter une contribution fort appréciable.

Finalement, en moins de quarante minutes, j'ai fait tous mes achats et je suis de retour à la grille de Ti-Gwern. Je constate alors immédiatement que Maud est loin d'être seule : Candice n'est pas encore partie et, dans la rangée où se trouvent sa voiture et la Renault de Mock, un véhicule de gendarmerie s'est ajouté.

Je décharge mes sacs de courses et je vais directement à la cuisine, surtout pour mettre au frais la viande, la charcuterie et les barquettes achetées chez le traiteur. Je laisse le reste en plan sur la table pour rejoindre le salon, d'où des voix me sont parvenues lorsque j'ai traversé le hall. J'y découvre Candice et Maud, côte à côte sur l'un des canapés. Le capitaine Müller leur fait face, assis sur le bout des fesses et droit comme une matraque. Il s'interrompt quand j'arrive, se lève et me salue avec un respect que je trouve excessif ; mais qui s'avère cinq ou six tons en dessous des courbettes que réalisent ses deux subalternes, en faction derrière son siège, quand à leur tour ils me serrent la main ; que je récupère sans avoir la certitude que tous mes métacarpiens sont encore classés dans le bon ordre. Je garde un œil sur le plus grand des trois gendarmes et note *in petto* de lui proposer qu'on se fasse plutôt la bise quand il partira.

« Monsieur Vidon, commence Müller avec un ton détaché qui ne me dit rien qui vaille, nous étions en train d'exposer nos premières conclusions à madame Owczarek et madame Forest. Nous vous aurions bien convié pour ce compte-rendu, mais vous n'étiez pas à l'hôtel où vous nous aviez dit que vous séjourneriez. »

S'étant rassis, mais plus confortablement cette fois-ci, et sans me proposer d'en faire autant, il me regarde d'en bas, le dos bien carré contre le dossier de son fauteuil, les jambes croisées, la tête un peu penchée, une main pendant négligemment par-dessus l'un des accoudoirs tandis que l'index de l'autre semble contrôler la rectitude du pli de son pantalon. La seconde d'hésitation dont je fais preuve avant de répondre lui permet de comprendre qu'il a réussi, comme il semblait le souhaiter, à me déstabiliser.

« Oui, Maud et Candice – mesdames Owczarek et Forest – m'ont proposé de loger ici ; pour économiser le prix d'une chambre en ville.

— Je comprends bien. Ne m'en voulez pas, c'est dans ma nature de m'inquiéter quand je ne trouve pas les gens à l'endroit prévu.

— Je ne vous en veux pas, rassurez-vous. Mais je ne voulais pas vous interrompre. Continuez votre conversation.

— Oh, nous avions presque fini, rétorque-t-il tout en se redressant pour reprendre la position incommode dans laquelle je l'ai découvert en entrant. Dans les circonstances douloureuses que vous traversez, madame, je préfère ne pas vous importuner trop longtemps. »

Il a terminé sa phrase après avoir détourné son regard vers Maud. Me donner le sentiment que je n'existe plus est peut-être la deuxième phase de ses manœuvres pour m'impressionner. Je ne m'en offusque pas et je passe devant lui pour aller me caler dans un autre fauteuil, tandis qu'il reprend, alors que Maud n'a pas réagi à ses derniers mots, qui sentent un peu trop la pommade pour qu'ils soient vraiment à son goût.

« Il me restait donc juste à vous expliquer la suite de la procédure : les médecins légistes devraient rendre un rapport préliminaire d'ici un ou deux jours. Les techniciens de la police scientifique devraient mettre un peu plus de temps à analyser l'ensemble des éléments recueillis. Sur la base des premières constatations que je viens de vous exposer, le permis d'inhumer devrait néanmoins pouvoir être délivré assez rapidement.

— Et est-ce que je pourrai voir mon frère ?

— Nous ferons en sorte que cela soit possible. Peut-être mercredi.

— Mais si les médecins légistes ont fini… ?

— Ils ont presque fini. Ils ont apparemment encore un peu de travail demain. Et il faut ensuite laisser le temps aux thanatopracteurs pour…

— Parlez-moi français, s'il vous plaît.

— Le corps de votre frère a un peu… souffert sous l'eau. Du personnel spécialisé doit intervenir pour lui… rendre un aspect… convenable.

— Bien. Je comprends. »

Le capitaine Müller se lève. Ses deux sous-fifres rectifient leur position, aussi brusquement et rectilignement que des langues de belles-mères un soir de réveillon.

« Madame Owczarek. Madame Forest. Monsieur Vidon. »

L'officier nous serre la pince les uns après les autres. J'esquive la patte du gendarme qui s'est fait greffer un étau à la place des doigts, en pivotant vers la cheminée pour remettre une bûche inutile sur un feu pas encore allumé. Je ne me retourne que lorsque je suis certain que les trois militaires, raccompagnés par Candice, ont quitté la pièce.

Scrutant le visage fermé de Maud, qui reste les yeux fixés sur le siège où se tenait Müller quelques secondes plus tôt, je n'ose pas l'interroger. Et je n'ose pas me rasseoir face à elle. Et finalement, c'est elle qui prend la parole la première, au moment où Candice nous rejoint et se pose à ses côtés pour l'entourer de son bras.

« Il s'est suicidé. Maintenant, c'est sûr. Il s'est attaché dans la voiture, il l'a fait rouler jusqu'à ce qu'elle tombe dans le fleuve et il a attendu que l'eau l'étouffe. Et dire que si j'avais su… »

Elle écarte brutalement les bras de Candice et se lève. Je la suis du regard comme elle va se poster devant l'une des portes-fenêtres.

Je ne sais pas si je suis très doué pour remonter le moral, ni si je dispose de tous les arguments nécessaires, mais voyant Candice prostrée dans un coin du canapé, le regard fixé sur les cendres du foyer, je comprends qu'il n'y a de toute façon que moi qui puisse faire quelque chose. Je me lève à mon tour et me dirige vers Maud.

« Écoute, Maud, je crois que tu ne pouvais pas deviner ce qui allait se passer. Ceux qui laissent entendre trop clairement qu'ils vont se suicider ne passent jamais à l'action ou font tout pour se rater. Alors que ceux qui veulent vraiment se supprimer ne publient pas les bans : ils y vont.

— Depuis quand tu es psychologue, toi ? me réplique-t-elle sans quitter la terrasse des yeux.

— Je ne me prétends pas psychologue : je lis juste les magazines féminins dans la salle d'attente de mon médecin. Mais ce que je dis est quand même assez évident. On ne pouvait donc rien faire, Maud.

— Si, moi, j'aurais pu. Si j'avais su. »

Elle se retourne et se dirige vers la porte.

« Bonne route, Candice. Et embrasse les garçons de ma part », lâche-t-elle avant de quitter la pièce et sans même jeter un regard à sa compagne. Cette dernière quitte également son siège, passe à son tour dans le hall et trente secondes plus tard, j'entends la porte d'entrée claquer.

30

C'est sur son lit que je retrouve Maud. Comme elle me tourne le dos, je ne sais pas si elle dort. Je ne commets évidemment pas la bévue de le lui demander et je commence à tirer doucement la porte, en remportant la part de *kouign amann* tiède que je lui avais montée.

« Nil ? »

Sa voix interrompt mon mouvement. En passant la tête entre le chambranle et la porte, je constate qu'elle n'a pas changé de position pour autant.

« Oui, Maud.

— Qu'est-ce que tu voulais ?

— Savoir si tu avais une petite envie de te shooter au beurre et au sucre.

— Tu crois que ça peut me faire du bien ?

— Oh là ! Il n'y a pas de meilleur remède ! Alors, je te laisse l'assiette ou pas ? »

Elle se retourne.

« Non, je vais descendre manger avec toi. »

Elle se lève lentement ; nous quittons sa chambre et rejoignons la cuisine. Elle s'installe à table, je pose l'assiette devant elle, avant d'en sortir une autre pour moi ainsi que deux verres. Je me sers une bonne part, puis je sors du frigo la bouteille de cidre. Je remplis les verres et m'assieds à mon tour.

« Merci, me dit aussitôt Maud, en fixant ses prunelles dans les miennes.

— Oh, je n'ai pas fait grand-chose, tu sais. Je me suis contenté d'acheter ce que d'autres savent si bien faire.

— Je ne parle pas de ça ; même si ça peut aider à me changer les idées. Je te disais merci pour ta présence. Et pour ne pas chercher à… à en savoir trop.

— Ça viendra, ne t'en fais pas : j'attends que tu prennes des forces ; et après, je te bombarderai de questions.

— Mais tu ne devrais pas rentrer chez toi, toi aussi ?

— Attends, je n'ai même pas commencé et tu veux déjà me mettre dehors ?

— Non, ça n'a rien à voir. C'est juste que tu as sûrement mieux à faire que de me tenir compagnie.

— Oh, non ! T'en fais pas : personne ne m'attend, moi : mes gamins, je ne les récupère que le week-end prochain.

— J'espère qu'on sera repartis avant.

— Oh, quand même… Et puis, si jamais il faut rester un peu plus, Bélèm n'y verra pas d'inconvénient : on n'est pas ce genre de couple divorcé qui se chamaille sur tout : on se rend facilement des services, on fait vraiment tout ce qu'il faut pour que tout se passe bien pour les gamins.

— Tu l'aimes encore, non ?

— Pardon ?

— À chaque fois que tu parles d'elle, tes yeux brillent comme ceux d'un homme amoureux.

— Et qu'est-ce que tu connais des hommes amoureux ? Si tu me parles des regards transis d'amour que Candice pose sur toi, OK, je veux bien t'écouter, mais pour ce qui est des hommes amoureux, franchement, je te refuse le diplôme de spécialiste de ce genre de bêtes-là.

— Un regard amoureux, c'est un regard amoureux. Quels que soient l'objet de cet amour et les yeux qui le contemplent. Tu es vraiment très conventionnel, mon pauvre Nil.

— Mais non, ce n'est pas ça ! C'est simplement que…

— Oui, excuse-moi, tu n'es pas conventionnel du tout : tu es et as toujours été le prototype du fantaisiste. De toute façon, si cela peut te rassurer sur la qualité de mon jugement, je peux te dire qu'un homme amoureux, j'en ai connu un, ici même, il y a vingt ans. Et je crois bien qu'il portait le même nom que toi. »

Elle me décoche un sourire dont même ses yeux humides et son nez rougi ne parviennent pas à diminuer le charme. J'avale l'une après l'autre quatre bouchées de *kouign amann* que je découpe avec la lenteur et l'application d'un neurochirurgien penché sur une boîte crânienne grande ouverte.

« Quand je te demandais si tu ne devais pas rentrer, je pensais surtout à ton boulot », reprend Maud.

Je relève les yeux vers elle. Elle me fixe, dans l'attente de ma réponse. Je constate qu'elle a à peine touché à la part que je lui ai servie alors que j'ai presque fini la mienne.

— En fait, je… je suis en vacances.

— Ah ? Curieux hasard.

— Non, non, ce n'est pas un hasard. Disons que c'est… une décision… récente.

— Et tu as posé combien de jours de congés ?

— Je ne sais pas encore. Dix, vingt, trente… trois cent soixante-cinq… sept cent trente, mille quatre c…

— Qu'est-ce que tu as encore inventé, Nil ?

— Rien, rien. Je n'invente jamais rien, moi : je ne fais que contrôler, inspecter, valider ou sanctionner ce que les autres inventent. De nous deux, la seule qui crée, c'est toi. D'ailleurs, il faudrait que j'achète tes autres livres : tu m'as dit que Richard les avait tous dans sa bibliothèque, mais quand j'ai regardé, ils n'y étaient pas.

— Ils étaient dans la voiture.

— La voiture ? Quelle voiture ?

— La Mustang, Nil. De quelle autre voiture veux-tu que je parle ?

— Euh… je… je ne sais… Oui, bien sûr. »

Maud ne me quitte pas des yeux. Je ne tiens pas dix secondes face à ce regard-là, et le mien se met à divaguer de nos verres à ses bras, de la fenêtre à ses cheveux, pour finalement aboutir sur son poing droit, posé à deux centimètres de son assiette, et dans lequel la petite fourchette qui se dresse à la verticale semble un pieu d'amarrage sans lequel elle aurait déjà sombré sous la table.

« Fred les a tous embarqués, mes bouquins, avant de se foutre à l'eau », reprend-elle. Je reporte mon attention sur son visage comme elle continue : « Il a aussi mis sur le siège à côté de lui tous les portraits que Ruis avait faits de nous. Enfin, je suppose que c'est ça : le chef des gendarmes m'a parlé de portraits, sans pouvoir dire, évidemment, qui ça représentait. Mais vu qu'il n'y a plus aucun tableau aux murs du couloir de l'étage, je suppose que ce sont ceux-là que Fred a pris avec lui. »

Cette fois, je ne me défile pas et je soutiens le regard désespéré de Maud. Sans doute s'interroge-t-elle comme moi sur le sens de cette arche de Noé morbide dans laquelle Mock a voulu nous emporter avec lui vers la mort. Voulait-il conserver ainsi ce qui comptait le plus à ses yeux : les romans de sa sœur et les portraits de ses amis ? Car c'est bien cela, oui : nous étions ses amis. Le temps qui passe, l'absence de volonté de se revoir peuvent essayer de contredire cette évidence ; mais Mock nous considérait toujours comme ses amis. D'ailleurs, le contraire de ce mot existe-t-il ? Non. Car « ennemi » ne s'applique pas dans notre cas : nous n'avions aucune raison de nous haïr ou de vouloir nous nuire les uns aux autres. C'est donc une tout autre expression qu'il faudrait inventer pour dire que notre amitié a dépéri lentement et sans raison. La désamitié, peut-être ? La forme la plus cruelle de l'indifférence.

En réalité, en retrouvant nos numéros, en nous téléphonant à tour de rôle, puis en nous conviant ici pour une ultime soirée, Mock a simplement voulu nous dire cette vérité qui seule doit rester : « ami » est un titre qui ne se perd pas ; il peut seulement s'oublier. Et s'il a noyé nos visages en même temps que sa vie, c'était simplement pour nous en apporter la preuve.

« Il faudrait prévenir les autres.

— Les autres ? Quels autres ? s'étonne Maud.

— Tous ceux dont il a pris le portrait avec lui. Je pense qu'il voulait nous laisser un message.

— Un message ? Je ne comprends pas.

— C'est Lison – ma collègue – qui m'a donné cette idée. Quand nous sommes venus ici, elle et moi, nous avons découvert que tes romans avaient disparu de la bibliothèque. Elle a tout de suite pensé que c'était Mock qui les avait emportés. Selon elle, s'il avait voulu revoir tous ses anciens amis, c'était parce qu'il était condamné par une maladie incurable. Et s'il emportait tes livres pour les lire avant de mourir, c'était pour te faire comprendre que tu comptais beaucoup pour lui. J'imagine donc, même s'il n'est pas mort comme nous le pensions, qu'il a agi selon la même démarche en emportant les portraits : c'est une manière de nous montrer quelle importance nous avions à ses yeux.

— C'est peut-être vrai. On ne le saura jamais.

— En tout cas, ce n'est pas anodin qu'il ait chargé la voiture avec ces livres et ces tableaux avant de la flanquer à l'eau.

— Tu as sans doute raison.

— C'est pour ça que je crois qu'il serait utile de passer ce dernier message à ceux qui sont concernés. Lison me l'a déjà suggéré ce matin, au téléphone ; je pense que ça devient encore plus important, maintenant que l'on sait ce qu'il a fait de ces tableaux.

— En gros, c'est sa « lettre de suicide » ? Les gendarmes étaient justement venus voir, tout à l'heure, s'il n'avait pas laissé un mot quelque part dans la maison. Ils n'ont rien trouvé. Mais en fait, ils l'avaient sous les yeux quand ils ont sorti la voiture de l'eau.

— On peut dire ça comme ça… si mon interprétation est juste.

— OK, alors, téléphonons à tous ces vieux amis auxquels Fred tenait tant.

— Je dois juste rappeler Lison avant : c'est elle qui a la liste.

— Ah oui, c'est vrai. Eh bien, vas-y : je vais prendre de quoi noter.

— Attends : avant toute chose, je préfère vérifier qui est vraiment concerné.

— C'est-à-dire ?

— Il faut savoir quels portraits Mock a pris avec lui.

— Tu crois que les gendarmes nous laisseront les voir ?

— Je ne pensais pas à ça : je me disais qu'on avait juste à monter au grenier. Tu ne te souviens pas tous les cadres retournés qu'on a vus quand on est venus ici, il y a dix jours ?

— Ah si. Et j'avais même cru que c'était nos portraits, justement. Mais apparemment, c'est autre chose, puisque les œuvres de Ruis ont été retrouvées dans le fleuve.

— En fait, on n'en sait rien : ce sont peut-être des toiles blanches qui sont là-haut, ou seulement quelques portraits ; mais lesquels ?

— Allons voir. On découvrira peut-être que Fred a uniquement laissé le tien et le mien.

— Maud ! Normalement, c'est moi qui suis défaitiste, pas toi ! »

Elle me lance un sourire fragile ; puis se lève. Je l'imite, nous quittons la cuisine et gagnons l'escalier. Je la suis sans un mot jusqu'à l'étage puis sur l'échelle de meunier qui monte au grenier. Nous traversons sans un regard les deux premières pièces pour rejoindre celle qui servait d'atelier à Ruis. Maud s'agenouille et commence à retourner les cadres.

Il y en a une vingtaine. Elle les passe en revue rapidement et les empile sur sa gauche. De toute façon, il n'y a aucune raison de s'attarder : dix-huit ou dix-neuf d'entre eux se révèlent entièrement vierges. Les toiles ne sont pas blanches pour autant : abandonnées pendant près de vingt ans à la poussière, à la lumière et aux parasites, elles arborent des colorations jaunes, noires, vertes, en taches ou en lignes – notamment sur les bords, les plus exposés. Mais elles sont exemptes de toute peinture : nous avons sous les yeux les réserves de châssis que Ruis s'était constituées et qu'il n'a pas eu le temps d'employer.

Mais le plus surprenant, ce ne sont pas ces supports inutiles : ce sont les deux portraits enfouis en dessous. Sur l'un, nous reconnaissons immédiatement Richard : ce tableau était exposé avec les autres, dans le couloir du premier étage ; pourquoi Mock l'a-t-il laissé ici ? Nous ne le saurons sans doute jamais. Ensuite, c'est une œuvre de Ruis totalement inconnue qui nous apparaît. On y voit un homme, souriant, les bras écartés en un geste d'accueil, les pieds soulevés à quelques centimètres du sol, entièrement vêtu de blanc et transfiguré par de larges aplats lumineux rayonnant tout autour de son corps comme un vaste nimbe pour aller éclairer une ribambelle de petits visages disposés sur tout le pourtour de la toile. Mais par la magie de son talent, Ruis a réussi à donner à cette figure christique, surnaturelle, un aspect profondément humain : de son regard, de son sourire n'émane qu'une grande bienveillance. Je reconnais immédiatement le visage de Mock.

Je me tourne aussitôt vers Maud. Je la découvre pétrifiée, les yeux écarquillés, la bouche entrouverte dans une exclamation muette.

« Il n'allait pas prendre son propre portrait, parviens-je à murmurer, sans savoir vraiment ce que cette phrase peut apporter à Maud, ni même si elle m'entend.

— Pourquoi l'avait-il caché ? réplique-t-elle, me confirmant que mes mots n'ont certainement pas dû l'atteindre.

— Par modestie, peut-être. Il a peut-être eu peur que l'on pense que c'était lui qui avait demandé à Ruis de lui donner cette apparence presque divine ?

— Non, nous savions tous que Ruis faisait exactement ce qu'il voulait ; que personne, pas même Fred, ne pouvait l'influencer, rétorque Maud en tournant son regard effaré vers moi.

— Nous, on le savait, mais des nouveaux venus, tombant face à un Christ avec la trombine de Mock auraient pu trouver ça un peu fort. Ruis avait sûrement d'autres intentions en peignant ton frère de cette façon ; mais pour les connaître, il aurait fallu lui demander… ou passer des heures à analyser chaque centimètre carré de la toile à la recherche d'un signe.

— Ou simplement lire le titre écrit derrière. »

Maud a raison. Je me souviens que mon propre portrait avait été intitulé « Attente ». Un seul mot pour définir toute ma vie. Empoignant le châssis aux deux extrémités, Maud le retourne et nous découvrons, peint en grandes lettres noires fines et allongées, le mot « Albédo ».

Si c'était possible, Maud pâlit un peu plus, les cernes d'inquiétude qui marquent ses paupières se creusent et s'assombrissent encore et ses lèvres tremblantes s'ouvrent sur cette question, tandis qu'elle tourne son visage accablé vers moi :

« Qu'est-ce que ça veut dire ? »

Est-ce uniquement la définition de ce terme qu'elle désirerait connaître ? Ou s'interroge-t-elle, comme moi, sur la raison qui a poussé Mock à le reporter à la fin de sa liste d'amis ? Car si « Albédo » désigne Mock lui-même, cela signifie-t-il qu'il se considérait comme son propre ami ? Le nom d'un désordre mental assez inquiétant me vient tout de suite à l'esprit. Mais je ne peux pas ajouter ce tourment à la détresse de Maud. Alors je préfère rester dans du concret ; et faire comme si sa question ne portait que sur la définition du mot lui-même :

« C'est une propriété physique : l'albédo d'un corps, c'est sa capacité à renvoyer la lumière. La neige, par exemple, présente un albédo très élevé, proche de un, alors que le charbon ou tout autre objet d'un noir profond aura un albédo proche de zéro.

— Mais qu'est-ce que ça veut dire ? Pourquoi Fred a… »

Apparemment, mes explications ne suffisent pas. Maud est-elle en train de concevoir elle-même les réponses à ses questions, m'en tenant à l'écart tout en se fermant à mon laïus de prof de sciences improvisé ? Peu importe : ne sachant que faire d'autre, je continue dans cette voie, comme le taureau qui fonce sur le chiffon rouge en refusant de voir l'épée :

« L'albédo le plus élevé, dont la valeur est égale à un, correspond à un miroir parfait. En fait, la valeur maximale est fixée à un, parce que l'albédo s'obtient en faisant le rapport de l'intensité lumineuse renvoyée sur l'int…

— Mais pourquoi Ruis a utilisé ce mot pour représenter Fred ? Quelle lumière renvoyait-il ? Je ne comprends pas. »

Un petit peu satisfait de voir qu'elle m'a quand même écouté, je dois avouer que je ne comprends pas mieux qu'elle. Mais je ne suis pas au bout de mes surprises : Maud se relève brusquement et, courant presque pour rejoindre l'échelle, elle crie, sans que je sache si elle s'adresse à moi ou si elle cherche seulement à se donner du courage : « Il faut que je voie son corps ! »

31

Il est six heures trente quand j'arrive au bureau. Pendant tout le trajet de retour depuis Ti-Gwern, je me suis convaincu que je devais y retourner : Maud m'a clairement fait comprendre qu'elle n'avait plus besoin de mes services ; chez moi, personne ne m'attend ; alors même si j'ai passé la nuit dans ma voiture, il n'y a qu'un seul endroit où je pourrai avoir l'impression d'être utile : auprès de Lison. Car ce n'est pas parce que j'ai démissionné que je dois laisser le fonctionnement du service reposer entièrement sur ses épaules. Elle n'a pas hésité, elle, à me venir en aide.

Pourtant, au moment de garer ma voiture sur le parking désert, je réalise que mes scrupules à son égard – même s'ils sont indéniables – ne sont pas ma seule motivation pour arriver si tôt. Passer devant tous les collègues, les saluer, les voir détourner la tête ou, au contraire, quitter leur fauteuil pour venir me questionner, tout cela me serait insupportable. Mieux vaut être dans la place avant eux tous. Je me fais peut-être des films, mais je m'imagine assez facilement que Dale a dû me tailler de chaleureux costards auprès de toute la boîte. Après mon acte de traîtrise, je ne mérite pas mieux. Dans la loi de toute firme, abjurer son serment d'allégeance est le pire de tous les crimes. Pire encore que d'aller chercher ses enfants à quatre heures ou de ne pas emporter du boulot chez soi le week-end.

Depuis son box vitré, le gardien de nuit me rend mollement mon salut. Lui au moins ne me posera pas de questions… tant que j'ai encore mon badge d'accès. J'aimerais bien pouvoir évoluer comme lui, dans des cadres précis : un temps de travail déterminé, une zone d'action délimitée et un risque pratiquement nul de vivre le moindre évènement exceptionnel, déstabilisant : chaque nuit les mêmes corridors cernés de vitres obscures, les mêmes bureaux morts, les mêmes paillasses hérissées de montages biscornus et d'appareillages aux yeux rouges ou verts, fixes ou clignotants, inlassables, les mêmes zones de stockage labyrinthiques où le claquement de ses pas doit très certainement garder, à chaque tour de ronde, la même invariable cadence ; et, dernier avantage, mais non des moindres, il dispose de la liste complète de tous les employés et celle de tous les fournisseurs avec leurs horaires de passages habituels, et si un visiteur totalement inconnu doit se présenter, il est prévenu à l'avance. Pas de surprise ; personne qui entre dans sa vie sans crier gare ; ou qui s'enfuit sans même l'aumône d'un dernier mot.

Je prends l'enfilade de couloirs qui mène à mon bureau avec une curieuse sensation, un peu amère. Est-ce de la jalousie à l'égard de cet homme sans souci, sans interrogation à propos de ses journées et de ses nuits ? J'essaie de le croire ; tout en sentant monter en moi l'idée qu'il peut tout autant s'agir d'un début de culpabilité. Pendant si longtemps, j'ai été l'un des multiples organismes commensaux qui font vivre, en s'y cramponnant et en s'y activant, cet animal démesuré, avide et dénué d'âme que l'on nomme « entreprise » ; et maintenant, il faut que je me prépare à abandonner ce rôle. Pourquoi ai-je fait ce choix ? Vers quoi me mènera-t-il ? Était-ce vraiment un choix ou un coup de folie ?

En effectuant mon arrêt pavlovien devant la machine à café, j'essaie d'oublier tout ça : je suis venu pour aider Lison et je l'aiderai tant que je n'aurai pas fini mon préavis. Ce qui veut dire que je n'ai aucun droit de pleurnicher devant elle sur les angoisses qui me saisissent lorsque je songe à mon avenir. Ma démission est un choix : maintenant j'en suis sûr. Et ma venue ici ce matin en est également un. Fin du débat.

En reprenant mon parcours, une fois mon gobelet en main, je continue à me concentrer sur Lison et je me dis que le fait d'arriver très tôt est aussi une bonne chose vis-à-vis d'elle : non seulement cela lui montrera ma bonne volonté, mais cela facilitera nos retrouvailles. Si je m'étais pointé dans son dos, alors qu'elle aurait déjà été installée à son bureau, je n'aurais pas trop su quoi lui dire ; et elle aussi aurait peut-être été étonnée de mon retour. Alors qu'en arrivant le premier, j'ôte toute surprise, et pour elle et pour moi : j'entendrai son pas dans le couloir vers neuf heures et elle, elle saura que je suis déjà installé en voyant, bien avant de l'atteindre, la porte ouverte et la pièce allumée.

C'est justement ce que je découvre en tournant le dernier coin du couloir. Je parcours les derniers mètres et, en passant le seuil de notre bureau commun, je trouve mon adjointe assise à ma place. Au moins, je n'arrive pas dans son dos.

« Lison ? Mais qu'est-ce que tu fais là à cette heure ?

— Bonjour, Emmanuel.

— Oui, bonjour Lison. Mais pourquoi es-tu déjà là ?

— Tu veux vraiment que je te le dise ? Tu n'as pas une petite idée ?

— C'est à cause de moi, c'est ça ? Tu ne t'en sors pas, alors tu es obligée de faire des journées de vingt heures ?

— Quatorze, seulement ; pour l'instant. Mais je ne désespère pas de gagner une heure de plus chaque semaine d'ici à la fin du mois. »

Je m'écroule sur le fauteuil resté libre, sans prendre la peine de me découvrir.

« Je suis vraiment désolé, Lison. Je ne pensais pas te mettre dans une telle situation.

— Tu étais vraiment persuadé que tu ne servais à rien ? Que tes journées étaient vides ? Eh bien, je peux te rassurer : tu abattais un sacré boulot. Mais je ne disais pas ça pour te culpabiliser. Je suis bien contente que tu te sois pris en main. Même si ta démission et tes congés impromptus me foutent dans la merde, je t'admire vraiment pour avoir osé donner un nouvel élan à ta vie. Et je voulais juste te taquiner un peu. Sinon, comment s'est terminé ton séjour en Bretagne ?

— Vite, très vite : Maud s'est tirée sans moi. »

Lison ouvre des yeux grands comme des soucoupes. L'aplomb qu'elle affichait lors de son monologue n'est plus qu'un vieux souvenir. C'est bien la première fois que je lui coupe la chique.

Je profite de son silence pour apporter quelques détails sur mon séjour breton – le troisième ou quatrième, je ne sais plus, depuis trois semaines. Je ne lui passe aucun détail, ni sur l'entrevue avec les gendarmes, ni sur la tension entre Maud et Candice, ni sur notre visite du grenier. J'achève donc mon résumé en expliquant dans quel état la découverte du portrait de son frère a plongé Maud, surtout après la lecture du mot « Albédo » écrit au dos.

« J'ai dépensé des trésors d'énergie pour la convaincre que c'était inutile d'aller à la morgue, que les flics lui avaient dit d'attendre le lendemain ou le surlendemain et que, de toute façon, passé dix-sept heures, il était totalement illusoire d'espérer obtenir un renseignement dans un hôpital public. Elle a fini par accepter mes arguments. Ou par faire semblant. Elle s'est roulée en boule sur un canapé en murmurant "D'accord" et a fermé les yeux comme pour cacher ses larmes. Je n'ai pas voulu insister : je suis allé rechercher une couverture que j'ai étalée sur elle et puis j'ai rallumé le feu. Après ça, je me suis assis sur le canapé d'en face et je l'ai regardée dormir ; jusqu'au moment où il a fallu que j'aille rechercher du bois. Je suis sorti sur la terrasse par une porte-fenêtre du côté de la salle à manger, de peur que l'air froid n'arrive directement sur Maud. J'ai pris une pile de bûches assez imposante, pour ne pas avoir à refaire le voyage dix fois. Quand je suis revenu dans le salon, Maud n'y était plus. Et c'est là que j'ai réalisé que j'avais entendu démarrer un moteur pendant que je faisais ma réserve de bois. J'ai tout lâché sur le parquet et je me suis précipité dans le hall, mais Maud avait verrouillé la porte d'entrée. Je suis reparti comme un diable vers le séjour, j'ai jailli sur la terrasse, j'ai couru pour contourner la maison et je suis arrivé sur les graviers au moment où Maud remontait dans la Renault après avoir refermé le portail. J'ai bondi vers ma voiture j'ai démarré en quatrième vitesse, fait demi-tour, foncé vers la grille, mais en quittant mon siège pour aller l'ouvrir à mon tour, j'ai découvert que Maud l'avait également fermée à clé. Pour faire ce qu'elle voulait et éviter de m'avoir sur le dos, elle m'avait tout bonnement emprisonné à Ti-Gwern !

— Et comment tu as réussi à en sortir ?

— Elle avait lancé le trousseau de clés dans les graviers après avoir fermé le portail. Évidemment, si je l'avais vue faire, j'aurais pu les ramasser tout de suite pour la suivre et la dissuader d'aller à la morgue. Mais je ne l'ai su que trois heures plus tard : elle m'a envoyé un message alors qu'elle était sur la route pour rentrer à Paris.

— Et elle t'a expliqué pourquoi elle tenait à aller à la morgue de façon si urgente ?

— Non. J'ai l'impression qu'elle a éteint son portable juste après m'avoir envoyé son message. J'ai essayé de la rappeler trois ou quatre fois, mais je suis tombé à chaque fois sur son répondeur. J'en ai eu marre et je suis parti à mon tour. J'ai fait une pause pour dormir deux heures dans ma bagnole et puis je suis venu directement ici. Je voulais arriver avant toi.

— Et repartir avant que Dale se pointe, non ?

— Non. Je suis venu pour t'aider : il n'y a pas de raison que je ne fasse pas mon préavis et que je te laisse tout assumer toute seule.

— Tu es gentil. Mais je ne suis pas certaine que Dale envisage les choses de la même façon…

— En quoi ça peut le déranger que je continue à bosser ?

— Tu verras. Mais dis-moi, tu n'as pas une petite idée de ce qui a poussé Maud à courir voir le corps de son frère après avoir découvert son portrait ?

— Non, franchement non. Et puis je crois qu'il sera plus utile de réviser tous ces dossiers plutôt que de chercher à comprendre une famille de tarés qui se courent après entre Paris et la Bretagne en prenant un malin plaisir, au passage, à imposer leurs problèmes à des gens qu'ils n'ont pas vus depuis des décennies.

— Oui, OK, ce n'est peut-être pas utile et on ne parviendra peut-être jamais à expliquer tout ce qui s'est passé là-bas, mais moi, ça m'intéresse. Et ça me changera les idées. Alors ?

— Alors quoi ?

— Pourquoi elle a couru à la morgue après avoir découvert ce tableau ?
— Je ne sais pas.
— Tu ne m'aides pas.
— Mais je ne sais vraiment pas. J'aurais bien voulu qu'elle me l'explique, mais comme elle n'a pas l'air disposée à le faire, j'ai lâché l'affaire.
— Qu'est-ce qu'il avait de particulier ce tableau ? À part le fait que Mock se prenait pour Jésus-Christ et que le mot Albédo était inscrit derrière ?
— Rien, rien du tout.
— Le problème, c'est donc l'un de ces deux détails. Et même surtout le deuxième : Albédo.
— Pourquoi ?
— Parce que Maud a réagi en découvrant le verso, pas le recto. Si j'ai bien compris ce que tu m'as dit.
— Oui, oui, c'est ça.
— Et elle a réagi parce qu'elle s'est souvenue que Mock avait écrit "Albédo" à la fin de sa liste d'amis.
— Oui. Enfin, j'imagine. En tout cas, moi j'y ai pensé et… je me suis dit qu'elle ne pouvait pas l'avoir oublié.
— Ce qui signifie qu'en comprenant que son frère se désignait lui-même en écrivant "Albédo" à la fin de sa liste, elle a réalisé que, finalement, ce n'était pas une liste d'amis.
— Euh… ça je… ne pourrais pas le dire. Mais si ce n'est pas une liste d'amis, c'est quoi, cette liste de noms ?
— Une liste de suspects : ce sont tous les hommes que Mock a soupçonnés d'avoir pu violer sa sœur.
— Merde ! Ça veut dire qu'il me… qu'il a cru que moi… j'aurais pu…
— Oui, toi, mais aussi tous les autres. Et d'ailleurs tous les autres avant toi, puisqu'il t'a mis en avant-dernière position. C'est donc toi qu'il soupçonnait le moins.
— Et s'il a écrit "Albédo" à la toute fin, c'est que…

— En dernier recours, il ne lui restait qu'un seul coupable possible : lui-même.

— Merde ! Mais comment aurait-il pu… Et tu crois qu'il s'est suicidé à cause de… non, c'est pas possible.

— Je n'en sais rien, mais c'est peut-être réellement l'explication de son suicide : après avoir invité tous ses vieux copains pour essayer de les piéger, il a fini par conclure qu'ils étaient tous innocents et il a….

— Mais de quel piège tu parles ? Il nous a juste laissé moisir dans une vieille baraque pendant vingt-quatre heures, chacun à notre tour.

— Je ne fais que des suppositions, Emmanuel. Mais je crois que si j'étais coupable d'un viol, je serais plutôt déstabilisée d'être conduite sur le lieu du crime et d'y être abandonnée. À aucun moment tu n'as eu peur que Mock te saute dessus pour te tuer ?

— Non, évidemment. Pourquoi ?

— C'est que tu dois être innocent. Le coupable, lui, aurait compris dès le départ que l'invitation de Mock n'avait d'autre motivation que la vengeance. Alors soit il aurait refusé d'aller en Bretagne, soit il aurait accepté, mais aurait commencé à flipper en se retrouvant seul dans cette grande baraque. Comme personne n'a réagi comme ça, il en a déduit que tous les gens de la liste étaient innocents et que c'était donc lui le…

— Et tous ceux qu'il n'a pas pu contacter ?

— Oui, c'est vrai qu'il ne pouvait pas avoir une certitude absolue. Mais il était peut-être dans un état psychologique qui l'a empêché de…

— Mouais, bon laisse tomber, Lison : l'argument du trouble psycho, c'est vraiment la preuve que ta démonstration ne tient pas debout. Je crois que le vrai problème, c'est que tu as trop d'imagination.

— Je ne suis pas la seule : Maud a dû…

— Maud est écrivain : c'est son métier d'échafauder des usines à gaz !

— Je ne te parle pas de ça, Emmanuel : je te parle des raisons pour lesquelles Mock s'est suicidé. Je suis certaine que Maud a raisonné exactement comme moi et qu'elle a été bouleversée en comprenant ce qui s'était passé dans la tête de son frère.

— Je veux bien te croire, mais moi, je n'ai toujours pas compris.

— Si je te demandais d'enlever ta chemise, Emmanuel, comment tu réagirais ?

— Pardon ?

— Si je te demandais d'enlever ta chemise, est-ce que tu accepterais ou est-ce que tu m'enverrais balader ?

— Je t'enverrais balader en te traitant de nymphomane ! Merde, on parle d'un mec qui s'est suicidé et toi tu ne penses qu'à…

— Non, je ne pense pas du tout à ce que tu crois, rassure-toi. Alors essaie de te convaincre que je ne suis pas nymphomane, mais que je veux juste faire… disons… une observation médicale… Comment réagirais-tu si je te demandais d'enlever ta chemise ?

— C'est de pire en pire. Mais bon, s'il le faut, si c'est “médical”, je crois que je le ferais.

— Alors fais-le.

— Lison, écoute…

— Fais-le. »

Son regard n'est sûrement pas celui d'une nymphomane ; et il n'est même plus celui d'une fille qui s'amuse à broder des déductions farfelues pour expliquer un suicide ; elle me fixe comme si sa vie même dépendait du fait que j'enlève ou non ma chemise. Je quitte lentement mon manteau. Je l'abandonne sur le dossier de mon fauteuil – ou plutôt du fauteuil que Lison occupait jusqu'à une date récente. Puis j'ôte mon pull, toujours sans me presser et je l'abandonne au même endroit. Je défais un premier bouton, puis un deuxième, puis les suivants, lentement, sans quitter le regard inquiet que Lison laisse peser sur moi.

32

Avant de me rendre compte que c'était la pire des absurdités, je me suis retrouvé devant chez Bélèm. Je me suis garé à vingt ou trente mètres de sa maison – qui était encore, il y a deux ans, notre maison –, j'ai sorti le doudou de Selma de mon sac de voyage et je me suis avancé d'un pas décidé jusqu'au portillon. Et maintenant j'hésite. Comment Bélèm va-t-elle prendre l'annonce de ma démission ? Et comment va-t-elle juger ma mine – pas rasé, pas lavé, les yeux rougis par le manque de sommeil ? Va-t-elle s'imaginer que j'ai décidé de ne vraiment rien lui cacher et que pour cette raison je trouve intéressant de lui montrer par anticipation le clodo que je vais devenir ? Ne risque-t-elle pas de me foutre à la porte, en me traitant d'irresponsable ? Et les enfants, qui va les nourrir ? Tu crois que mon petit salaire de prof va suffire ? Et patati et patata !

Mais pourquoi suis-je ici, si c'est pour imaginer que ça va mal tourner avant même que Bélèm ait ouvert la porte ? Allez ! Essayons d'être optimiste : Bélèm ne m'a-t-elle pas toujours reproché de consacrer trop de temps à mon travail ? N'était-ce pas l'une des raisons de notre divorce ? Ma totale – et subite – disponibilité ne peut que la réjouir, non ? Avant de savoir si la réponse à cette question n'est pas réellement non, j'appuie sur la sonnette.

Pour m'occuper en attendant qu'elle vienne ouvrir, je me plonge dans l'examen du pauvre vieux Lilou, tout raplapla et pourtant porteur d'une si lourde mission. Il a bien de la chance, lui, d'avoir un rôle à jouer. Moi, c'est uniquement le côté raplapla qui me caractérise en cet instant.

Deux minutes sont passées ; j'hésite à sonner de nouveau. Je scrute la façade : aucun mouvement derrière les rideaux. Peut-être que Bélèm a jeté un œil pendant que je regardais le doudou de

Selma ; ce qui signifie qu'elle a décidé de ne pas m'ouvrir. Je me décide à appuyer une deuxième fois sur la sonnette, sans quitter la maison des yeux. Mais le résultat est le même : deux minutes d'attente et aucune réaction.

Je regarde ma montre : il est seulement dix heures cinq. Je réalise alors que Bélèm a peut-être cours le mercredi matin. Et les enfants sont au collège, à l'école ou à la garderie. Je retourne vers ma voiture. Tant pis, j'attendrai là.

Avant que l'idée me vienne d'allumer le moteur et de rentrer chez moi, je fouille la boîte à gants, en sors un CD, le mets dans l'autoradio et incline mon siège pour m'octroyer un petit repos. Je ne serai toujours pas rasé, mais j'aurai peut-être les yeux moins ravagés si je dors jusqu'au retour de Bélèm. Et même si je ne dors pas, la voix apaisante de Kate Walsh devrait pouvoir m'aider à me détendre ; et peut-être – si je me repasse trois ou quatre fois le disque – à oublier l'humiliation subie il y a à peine une heure.

Quand Dale m'a découvert torse nu face à celle qui était encore mon adjointe cinq jours plus tôt, je crois qu'il a dû se demander pendant une courte seconde s'il était bien arrivé au labo ou s'il n'était pas plutôt encore au fond de son lit, à rêver une scène loufoque, totalement impossible à vivre dans la réalité. Mais il s'est vite ressaisi, la teinte cramoisie du visage de Lison et du mien l'aidant à comprendre qu'il n'était pas dans un rêve. Il n'a pas laissé passer une seconde supplémentaire avant de m'annoncer qu'il était hors de question que je fasse ma période de préavis.

Je me suis rhabillé en vitesse, je lui ai abandonné sans discuter tout ce qu'il me réclamait (badge, téléphone portable, clés des armoires du service) et je me suis sauvé comme un voleur. Je n'ai même pas eu le temps de comprendre ce que signifiait l'expression aperçue sur le visage de Lison au moment où j'achevais mon *strip-tease* ; et encore moins pour quelle raison elle m'avait demandé de le faire. Savait-elle que Dale allait arriver ? Voulait-elle me piéger ?

En tout cas, c'est en me sentant aussi minable que j'ai subitement eu envie de voir mes enfants. Après les bouleversements des derniers jours, j'ai besoin de leur joie simple, de leur innocence ; j'ai besoin de revoir à quoi peut ressembler la vie quand on la vit vraiment, sans questions, sans mensonges. C'est sans doute une inversion des rôles ; mais je m'en fous : c'est peut-être la première fois de toute mon existence où je m'autorise à me laisser porter vers où mon cœur m'entraîne. Autant en profiter, avant que les commandes repassent aux mains de ma raison.

Pour éloigner ce risque, peut-être vaut-il mieux me concentrer sur un tout autre sujet que ma propre petite personne. C'est Maud qui me vient alors aussitôt à l'esprit. Comment se sent-elle, elle, depuis qu'elle a retrouvé son cadre habituel ? À l'heure qu'il est, Candice doit être partie travailler, leurs garçons doivent être à l'école. Seule toute la journée, sans autre compagnie que ses idées noires, lui sera-t-il possible, de son côté, de se reposer et de se vider l'esprit comme j'essaie de le faire ? Sans doute lui faudra-t-il attendre que Mock ait été porté en terre. Alors, la tension retombera, les images s'estomperont. Mais cela ne me regarde pas : ce sera à Candice de l'accompagner dans ce cheminement. Moi, je n'ai été sollicité que par hasard, et en dernier recours, parce que Maud ne savait plus à quel saint se vouer pour retrouver son frère. Mais mon rôle est fini maintenant. La parenthèse est refermée. J'espère que pour moi aussi, cette expression pourra s'appliquer. Tout dépend de quelle façon Bélèm me recevra.

Je n'ai pas à attendre bien longtemps pour être fixé : le disque n'est même pas encore fini que je la vois arriver avec Selma. Elles s'avancent côte à côte sur le trottoir face à moi.

Je quitte ma voiture, me dirige vers elles en me demandant quels seront les premiers mots que je vais bien pouvoir leur dire : J'ai démissionné ? Mock est mort ? Je suis paumé ? Vous me manquez ?

Dès qu'elle m'aperçoit, Selma court vers moi. Bélèm parcourt lentement les derniers pas qui la séparent du portillon et s'arrête juste devant. Je m'accroupis pour être à la hauteur de ma fille, lui donne son doudou. Elle le happe et me saute dans les bras.

« Merci papa ! Ça veut dire que tu vas revenir ?

— Je crois que j'en ai bien envie, tu sais. Mais il faut que je voie si ta maman est d'accord. »

Les voilà donc mes premiers mots. Ils me sont venus sans réfléchir. Ce n'est pourtant pas un engagement que l'on peut prendre à la légère ; surtout devant une petite fille de quatre ans. À cet instant me revient une vieille phrase que Mock m'avait dite le soir de mon mariage. Il avait commencé par m'expliquer, un énième verre de bière à la main, qu'il était en mesure de me révéler le grand secret qui me serait indispensable pour garder une femme aussi merveilleuse que Bélèm auprès de moi. Ce n'était que la deuxième fois qu'il évoquait, au cours de ma soirée de mariage, la possibilité que ma toute nouvelle épouse me lâche pour un autre.

« Ce qu'il lui faut, c'est des promesses. Une femme a besoin de projets, de rêves : offre-lui ça en lui faisant des promesses ; ne te contente pas de vivre l'instant présent, mais fais en sorte d'avoir toujours un pied dans l'avenir.

— Un pied dans l'avenir ? C'est censé vouloir dire quelque chose ? C'est moi qui ne suis pas assez poète ou toi qui es trop imbibé ?

— Fous-toi de moi, ça ne me fait ni chaud ni froid, mais surtout retiens ça : fais des promesses. Et fais en sorte de les tenir.

— Facile à dire. Surtout avec trois grammes dans le sang.

— Non, une promesse c'est fait pour être tenu ; sinon ça s'appelle un mensonge.

— Et comment tu fais pour tenir une promesse, toi qui sais tout faire parfaitement ?

— C'est la promesse qui t'y oblige, justement. Pour ne pas se voir transformer en mensonge. C'est pour ça que tu ne dois pas ruminer des idées, faire des plans sur la comète en secret en te racontant des trucs avec la peau de l'ours ou le pot au lait : il faut que tu exprimes clairement ce que tu veux faire ; et que tu le fasses. Agis comme un tueur à gages : on lui donne une cible, lui se donne les moyens de l'atteindre. Alors, annonce clairement ta cible ; et tes gages, ce sera cette petite qui vient de faire la folie de dire oui à un mec comme toi. »

Quand Selma colle sa bouche à mon oreille pour me murmurer « Je crois qu'elle sera d'accord », je l'ai bien en ligne de mire, la « petite » qui m'a dit oui – puis non.

« Qu'est-ce que tu veux dire, ma belle ? »

Devant mon ton étonné, Selma s'écarte de moi pour planter son regard dans le mien.

« Tu me demandes si maman est d'accord pour que tu reviennes. Alors je te réponds "je crois".

— Il faut quand même que je le lui demande directement, non ?

— Ah oui, bien sûr. On y va alors ? »

Je serre de nouveau Selma contre moi, je me relève et je m'avance vers Bélèm, qui n'a pas bougé d'un pas. Quand j'arrive devant elle, elle pose un baiser sur ma joue, ouvre le portillon et s'écarte pour me laisser passer avec mon précieux fardeau. Elle referme, me double dans l'allée pour aller ouvrir la maison ; cette maison qui fut un jour « notre » maison.

33

Ce soir, mon appartement me paraît encore plus petit que d'habitude ; à moins que ce soit l'envie d'en sortir qui soit devenue plus grande. Je suis face à la fenêtre, Dire Straits joue *Communiqué* dans mon dos, et j'attends d'aller me coucher, pour atteindre une autre journée, pour me rapprocher du moment où l'impensable pourra se réaliser. Et tout ça par l'intercession d'un petit lion orange et bleu.

« J'ai tout de suite compris, quand je t'ai vu avec, m'a expliqué Bélèm. »

Nous nous étions installés dans la cuisine ; elle nous avait servi un café et j'avais glissé le message de Selma, écrit de la main de Thiago, sur la table entre nous.

« Tu étais au courant ? me suis-je étonné. C'est toi qui as poussé Selma à échafauder ce plan pour m'obliger à revenir ?

— Non, c'était son idée. Mais quand j'ai commencé à la questionner pour qu'elle se souvienne à quel endroit elle avait eu son doudou en mains pour la dernière fois, elle a craqué et m'a tout expliqué.

— Et toi, qu'est-ce que tu en penses ?

— Du fait que tu reviennes avec nous ? J'en pense exactement la même chose qu'il y a trois ans.

— Bon, au moins c'est clair ! Je vais y aller alors. Merci pour le café.

— Ah ! Emmanuel ! Tu n'avais déjà pas compris il y a trois ans ; ça ne m'étonne pas que tu ne comprennes toujours pas aujourd'hui.

— Comprendre quoi, Bélèm ? Tu as demandé le divorce, nous avons divorcé, nous nous partageons la garde des enfants de façon tout à fait pacifique, il n'y a pas plus simple, comme situation. »

Elle sourit en agitant lentement la tête de droite à gauche, d'un air dépité, les deux mains disposées en cercle autour de sa tasse.

« Je n'ai pas demandé le divorce, Emmanuel. C'est toi qui me l'as proposé.

— Pardon ?

— Oui. Je veux bien croire que tu ne puisses pas t'en souvenir, puisque déjà, à l'époque, tu ne comprenais pas ce qui se passait, ce que je voulais.

— Et qu'est-ce que tu voulais, si ce n'est pas le divorce ? Tu trouvais que je travaillais trop, que je ne m'occupais pas des enfants, ni des affaires de la famille, que je te négligeais, aussi...

— Oui. Je sais, c'est ce que je t'ai dit. Mais ça ne voulait pas dire qu'il fallait que tu partes. Si je ne te voyais pas assez, ce n'est pas en t'éloignant plus que tu pouvais me rendre heureuse.

— Eh bien, maintenant, tu pourras l'être, heureuse : j'ai démissionné !

— Je m'en doutais déjà.

— Pourquoi ? Comment tu fais, toi, pour tout deviner ?

— Te voir un mercredi midi, pas rasé, pas lavé et en *jean*... Mais ce n'est pas ça que je voulais, non plus. Je ne sais pas si mon salaire de prof va nous suffire pour nourrir toute la famille.

— OK ! OK ! Eh bien, je crois que je ne comprendrai jamais rien. Allez, je vais rentrer chez moi, m'enfermer dans ma chambre et arrêter de prendre des décisions. »

Je me lève, remets ma chaise en place et me dirige vers l'entrée. Bélèm est plus rapide et se plante devant moi, en se cramponnant des deux mains à l'encadrement de la porte de la cuisine.

« Non, Emmanuel, tu ne peux pas encore t'enfuir. Il y a d'autres lois dans la vie que celle du tout ou rien. Il y a toujours un juste milieu entre ces deux extrêmes ; mais pour le trouver, il faut faire des efforts, voir ce qui compte vraiment, d'un côté comme de l'autre. Évidemment, divorcer, démissionner ou au contraire tout accepter sans rien dire, c'est toujours plus simple que d'essayer de mesurer ce qui est réellement important ; et de se battre pour le garder.

— Tu es dure, Bélèm.

— Et tu ne crois pas que ça a été dur pour moi, de te voir partir alors que je voulais que tu restes ? »

Elle lâche le chambranle et m'entoure de ses bras. Je laisse glisser mes mains sur son dos et la serre contre moi. Je sens aussitôt les petits doigts de Selma se glisser sous les miens. Nous restons quelques instants immobiles, tous les trois. Puis, le visage perdu dans l'épaisse chevelure de Bélèm, je lui murmure à l'oreille :

« Tu veux vraiment d'un imbécile qui ne comprend rien à ce qu'on lui dit et qui prend toujours les mauvaises décisions ? »

Elle s'écarte légèrement pour planter son regard dans le mien. Selma en profite pour venir se réfugier entre nous. Bélèm pose la main sur sa tête avant de me répondre :

« Oui, je le veux près de moi, cet imbécile. Parce que je sens qu'il est capable d'apprendre à comprendre. Et aussi parce que cet imbécile-là *é o único homem que amo* ! »

Contrairement à Bélèm qui a traversé le globe pour venir enseigner aux collégiens français à maîtriser et respecter le langage de leurs pères, je n'ai jamais fait beaucoup d'efforts pour apprendre sa langue du bout du monde. Mais je pense que ce qu'elle vient de dire reste à ma portée. Et s'il me fallait vraiment un sous-titrage, je crois que la lueur qui brille dans son regard remplit à merveille cet office.

« Et tant qu'on est sur ce sujet, reprend-elle, sache que l'homme qui a répondu au téléphone l'autre soir est aussi un homme que j'aime, mais que j'aime différemment de toi : c'est tout simplement ton fils Rafael. Depuis deux ans, sa voix a changé, tu sais.

— Pourquoi tu ne me l'as pas dit au moment où je te parlais de ça au téléphone ?

— Tu as été tellement odieux ce soir-là que j'avais un peu envie de te faire mariner dans ta rancœur.

— Rien que pour ça, je vais peut-être revoir ma position.

— Impossible ! Je ne te lâcherai plus, maintenant ! »

34

Finalement, je ne passerai pas toute ma soirée devant cette fenêtre, en tête à tête avec mon abribus : quelqu'un vient de sonner. Je baisse légèrement le volume de la chaîne hi-fi et me dirige vers la porte. J'ouvre : c'est Lison. Elle entre comme une tornade :

« Emmanuel ! J'étais vraiment inquiète, j'ai essayé de t'appeler vingt fois dans la journée !

— Ah, excuse-moi : j'étais chez Bélèm. Mais qu'est-ce qui s'est passé ?

— Maud t'a appelé ; trois fois.

— Pourquoi ?

— Je ne sais pas : je n'ai pas décroché quand j'ai vu son nom sur l'écran et je n'ai pas écouté ses messages après. Je ne voulais pas être indiscrète. »

Elle sort alors le portable que Dale m'a contraint d'abandonner ce matin, en quittant le labo. Maud n'avait effectivement que ce numéro pour me joindre. Je prends l'appareil. Tout en pianotant pour atteindre ma messagerie, j'invite Lison à s'asseoir.

« Tu veux boire quelque chose ?

— Non, je ne vais pas rester longtemps ; sauf si tu as besoin de parler… ou simplement d'une présence. »

Je raccroche le téléphone alors que l'annonce de la messagerie vient juste de s'achever.

« Tu sais, Lison, avec Bélèm on a décidé… enfin, on va peut-être…

— Peut-être quoi ?

— Eh bien… disons… qu'on songe à reconsidérer notre divorce. Et à chercher des moyens pour recommencer à tracer un chemin commun.

— Mais c'est génial, ça ! Franchement, je suis heureuse pour toi !

— Vraiment ?

— Ben oui. C'est quand même plutôt sympa, une bonne nouvelle comme ça, après tout ce qui t'est arrivé ces derniers jours.

— OK ! Tant mieux si tu le prends comme ça…

— Mais comment voulais-tu que je le prenne ? Oh non ! Ne me dis pas que tu… Oh ! Emmanuel ! Mais quand je te proposais de rester ce soir, c'était vraiment juste pour te tenir compagnie et pour t'écouter, si tu avais envie de parler. Tu te souviens : la sollicitude ?

— Oui, oui, OK ! Désolé ! Je suis toujours aussi fin psychologue ! Mais j'avais cru…

— Arrête de croire et écoute ce qu'on te dit, ça te simplifiera la vie. Et puis, je ne voulais pas te le dire avant pour ne pas te blesser dans les durs moments que tu traversais, mais… tu n'es pas du tout mon genre. Déjà, tu es quand même un peu vieux…

— Merci.

— Mais ne le prends pas mal !

— Non, je suis sincère. Et c'est pour ta franchise que je te remercie.

— Bon, OK : affaire classée. Écoute les messages de Maud et je te laisserai finir ta soirée tranquille. »

J'obéis, après avoir répliqué à son sourire lumineux. J'écoute à nouveau l'annonce de mon répondeur. Puis la voix de Maud se fait entendre ; introduisant un contraste assez marqué avec l'échange que Lison et moi venons d'avoir.

« Nil, je suis désolée de t'avoir quitté si brutalement. C'est ce nom… ce nom derrière le portrait de mon frère. Quand j'ai compris qu'il se désignait lui-même en ayant inscrit le mot “Albédo” à la dernière ligne de sa liste, mon sang n'a fait qu'un tour. Mais je ne pouvais pas… c'était affreux ; je ne pouvais pas croire que… que ce soit lui. Il fallait que je vérifie ; c'était… c'était tellement… Il fallait que je voie son corps, que je sache s'il portait des cicatrices sur le torse, si c'était dans sa poitrine que j'avais planté mon stylo pour me libérer de… de mon violeur. C'est pour ça que je suis partie si vite. Et comme toi, tu ne semblais pas avoir compris, et que tu n'avais absolument pas envie d'aller à la morgue, j'ai préféré ne pas t'en parler. J'avais tellement honte de me laisser envahir par des idées pareilles ! Mais je sais maintenant que ce sont ces mêmes idées qui ont poussé Fred à se tuer. »

Un sanglot brise subitement la voix de Maud. Elle a alors choisi de raccrocher et n'a rappelé que deux heures plus tard.

« Nil, excuse-moi pour tout à l'heure. C'est difficile, tu sais. Mais si je ne t'explique pas un minimum, ce sera difficile aussi pour toi. Et surtout, ça ne servira à rien que je t'aie appelé. En fait, quand je te parlais des raisons pour lesquelles mon frère s'est foutu à l'eau, je faisais allusion à des choses que tu ne peux pas connaître et qui se sont passées il y a cinq ans. À ce moment-là, je ne sais pas si c'est l'approche de la quarantaine, ou un coup de *blues* lié à la séparation d'avec Gabriel qui faisait sa première rentrée à l'école, mais le fait est que je suis tombée dans une lourde dépression. Plus d'envies, plus d'énergie, plus de mots même. Malgré tous mes efforts, le viol que j'avais subi à Ti-Gwern avait fini par me rattraper, je crois.

« Après plusieurs mois à me soutenir à bout de bras, Candice s'est retrouvée à court d'idées autant que d'énergie. Alors elle a parlé à mon frère. Et elle lui a tout dit. Elle me l'a avoué pendant la nuit que nous avons passée en Bretagne, avant-hier. Je lui avais interdit de mentionner le viol devant qui que ce soit et surtout devant Fred. Je ne voulais pas qu'il se sente responsable – pour avoir introduit mon violeur dans le domaine de Richard, et aussi pour avoir été complètement hors service au moment où je tombais dans ce piège. Évidemment, Candice ne pensait pas à mal : elle voulait juste qu'il l'aide à me soutenir ; elle n'imaginait pas que Fred chercherait ensuite à trouver qui était le coupable… pour finalement se mettre en tête que ça ne pouvait être que lui.

« Après les révélations de Candice, Fred a arrêté de voyager. Je ne réalisai pas sur le moment le sacrifice que cela représentait pour lui. Et je ne mesurais pas tout ce qu'il me donnait, sa présence, sa patience, son écoute, ses mots et les innombrables journées passées à me conduire à droite à gauche, chez mon psy, mon médecin… Je voyais nettement la lumière qui m'appelait tout en haut du puits dans lequel j'étais tombée ; mais je ne voyais pas la main qui m'aidait à remonter vers elle. Et je ne comprenais pas non plus que cette lumière, finalement, provenait tout simplement de moi.

« Et ce sont bien les mots de Fred, ses commentaires sur mes romans – il avait raison d'avoir descendu si sèchement les deux premiers – ses phrases de réconfort pour me redonner confiance en moi, qui m'ont peu à peu permis de révéler cette lumière que je portais depuis toujours. C'est en réfléchissant pendant le trajet que j'ai compris ça, que j'ai compris pourquoi Ruis avait choisi de désigner mon frère par le mot *albédo*. Celui qui renvoie à chacun la lumière dont il est porteur. »

L'enregistrement prend fin ; et un troisième message commence.

« Nil, c'est encore moi. Ce que je voulais ajouter, c'est que si j'en veux à Candice ce n'est pas seulement pour avoir parlé de mon viol à mon frère : c'est pour ne pas lui avoir expliqué comment je m'en étais sortie. C'est ça que je voulais tirer au clair ; c'est pour ça que je suis retournée à Paris sans repasser par Ti-Gwern : je voulais savoir si Candice avait mentionné devant Fred les coups de stylo-plume qui m'avaient sauvée. Mais elle ne l'avait pas fait. Alors que cela aurait suffi à Fred pour être certain qu'il était innocent. Et pour abandonner l'idée de se foutre à l'eau. »

Je raccroche. J'ai l'impression que le poids du téléphone devient subitement insurmontable pour ma main droite. Elle retombe mollement sur ma cuisse. Lison se rapproche, m'entoure de ses bras et murmure à l'oreille.

« Qu'est-ce qu'elle t'a dit ? Tu veux en parler ? »

Je ferme les yeux, inspire longuement trois fois. En relevant les paupières, je me décide et je résume les trois messages de Maud à l'intention de Lison.

« C'est affreux, conclut-elle à la fin de mon compte-rendu. Ce pauvre homme… »

Elle n'achève pas sa phrase, mais comme j'aurais pu la prononcer moi-même, je sais quels mots pourraient être ajoutés. Des mots sans lumière, des mots sans espoir, des mots pour décrire ce monstre froid qui a fini par engloutir Mock, plus sûrement que les eaux vivantes de la Laïta : la solitude.

Et je comprends alors que je dois rappeler Maud, que je dois lui faire comprendre que ce qui a tué son frère ne doit pas la miner, ne doit pas nous miner. Il a vécu pour révéler la lumière qui existait en chacun de nous : il a permis à Ruis d'exprimer son talent inégalable, à Damas d'avancer dans son cheminement vers l'harmonie qu'il désirait créer avec le monde ; il a donné à Harpo un cadre hospitalier pour vivre sa folie sans risque et à Pongo et Perdita la possibilité de profiter de leur amour sans limite. À moi – et je ne le réalise que maintenant –, il m'a ouvert le monde, en me sortant de ma routine, une première fois lorsque j'avais douze ans, puis à nouveau au cours des dernières semaines par la tornade qu'il a subitement lâchée dans ma vie sage et grise. Une tornade qui a balayé tous les nuages qui m'encombraient ; et a fini par révéler que, moi aussi, je porte de la lumière en moi.

Malheureusement, personne ne pourra jamais le remercier : il a toujours agi à l'insu de ceux qu'il désirait aider. C'était sans doute parce que, dans ces occasions aussi, il se croyait capable de mener à bien tous ses plans sans avoir besoin de quiconque. Et c'est dans le même esprit qu'il a organisé sa propre mort, seul, sans laisser à qui que ce soit la possibilité de le dissuader ou de lui montrer que sa décision aurait pu être tout autre s'il avait eu connaissance d'un simple détail : l'absence de trois points et d'une longue balafre sur sa poitrine.

Alors que Lison se tient tout près de moi, je repense à tous ces êtres dans la proximité desquels j'ai vécu en étranger pendant si longtemps : Maud, dont j'avais tellement rêvé que je n'en espérais plus rien, et qui m'a pourtant donné la chance de jouer un véritable rôle d'ami ; Bélèm, en qui je croyais ne plus pouvoir placer le moindre espoir et qui me permet de rêver à nouveau ; et mes enfants, pour lesquels je me dois d'avancer, d'échafauder de nouveaux rêves, de bâtir de nouveaux espoirs. Toutes ces présences me donnent à comprendre en cet instant que, pour éviter le sort sinistre de Mock, je ne dois pas me laisser dévorer par l'isolement dans lequel il s'est laissé sombrer. Et Maud non plus. Comme Bélèm semble avoir accepté de me pardonner, je pense que Maud doit pardonner à Candice. On ne peut pas se détourner de ceux qu'on aime simplement à cause d'un mot ou d'un geste oublié ou mal placé. Ceux qu'on aime peuvent faire des erreurs ; mais aucune ne justifie l'erreur inégalable de risquer de les perdre.